MORD IM STADTPALAIS

Beate Maly wurde 1970 in Wien geboren, wo sie bis heute lebt. Ihre drei Kinder hingegen zieht es immer wieder in die weite Welt. Zum Schreiben von historischen Romanen kam sie vor rund zwanzig Jahren. 2019 und 2023 war sie für den Leo-Perutz-Preis nominiert, 2021 gewann sie den Silbernen Homer.

BEATE MALY

MORD IM STADTPALAIS

EIN WEIHNACHTSKRIMI

emons:

Bibliografische Information der Deutschen Nationalbibliothek
Die Deutsche Nationalbibliothek verzeichnet diese Publikation in der Deutschen Nationalbibliografie; detaillierte bibliografische Daten sind im Internet über http://dnb.d-nb.de abrufbar.

MIX
Papier | Fördert gute Waldnutzung
FSC® C083411

Umschlaggestaltung: Nina Schäfer
Gestaltung Innenteil: DÜDE Satz und Grafik, Odenthal
Lektorat: Uta Rupprecht
Druck und Bindung: CPI – Clausen & Bosse, Leck
Printed in Germany 2024
ISBN 978-3-7408-2051-0
Ein Weihnachtskrimi
Originalausgabe

Dieser Roman wurde vermittelt durch die Literarische Agentur Thomas Schlück GmbH, 30161 Hannover.

Weihnachten ist,
wenn die besten Geschenke am Tisch sitzen
und nicht unter dem Baum liegen.

1

5. Dezember 1910, Wien, Herrengasse

Trotz des eisigen Winds war das Fenster einen Spaltbreit geöffnet. Die Uhr über dem Gewürzregal zeigte elf Uhr am Vormittag, seit Stunden glühte der Ofen. In der Küche herrschte eine Hitze wie an einem Julitag in den Auwäldern entlang der Donau, dabei war es Anfang Dezember, und es schneite unaufhörlich.

Seit Tagen verlangsamten die weißen Flocken, die stetig vom Himmel fielen, das Tempo in der Stadt. Ganz anders sah es in der Küche des Palais Steinhäusel in der Herrengasse aus, hier herrschte Hochbetrieb. Immer wieder musste Michl, der Küchenjunge, neues Holz nachlegen. Im Backrohr bräunten köstliche Lebkuchen und Kletzenbrot, der Duft von Zimt, Nelken und Honig erfüllte den Raum.

Mila Sokol wischte sich mit dem Handrücken eine der grauen Haarsträhnen aus der Stirn und steckte sie zurück unter die Kochmütze. Ihre Stirn war feucht vom Schweiß, das Kneten des klebrigen Lebkuchenteigs war anstrengend. Immer wieder rollte sie eine faustgroße Kugel zu einer dünnen Platte und stach Sterne und Tannenbäume aus. Später am Nachmittag würde sie die goldbraunen Teile in dunkle Schokolade tauchen und mit kandierten Kirschen, geschälten Mandeln und Walnusskernen verzieren. Das weihnachtliche Gebäck war für den 6. Dezember bestimmt. Da wanderte es gemeinsam mit Äpfeln, Nüssen, getrockneten Früchten und Orangen in kleine Säckchen aus Jute, die der heilige Nikolaus an brave Kinder verschenkte.

Mila kannte die Adventbräuche in Wien, sie arbeitete seit über vierzig Jahren im Zentrum der Habsburgermonarchie. Ursprünglich stammte sie aus einem kleinen Dorf in Böhmen, dessen Namen sie vergessen oder im Laufe der Jahre verdrängt hatte. Sie dachte nicht gerne an ihre Kindheit zurück, die von Armut und Hunger geprägt war. Mila war das achte von vierzehn Kindern, es waren zu viele Mäuler zu stopfen gewesen. Bereits mit zehn hatten ihre Eltern sie von zu Hause weggeschickt, damit sie in der Großstadt eine Stelle als Dienstmädchen antrat. Von da an hatte sie Böden geschrubbt, Wäsche gewaschen und Silber poliert, hatte Geflügel gerupft und Fische entschuppt. Ein gefülltes Jutesäckchen hatte es für sie nie gegeben.

Rasch hatte Mila gelernt, dass es nicht vom Artigsein abhing, ob man vom heiligen Nikolaus Süßigkeiten bekam, sondern vom Einkommen der Eltern und später vom eigenen. Heute bediente sie sich selbst an den Lebkuchen, die sie buk, denn vor zwanzig Jahren hatte Milas Leben sich zum Besseren gewendet. Sie war vom Dienstmädchen zur Köchin aufgestiegen.

Dieser Karrieresprung war einem reinen Zufall geschuldet gewesen. Eine der Köchinnen war krank geworden und hatte sich weder auf ihren Geruchs- noch auf ihren Geschmackssinn verlassen können. Daher hatte sie Mila gebeten, die Sauce für sie abzuschmecken und die notwendigen Zutaten hinzuzufügen. Vom Ergebnis war der Hausherr so begeistert gewesen, dass Mila von da an keine Kochtöpfe mehr schrubbte, sondern Suppen kochen durfte. Mittlerweile hatte sie in sechs verschiedenen Haushalten als Köchin gearbeitet.

Die Stelle im Palais Steinhäusel hatte sie letzten Sommer angenommen. Zuerst hatte sie gedacht, einen Glückstreffer gelandet zu haben, mittlerweile war sie sich da nicht mehr so sicher. Der persönliche Diener des Hausherrn machte ihr und den anderen Hausangestellten das Leben schwer.

»Mila, warum ist die Suppe noch nicht fertig? Bald soll das Mittagessen serviert werden!«

Wenn man an den Teufel denkt, steht er schon vor der Tür! Jedem Sprichwort wohnte eine Wahrheit inne, die vorwurfsvollen Worte stammten von Sebastian. Der Diener beaufsichtigte das gesamte Personal im Hause Steinhäusel. Es bestand aus zwei in die Jahre gekommenen Dienstmädchen, einem Küchenjungen, Mila und dem Gärtner Alois, der ebenfalls nicht mehr der Jüngste war. Er schaufelte im Moment den Schnee vom Trottoir rund um das Palais weg. Die Kratzgeräusche der Schaufel waren durchs offene Fenster bis in die Küche zu hören.

»Die Suppe köchelt und ist fertig. Man muss sie nur noch in die Suppenterrine umgießen.«

»Dann tun Sie das, Mila«, forderte Sebastian ungehalten. »Und zwar rasch, wenn ich bitten darf.«

Mila hielt dem dünnen Mann mit dem schütteren grauen Haar und dem ernsten Gesicht die klebrigen Hände entgegen. »Ich backe seit dem frühen Morgen Lebkuchen. Soll ich mit diesen Händen das feine Porzellan anfassen?« In all den Jahren hatte sie ihren böhmischen Akzent nicht vollständig ablegen können. Wenn sie sich ärgerte wie eben jetzt, war er besonders deutlich zu hören.

»Man erwartet die Suppe pünktlich. Was soll die Herrschaft essen? Frau Steinhäusel besteht auf einer kräftigenden Rindssuppe. Sie wissen, dass sie zu Mittag nichts anderes zu sich nimmt.« Sebastian ging zum Herd und hob den Deckel vom Suppentopf. Seine finsteren Gesichtszüge entspannten sich ein wenig, und die Falten zwischen seinen Augen glätteten sich. Trotzdem wirkte er immer noch unerbittlich streng. Aber Mila hatte den Mann noch nie lachen sehen.

Sebastian war um einen ganzen Kopf größer als sie, dafür war sie doppelt so breit wie er. Wie es sich für eine ordentliche Köchin gehörte. Zumindest hatte das ihre letzte Dienstherrin behauptet. »Eine dürre Köchin taugt für nichts«, hatte sie stets gesagt. »Das zeigt bloß, dass ihr das eigene Essen nicht schmeckt.« Mila mochte die Speisen, die sie zubereitete, und das konnte jeder erkennen. Ihr Körper war gerundet, vor allem an den Stellen, die Männer bei Frauen gerne üppig hatten.

Früher war Mila darauf stolz gewesen, heute war sie darüber hinweg. Männer interessierten sie schon lange nicht mehr. Zu oft war sie im Leben von ihnen enttäuscht worden.

»Wir brauchen Frittaten. Haben Sie sie zubereitet?« Sebastian blickte sich um, und schon wieder sah er nervös aus. Rote Flecken hatten sich auf seinem langen, dünnen Hals gebildet, von dem nur ein Teil zu sehen war. Der Rest steckte in einem steifen blütenweißen Kragen.

»Die Frittaten stehen in einer Schüssel in der Speisekammer«, beruhigte Mila ihn. »Ich habe sie gestern Abend gebacken und geschnitten. Sie können sie holen, und die Suppe ist bereit zum Umfüllen in die feine Suppenterrine.«

Sebastian richtete sich wieder auf. »Von Frittaten kann ich hier nichts riechen. Die Gewürze vom Lebkuchen überdecken alles, die ganze Küche ist voll davon.« Es klang wie ein Vorwurf. So als wäre es Milas Entscheidung gewesen, Lebkuchen zu backen. »Und was ist mit den Sandwiches für Herrn Steinhäusel?«

»Um die kümmert sich die Mizzi«, sagte Mila. »Sobald das Rindfleisch in der Suppe weich ist, holt sie es heraus. Die Mayonnaise hat sie schon angerührt.« Die fleißige Küchenmagd stand am anderen Ende der Küche, als sie ihren Namen hörte, nickte sie bestätigend.

Sebastian gab ein zufriedenes Grunzen von sich. Das war seine Art, Lob zu spenden. Manchmal fragte sich Mila, wie alt der Diener wohl war. Sie betrachtete seinen gekrümmten Rücken. Ob er die fünfzig schon überschritten hatte? Seit er ein junger Bursche war, arbeitete er im Palais Steinhäusel. Er hatte sich vom einfachen Küchenjungen zum persönlichen Diener hochgearbeitet. Sein Lebensinhalt war es, seinen Dienstherrn glücklich zu sehen.

Zu Hermann Steinhäusels Zufriedenheit gehörte ein Mittagessen, bestehend aus frisch gekochter Rindssuppe mit Frittateneinlage und danach einem Sandwich, belegt mit hauchdünn geschnittenem Rindfleisch, Mayonnaise und einer fein geraspelten Gurke. Diese Mischung aus Wiener Tafelspitz, englischem Clubsandwich und französischer Sauce war das Lieblingsessen des Tabakfabrikanten. Er nahm es jeden Tag pünktlich um zwölf zu sich und weigerte sich mit einer bemerkenswerten Sturheit, etwas anderes zu essen.

Seine um dreißig Jahre jüngere Ehefrau Katharina begnügte sich mit einer klaren Suppe. Der ehemaligen Tänzerin war ihre Figur wichtig. Immer wieder betonte sie, eine ebenso schmale Taille zu besitzen wie die Kaiserin. Angeblich hatte der Kaiser die Körpermitte der Kaiserin mit seinen beiden Händen vollständig umschließen können, als sie noch lebte.

»Und wie schaut es mit dem Abendessen aus?«, erkundigte sich Sebastian jetzt.

»Darum kümmere ich mich, sobald der Lebkuchen fertig ist.« Erneut wischte sich Mila mit dem Unterarm das Haar zurück. Wenn ihre Hände nicht so klebrig wären, würde sie mit einer Haarnadel nachhelfen. Zum Glück war es die letzte Teigkugel, die sie nun ausrollte. Dreißig weitere Sterne, Monde und Tannenbäume, und dann war sie fertig.

»Wie, Sie haben noch nicht damit angefangen?« Sebastians Stimme überschlug sich. Es brauchte nicht viel, um ihn aus der Fassung zu bringen.

»Wann hätte ich denn ans Abendessen denken sollen? Es ist noch nicht einmal zwölf. Dafür ist noch genug Zeit.«

»Mila, am Nachmittag wird die ganze Familie erwartet. Das ist eine Weihnachtstradition. Die Herrschaft verbringt den gesamten Advent gemeinsam in Wien. Sie hätten schon vor Tagen mit den Vorbereitungen beginnen sollen.«

Mila richtete sich auf. Ihr tat vom langen gebückten Stehen das Kreuz weh.

In den letzten Tagen hatten Sebastian und Fanny ihr mindestens sieben Mal von dieser seltsamen Tradition erzählt. Jedes Jahr im Dezember traf sich die Familie Steinhäusel in Wien. Die Zusammenkünfte gingen auf Herrn Steinhäusels erste Frau zurück, sie hatte Weihnachten geliebt. Es war ihr ganzes Glück gewesen, ihre Kinder, Geschwister, Neffen und Nichten in der Zeit des Friedens und der Nächstenliebe um sich zu wissen. Nach ihrem Tod hatte man die Tradition beibehalten, obwohl eigentlich niemand darauf erpicht war, so viele Tage gemeinsam zu verbringen. Das alljährliche Treffen war im Laufe der Jahre zu einem anstrengenden und für alle nervenaufreibenden Unterfangen geworden. Die einzelnen Familienmitglieder begegneten einander mit Argwohn und Skepsis, was vor allem finanzielle Gründe hatte.

Mila war sehr gespannt, was sie in den nächsten Wochen erwartete. Es war ihr erster Advent im Hause Steinhäusel.

»Werden heute schon alle Gäste eintreffen?«, wollte sie wissen.

»Ja, natürlich.« Sebastians ohnehin blasses Gesicht hatte nun jede Farbe verloren. Allein der Gedanke an die nächsten Tage schien ihm große Sorgen zu bereiten.

»Wie viele Esser sind am Abend zu bewirten?«

Sebastian sah in die Ecke, wo Würste, Speck und Zwiebeln von der Decke hingen und der Backdunst sich gesammelt hatte. Er hielt die Hände hoch und zählte die Gäste an den Fingern ab. »Herr und Frau Steinhäusel und die beiden Schwestern von Herrn Steinhäusel, Amalia und Theodora, sowie Frau Theodoras Ehemann Johannes Mayerl. Dann Herrn Steinhäusels Kinder, Ferdinand, Ottilia und Felicitas, mit Frau Louise, der Gattin von Herrn Ferdinand, und dem Ehemann von Frau Ottilia, Herrn Reinhard von Berndorf. Und dazu noch die Kinder von Louise und Ferdinand Steinhäusel, Sophie und Karl.« Er blickte an die Decke, als befände sich dort die Gästeliste.

Mila konnte seiner Erklärung nicht mehr folgen. Es waren zu viele Namen, zu denen sie noch keine Gesichter hatte. In den nächsten Tagen würde sich das zweifelsohne ändern.

»Und dann kommt auch noch Fräulein Felicitas' zukünftiger Ehemann, Bernhard Sauerbach«, ergänzte Sebastian schließlich.

»Schon gut«, bremste Mila ihn. »Ich habe den Überblick längst verloren. Wird Dr. Fellner auch da sein?« Dr. Fellner war Hermann Steinhäusels persönlicher Arzt. Es verging kein Tag, an dem er nicht nach dem Ehepaar schaute. Wobei niemandem klar war, weshalb, denn Herr und Frau Steinhäusel erfreuten sich beide bester Gesundheit. Herr Steinhäusel vertrug keinen Zucker, weshalb Mila für ihn und seine Frau beim Kochen auf zusätzlichen Zucker verzichtete. Aber das war die einzige Kleinigkeit, mit der er zu kämpfen hatte. Ansonsten war er für sein Alter erstaunlich vital.

In den nächsten Tagen würde Mila für die Gäste ordentlich Zucker in die Mehlspeisen mischen, wie es sich für eine böhmische Köchin gehörte. Herr und Frau Steinhäusel würden ihre Mehlspeisen weiterhin ungezuckert bekommen. Mila hatte eine persönliche Erklärung für Dr. Fellners regelmäßige Besuche. Sie vermutete, dass der Mediziner, der ein Junggeselle war, gerne ins Palais Steinhäusel kam, weil er ihre gute Küche schätzte und sich so den Weg ins Gasthaus ersparte. Jedenfalls betonte er regelmäßig, wie sehr ihm ihre Speisen mundeten.

Sebastian streckte die Schultern durch, holte Mila aus ihren Überlegungen zurück und richtete sich zu seiner vollen Größe auf. »Ich habe eben vierzehn Personen gezählt.«

»Und die Herrschaften bleiben den ganzen Dezember lang?« Mila überdachte ihre Einkaufsliste und die Vorräte in der Speisekammer. Möglicherweise sollte sie noch einmal nachbestellen und Michl erneut zum Bäcker schicken. Sie hatte zwar schon oft für größere Gesellschaften gekocht, aber noch nie über einen so langen Zeitraum. Sie würde planen müssen wie in einem Hotel.

»So ist es«, sagte Sebastian. »Und jetzt sehen Sie bitte zu, dass Sie mit dem Lebkuchen endlich fertig werden. Die Schnitzel für den Abend müssen geklopft und paniert werden.«

Die Küche befand sich im Souterrain, die Fenster lagen daher tiefer als im Rest des Hauses. Mila konnte von ihrem Arbeitsplatz aus direkt auf den Eingang des Palais in der Herrengasse sehen. Sobald sich ein Fiaker ratternd über das Kopfsteinpflaster näherte und anhielt, hob sie den Kopf, um herauszufinden, wer ausstieg.

Kurz nach dem Mittagessen traf eine junge Familie ein, bestehend aus Vater, Mutter und zwei Kindern. Das mussten Hermann Steinhäusels Sohn Ferdinand, seine Ehefrau Louise und deren Kinder Sophie und Karl sein. Sie waren im Moment die Einzigen, die bereits Nachwuchs hatten. Ferdinands Schwester, Ottilia von Berndorf, war guter Hoffnung, schon bald würde es ein weiteres Enkelkind geben. Zwei der Dienstmädchen trugen die Koffer der Familie ins Haus.

Angesichts der langen Zeit, die die vier hier verbringen würden, hatten sie erstaunlich wenig Gepäck dabei. Für Mila machte es den Anschein, als würden Ferdinand Steinhäusel und seine Familie sehr genügsam leben. Nichts an ihrem Äußeren ließ darauf schließen, dass sie zu einer der reichsten Familien der Stadt gehörten. Sowohl Eltern als auch Kinder trugen mehr oder weniger unauffällige Kleidung. Die Mäntel waren von guter Qualität, aber nicht luxuriös. Nicht einmal der Pelz an den Krägen oder Mützen war sonderlich edel. Unter den Wollmützen der Frau und des Mädchens blitzte orangerotes Haar hervor. Mehr konnte Mila im Moment nicht erkennen.

Schon kurz nach ihrer Ankunft hörte man Kinderlachen und lautes Getrampel auf der Treppe und im ersten Stock. Mila fragte sich, wie lange Hermann Steinhäusel diesen ungewohnten Kinderlärm wohl ertrug, für gewöhnlich legte er großen Wert auf absolute Stille. An manchen Tagen glich die Atmosphäre im Palais der auf einem Friedhof. Mila fand die Fröhlichkeit der Kinder eine erfrischende Abwechslung.

Eine Stunde nach der Ankunft der Familie hielt erneut eine Kutsche an, diesmal stieg eine ältere Dame in einem modischen Pelzmantel aus. Ganz anders als die Familie davor stellte sie ihren Reichtum öffentlich zur Schau. Alles an ihr sah vornehm aus. Von den glänzenden Lederstiefeln bis zum Muff aus schneeweißem Pelz schien es aus den teuersten Boutiquen der Stadt zu stammen. Die Frau war in etwa in Hermann Steinhäusels Alter und sah ihm verblüffend ähnlich. Sogar ihre Körperhaltung und ihre Bewegungen erinnerten an Hermann Steinhäusel. Die Art, wie sie sich die eisgrauen Stirnfransen aus der Stirn strich, war geradezu ident mit der des Tabakfabrikbesitzers. Gewiss handelte es sich um eine seiner Schwestern. Mila vermutete, dass es Amalia Steinhäusel war, da sie allein anreiste. Die andere Schwester, Theodora Mayerl, war verheiratet und wurde gemeinsam mit ihrem Ehemann erwartet. Den drei Geschwistern gehörte die Tabakfabrik gemeinsam, wobei Hermann Steinhäusel die Hälfte besaß und seine Schwestern je ein Viertel.

All diese persönlichen Informationen hatte Mila von Mizzi. Die rundliche Bedienstete, die seit einer Stunde schwitzend Schnitzel klopfte, arbeitete seit Jahren für die Familie und kannte nicht nur die einzelnen Mitglieder, sondern auch die Geschichten, die sie verbanden. Den Tratsch, die kleinen Skandale und die Dinge, über die in der Öffentlichkeit nicht geredet wurde.

Wie überall in den großen Häusern wussten die Dienstmädchen im Palais über die großen und kleinen Geheimnisse der hochgestellten Bewohner Bescheid. Mila fragte sich, ob den Herrschaften bewusst war, wie viel sie dem Personal durch ihr bloßes Alltagsleben über sich selbst verrieten. Die Dienerschaft wusch ihre Wäsche, räumte ihr Geschirr weg und kannte ihren genauen Tagesablauf. Sie wusste, was gegessen, was getrunken wurde, wann die Bettwäsche und wann die Unterwäsche gewechselt wurde. Sie wusste, wer wie oft badete und wer mit wem wann Beischlaf hatte. Nichts blieb vor ihren Augen verborgen.

Mizzi, die ihr Wissen gerne mit den anderen teilte, behauptete, dass für Amalia Steinhäusel die Beteiligung an der Tabakfabrik nicht von großer Bedeutung sei. »Sie war die

Lebensgefährtin eines wohlhabenden Juweliers«, raunte sie. »Der Mann hat ihr nach seinem Tod sein gesamtes Vermögen vererbt. Dabei waren die beiden nicht einmal verheiratet! Frau Amalia hat ausgesorgt. Die ist steinreich.« Mit hochrotem Kopf klopfte sie weiter die Schnitzel.

Mila spähte wieder neugierig durchs Fenster. Die elegante Dame hatte ebenso viel Gepäck dabei wie die vierköpfige Familie vor ihr.

Sobald Amalia Steinhäusel und ihre Koffer und Taschen im Haus waren, widmete Mila sich dem Erdäpfelteig. Als Nachspeise waren Powidltascherl gewünscht worden. Wie immer bereitete sie den Teig für Herrn und Frau Steinhäusel ganz ohne Zucker zu und füllte die Tascherl statt mit Powidl mit ungesüßter Marillenmarmelade. Für die Gäste hingegen verwendete Mila normalen Powidl, so wie sie es seit ihrer Kindheit kannte. Das Rezept, nach dem sie die Tascherl zubereitete, stammte von ihrer Großmutter. Mit ihrem eigenen Teigrad, einem der wenigen Dinge, die sie besaß, formte Mila einen hübschen gewellten Rand. Es war ein Geschenk ihrer letzten Dienstgeberin gewesen.

Als sie damit fertig war, fuhr der nächste Fiaker vor. Ein Mann mit Backenbart und Lodenjacke kletterte geschickt aus der Kutsche und umrundete sie, wobei er durch knöchelhohen Schnee stapfen musste. Dann öffnete er die andere Wagenseite für eine Frau. Unter ihrem offenen Mantel wölbte sich ein Bauch, es musste sich also um Ottilia von Berndorf handeln. Sie war die Einzige, die ein Kind erwartete. Ihr Ehemann Reinhard von Berndorf stammte aus einer adeligen Familie, und mit ihrer Heirat war Ottilia die erste Steinhäusel, die ein kleines »von« in ihren Namen setzen durfte. Ihre Kinder würden sich einmal darüber freuen können, in sechster Linie mit dem Kaiser persönlich verwandt zu sein. Ein Umstand, den sie laut Mizzi gerne betonte.

Reinhard von Berndorfs Kleidung zeigte, womit er seinen Lebensunterhalt verdiente. Er präsentierte sich als Jäger,

Wald- und Schlossbesitzer. Auf seinem braunen Filzhut steckten gleich mehrere Federn. Er bot seiner Ehefrau den Arm an, den sie annahm, als wäre sie krank und nicht bloß guter Hoffnung. Wenn die Gerüchte der Dienstmädchen stimmten, war Ottilia eine verwöhnte Frau, die an allem ständig etwas auszusetzen hatte. Nie konnte man es ihr recht machen. Ihr verkniffener Gesichtsausdruck verhieß nichts Gutes für das Personal im Palais.

Mila war froh, dass sie in der Küche werkte und keinen direkten Kontakt mit ihr haben würde. Es war unwahrscheinlich, dass eine Ottilia von Berndorf sich ins Souterrain bemühte.

Als die Powidltascherl fertig waren, wurde die Küchentür aufgerissen, und die Kinder von Louise und Ferdinand Steinhäusel brachen wie ein Wirbelsturm herein. Mila schätzte den Buben auf zehn, das Mädchen auf acht Jahre. Sie bremsten sich einen Meter vor Mila ein.

»Sind Sie die neue Köchin?«, fragte das Mädchen keck. Ihr orangeblondes Haar war jetzt zu zwei hübschen Zöpfen geflochten, das Gesicht war mit Sommersprossen übersät. Das Haar ihres Bruders war noch rötlicher, auch seine helle Haut war voll hellbrauner Tupfen.

»Ja, das bin ich. Und wer seid ihr?« Mila wischte sich die Hände in ihrer Schürze ab. Sie hatte die ungesüßten Marillentascherl gerade in eine eigene Schüssel mit hellrosa Blümchen und Goldrand gelegt.

»Ich bin die Sophie, und das ist mein Bruder, der Karl.« Obwohl das Mädchen jünger war, übernahm es das Sprechen für seinen älteren Bruder. Karl wirkte deutlich schüchterner als seine Schwester.

»Freut mich, ich bin Mila.«

»Sebastian hat gesagt, dass Sie backen. Dürfen wir dabei helfen?« Sophies große hellblaue Augen waren auf die Powidltascherl gerichtet. Es war jetzt schon zu erkennen, dass sie einmal eine außergewöhnlich schöne Frau werden würde.

»Für heute bin ich mit dem Ausstechen der Kekse fertig«, sagte Mila. »Ihr könnt ein paar der bereits gebackenen Lebkuchen verzieren, wenn ihr wollt.«

»O ja!«

Beide Kinder stellten sich neben die Arbeitsfläche.

»Vorher werden aber die Hände gewaschen!«

Artig liefen die Kinder zum Spülbecken und bedienten sich reichlich an der Seife. Kaum waren sie zurück, hielt die nächste Kutsche vor dem Palais. Zwei Damen und ein Herr stiegen aus. Eine der Frauen war sehr korpulent, die andere jung und schlank. Auch der Mann hatte einen beachtlichen Bauch. Die junge Frau kannte Mila bereits, es war Hermann Steinhäusels jüngste Tochter Felicitas, die noch im Palais wohnte. Die letzten paar Wochen hatte sie bei ihrer Tante verbracht.

»Die zwei Dicken da sind Großtante Theodora und ihr Mann Johannes Mayerl«, erklärte Sophie frech. Ihr Bruder stieß ihr mit dem Ellbogen in die Seite.

»Das sagt man nicht«, wies er sie zurecht.

Beleidigt rieb sich Sophie die Seite. »Aua. Warum denn nicht? Es stimmt ja. Tante Theodora ist dick.«

Mila musste grinsen. Die beiden Neuankömmlinge waren wirklich sehr kräftig.

Das war also Hermann Steinhäusels zweite Schwester, Theodora Mayerl. Auch ihr gehörte ein Teil der Tabakfabrik. Mila war zu Ohren gekommen, dass es Streit gab zwischen Hermann Steinhäusel und seiner Schwester, weil sie Geld aus dem Unternehmen forderte, das ihr nicht zustand. Auch das hatte Mizzi ihr zugeflüstert. »Wer viel besitzt, will noch mehr haben.« Mila wusste genau, was Mizzi damit gemeint hatte. Sie hatte selbst immer wieder gesehen, dass besonders wohlhabende Menschen nicht genug bekommen konnten und ihren Wohlstand ständig vermehren wollten. Mila war froh, wenn sie ein Dach über dem Kopf hatte, ausreichend zu essen und eine Arbeitsstelle, wo sie sich wohlfühlte.

»Großonkel Johannes hat eine Milchdosenfabrik«, erklärte

Sophie. »Ich mag die Kondensmilch. Sie ist so picksüß, als würde man puren Honig löffeln.« Sie fuhr sich mit der Hand über den Bauch. »Leider krieg ich sie so selten. Mama meint, Kondensmilch ist ungesund. Wir haben sie nie zu Hause.«

»Ich verstehe auch nicht, warum die Leute sie nicht mögen«, meinte ihr Bruder Karl. »Hoffentlich hat Tante Theodora wieder ein paar Dosen für uns dabei.«

»Wie kommt ihr auf die Idee, dass Kondensmilch nicht beliebt wäre?«, fragte Mila. Sie selbst war keine Freundin der Zuckermilch in Dosen, aber sie wusste, dass es Kolleginnen gab, die beim Zubereiten süßer Saucen darauf schworen.

»Papa behauptet, dass Onkel Johannes seine Fabrik bald zusperren muss. Das kann doch nur damit zu tun haben, dass man zu wenig verkauft, oder?«, meinte Karl.

»Das weiß ich nicht«, gab Mila zu. »Ich bin Köchin. Ich kann euch sagen, wozu man Kondensmilch verwendet, aber ich habe keine Ahnung, wie viel man davon verkaufen muss, um ausreichend Geld zu verdienen.«

Mila stellte beide Schüsseln mit den Powidltascherln auf einen kleinen Tisch vor dem Fensterbrett neben der Speisekammer. Sie hatte sich angewöhnt, Speisen, die gekühlt werden mussten, entweder dort oder gleich im Innenhof im Schnee zu lagern. Das Fenster war undicht, und es zog immer herein. Hier war der kälteste Ort in der Küche.

»Schön, dass Fräulein Felicitas wieder hier ist«, sagte Mila. Sie mochte Hermann Steinhäusels jüngste Tochter, die zwar sehr still und zurückhaltend, aber stets freundlich zum Personal war. Als Mila im Sommer begonnen hatte, im Palais zu arbeiten, waren die Wangen des Fräuleins rosig und ihre Figur kraftvoll und gesund gewesen. Doch mit jedem Monat, der verging, hatte sie an Gewicht verloren. Die junge Frau, die eben auf den Hauseingang zuging, war erschreckend mager, ihr Gesicht war eingefallen wie das einer Schwerkranken. Nichts erinnerte mehr an die junge Frau, die sie noch im Sommer gewesen war.

»Tante Feli ist meine Lieblingstante«, erklärte Sophie. »Sie spielt mit uns und bringt uns immer Spielsachen mit. Bestimmt hat sie mir wieder Kleidung für meine Puppe genäht. Sie ist so geschickt.«

»Und mir hat sie hoffentlich ein paar Zinnsoldaten gekauft!« Karls Augen leuchteten. »Mama und Papa mögen es nicht, wenn ich Krieg spiele.« Die pure Vorfreude lag in seinen Worten.

Mila warf einen weiteren Blick durchs Fenster, um sich noch einmal zu vergewissern, dass es sich tatsächlich um Felicitas Steinhäusel handelte. Das kastanienbraune Haar, das unter der Pelzmütze hervorlugte, ließ keinen Zweifel aufkommen.

»Ich will Tante Feli begrüßen«, sagte Sophie. Sie schob die Ärmel ihres Kleides wieder nach unten und wandte sich zum Gehen. »Ob sie uns auch dann noch Geschenke mitbringt, wenn sie diesen langweiligen Sauertopf geheiratet hat?«

»Psst!« Ihr Bruder stieß ihr erneut den Ellbogen in die Seite. Seine vorlaute Schwester war ihm offenbar peinlich. »Er heißt Sauerbach. Mama nennt ihn bloß so.«

»Mir doch egal«, antwortete Sophie. »Ich mag ihn nicht. Er ist ein Langweiler und geht zum Lachen in den Keller. Das sagt Papa. Tante Feli sollte ihn nicht heiraten.«

Mila hatte gehört, dass Fräulein Felicitas sich in den nächsten Tagen mit dem Apotheker Bernhard Sauerbach verloben sollte. Der Pharmazeut, der den Haushalt mit Medikamenten versorgte, wurde an diesem Abend ebenfalls zum Essen erwartet. Angeblich war die Ehe der ausdrückliche Wunsch der verstorbenen Frau Steinhäusel gewesen, die Veronika geheißen hatte. Mila fand es erstaunlich, wie viel Macht die Tote immer noch auf die ganze Familie ausübte.

»Sei still«, forderte Karl. Er zog seine Schwester am Ärmel mit sich.

»Also doch kein Lebkuchenverzieren?« Mila runzelte die Stirn.

»Wir helfen Ihnen später, versprochen. Aber jetzt müssen

wir hinauf!« Schon flitzten die beiden am Herd vorbei zur Küchentür. Mila hörte, wie sie flink die Treppe hinauf ins Obergeschoss liefen.

»Verwöhnte Fratzen«, schimpfte Mizzi. Die Bezeichnung »Dienstmädchen« passte schon seit mindestens dreißig Jahren nicht mehr auf sie. Das traf auch auf Fanny, die andere Dienstmagd, zu, sie war ebenfalls in die Jahre gekommen. Beide hatten die verstorbene Frau Steinhäusel gut gekannt. Fanny war so dürr wie eine Bohnenstange, während Mizzi doppelt so dick wie Mila war. Beide liebten Milas Mehlspeisen. Fanny konnte bis zu acht ihrer Zwetschkenknödel auf einmal verspeisen, ohne dabei auch nur ein Gramm anzusetzen. Mizzi hingegen hatte mindestens drei Kilogramm zugenommen, seit Mila für die Familie kochte.

»Ich finde die Kinder erfrischend«, meinte Mila. Es war ihr nie vergönnt gewesen, eigene Kinder zu haben.

»Spätestens beim Abendessen werden der Herr und seine Gnädige über die Kinder schimpfen. Letztes Jahr wäre die Situation beinahe eskaliert. Die zwei sind ja auch viel zu laut«, verkündete Fanny. Sie hatte eben die Küche betreten und mischte sich nun in die Unterhaltung ein.

»Es sind Kinder«, meinte Mila. »Die dürfen lebhaft sein.«

»Nicht in diesem Haus.« Fanny trat zu Mizzi, griff nach einem Messer und half der Kollegin beim Schälen der Erdäpfel. Die Schalen warf sie in einen Mistkübel. »Letzten Dezember hat es einen furchtbaren Streit zwischen Frau Mayerl und Frau Louise Steinhäusel gegeben. Und die Frau Louise ist nicht auf den Mund gefallen. Sie lässt sich nichts gefallen und hat ihre Kinder verteidigt.«

»Ich kann mich erinnern«, sagte Mizzi. »Auch der Herr Steinhäusel hat sich in den Streit eingemischt. Wenn auch sehr zurückhaltend. Er liebt alle seine Kinder und mag es nicht, wenn sie streiten.«

»Und was hat Herr Ferdinand gesagt? Hat er seine Kinder von der Tante beschimpfen lassen?«

»Nein, der gibt seiner Frau immer recht. Hinter der Hand wird gemunkelt, dass er unter ihrem Pantoffel steht.«

»Weil er ihrer Meinung ist?«

»Die Frau Louise setzt sich fürs Frauenwahlrecht ein. Sie treibt Sport, und angeblich will sie sogar studieren. Das gehört sich nicht für eine Frau.« Mizzi warf eine geschälte Knolle in den Topf.

»Ich finde das sehr fortschrittlich«, meinte Mila.

»Das ist ein Skandal«, widersprach Fanny. »Wenn ihr mich fragt, sollte der Herr Steinhäusel seiner Schwiegertochter das Haus verbieten. Aber dann würde sein Sohn nicht mehr kommen, und das will er auch nicht. Der Herr Ferdinand leitet jetzt schon die Fabrik und führt die Geschäfte. Der gnädige Herr ist von ihm abhängig. Und eigentlich ist die Frau Louise harmlos gegen die Frauen, mit denen der Herr Ferdinand sich früher getroffen hat. Lauter Künstlerinnen, eine war eine Malerin, eine andere hat getanzt. Im Vergleich zu denen ist die Frau Louise direkt eine vernünftige Person.«

»Frau Katharina Steinhäusel ist doch auch eine ehemalige Schauspielerin«, gab Mila zu bedenken.

»Das ist was ganz anderes. Die hat der Herr Steinhäusel geheiratet, um nicht in Melancholie zu ertrinken. Aber der junge Herr Steinhäusel steht ganz am Anfang seiner Karriere. Da braucht es eine Frau, die sich mit den Spielregeln in der höheren Gesellschaft auskennt.«

Mila dachte über Fannys Worte nach, während sie die Arbeitsplatte säuberte. »Eigentlich verstehe ich nicht, warum Herr Steinhäusel so viele Gäste einlädt. Seit ich hier arbeite, habe ich den Eindruck, dass er am liebsten seine Ruhe hat und die Zeit allein mit seiner jungen Ehefrau verbringt. Er müsste doch niemanden bei sich aufnehmen.«

Fanny senkte ihre Stimme. »Es war ein Versprechen, das er seiner ersten Frau am Sterbebett gegeben hat. Die gnädige Frau war so eine gute Seele. Sie hat Weihnachten geliebt und hat ihre ganze Familie schon im Advent um sich haben wollen.

Das waren immer lustige, schöne Tage. Und sie wollte, dass die Tradition nach ihrem Tod weitergeführt wird.«

»Und die neue Frau Steinhäusel stört sich nicht daran?«, fragte Mila.

Fanny drehte sich nach allen Seiten. Erst als sie sich versichert hatte, dass Sebastian nicht in der Nähe war, redete sie weiter. Der strenge Diener hätte den beiden die freien Nachmittage gestrichen, wenn er mitbekommen hätte, dass es Tratsch unter dem Personal gab. Den versuchte er mit allen Mitteln zu unterbinden, jedoch ohne sonderlichen Erfolg. »Der neuen Frau Steinhäusel bleibt nichts anderes übrig, sie muss sich fügen. Bestimmt will sie all die fremden Leute nicht so lange Zeit um sich haben. Seit dem Tod der alten Frau Steinhäusel sind die Adventstage der pure Alptraum. Von der friedlichen, besinnlichen Stimmung ist nichts mehr übrig geblieben.«

Die Arbeitsplatte war wieder frei von Mehl, Mila war zufrieden. Sie hängte das Tuch zum Trocknen über einen der Stühle beim Tisch. »Vielleicht ist es für Frau Steinhäusel gar nicht so schlimm, wie wir denken. Sie ist eine verträgliche und nette Frau. Mit mir hat sie noch nie geschimpft.« Mila hatte schon ganz andere Vorgesetzte erlebt, Katharina Steinhäusel gehörte zu den freundlichen und unkomplizierten. Die junge Frau wollte es allen recht machen und mit niemandem Streit vom Zaun brechen. Nur wenn es um Fett und Zucker in den Speisen ging, war sie anstrengend. Am liebsten hätte sie sich bloß von ungezuckertem Tee und geschmackloser Suppe ernährt. Der Wunsch nach einer schlanken Figur war bei ihr fast manisch.

»Schon möglich, dass Frau Steinhäusel sich arrangiert hat«, gab Fanny zu. »Trotzdem streiten sich alle ums Geld. So fein können die Leute gar nicht sein, dass sie sich nicht gegenseitig in die Haare bekommen, wenn es ums Vermögen geht. Kaum sehen sie einander, streiten sie. Es wird gezankt, dass die Fetzen fliegen. Letztes Jahr wären Herr Mayerl und der junge Herr Steinhäusel beinahe handgreiflich geworden.«

»Ich dachte, sie hätten wegen der Kinder gestritten?«, fragte Mila verwundert.

»Ich glaube, die waren nur ein Vorwand. Bestimmt gibt es heute Abend wieder Brösel.«

»Die gibt es sicher«, lachte Mila. »Als Nachspeise wurden Powidltascherl gewünscht.«

»Es wird aber auch Streit wegen des Geldes geben.« Fanny ließ nicht locker. »Wenn ihr mich fragt, war das auch der Grund, warum die junge Frau Steinhäusel unseren gnädigen Herrn geheiratet hat.«

Mila musste zugeben, dass ihr dieser Gedanke auch schon durch den Kopf gegangen war. Katharina Steinhäusel war vor ihrer Ehe mit Hermann Steinhäusel eine Tänzerin in der Staatsoper gewesen, später war sie in Operetten im Carltheater aufgetreten. Jeder wusste, dass man als Sängerin und Tänzerin zwar erfolgreich sein konnte, aber niemals finanziell abgesichert war. Die Ehe mit dem deutlich älteren und sehr wohlhabenden Tabakfabrikanten hatte ihr Leben komfortabel gemacht.

»Auch wenn die gnädige Frau es wollte, sie könnte sich nicht gegen den Besuch im Advent wehren. Die verstorbene Frau Steinhäusel wird von allen wie eine Art Heilige verehrt.«

»Und war sie das, eine Heilige?«, wollte Mila wissen. Sie konnte nicht anders. Die Neugier lag ihr im Blut. Zu schade, dass sie der verstorbenen Ehefrau niemals begegnet war.

Trotzdem wusste sie, wie sie ausgesehen hatte. Am Stiegenaufgang hing ein riesiges Ölgemälde von ihr, das der bekannte Wiener Maler Hans Makart angefertigt hatte. Sie saß in einem hübschen hellblauen Kleid auf einem Lehnstuhl und lächelte die Betrachter freundlich an. Jedes Mal wenn Mila daran vorbeiging, hatte sie das Gefühl, von ihr beobachtet zu werden. Für die junge Frau Steinhäusel musste es seltsam sein, dass die Vorgängerin ständig so präsent war.

Fanny nickte eifrig. »Die verstorbene Frau Steinhäusel war die beste Dienstgeberin, die ich je hatte. Sie hat auch das Personal zu Weihnachten reichlich beschenkt. Und jeder hat im Advent einen zusätzlichen freien Nachmittag bekommen und eine kleine Extrazahlung. Sie ist wie ein weiblicher Nikolaus gewesen. Nur dass sie keinen weißen Bart und keinen dicken Bauch hatte.«

»Ein Jammer, dass Herr Steinhäusel diese Tradition nicht weiterführt.« Mila verzog den Mund. Ein zusätzlicher freier Nachmittag hätte ihr gut gefallen, und gegen ein hübsches Geschenk hätte sie auch keine Einwände gehabt.

»Was gibt es hier zu tuscheln?« Erschrocken zuckten Fanny und Mila zusammen. Sebastian stand hinter ihnen. Wie immer hatte er die Küche leise und unbemerkt betreten. Jetzt stemmte er drohend die Hände in die Hüften und funkelte die beiden Frauen finster an. »Ich dulde keinen bösen Tratsch über die Herrschaft.«

»Wer sagt Ihnen, dass wir böse geredet haben?«, verteidigte sich Mila.

»Ich will überhaupt kein Gerede, weder gutes noch böses. Es steht uns nicht zu, über die Herrschaft zu tuscheln. Wenn Sie diese Regel nicht verstehen, sind Ihre Tage in diesem Haus gezählt. Haben Sie mich verstanden?« Er machte eine dramatische Pause. »Sie wären nicht die erste Köchin, die wieder auf der Straße landet, weil sie sich den Mund über die Herrschaft zerreißt.«

Fanny hatte mit eingezogenem Kopf das Weite gesucht und machte sich in der Speisekammer zu schaffen. Mizzi tat so, als ginge sie das alles nichts an, und Mila überlegte, ob sie protestieren sollte, ließ es aber bleiben und schwieg. Sie hatte keine Lust, sich schon wieder nach einem neuen Posten umzusehen. Bis auf den grantigen Sebastian war die Arbeit im Palais Steinhäusel angenehm. Bisher hatte das Ehepaar keine unerfüllbaren Wünsche geäußert. Möglich, dass sich das in den nächsten Wochen änderte. Es war ein Unterschied, ob man zwei Menschen bekochte oder eine ganze Heerschar.

»Dann schauen Sie jetzt zu, dass das Abendessen fertig wird.

Nach und nach treffen alle Gäste ein«, sagte Sebastian. Er klang nicht mehr ganz so unfreundlich.

»Sind denn immer noch nicht alle da?«, fragte Mila.

»Der Verlobte von Fräulein Felicitas, Bernhard Sauerbach, wird noch erwartet.«

»Also noch ein Gedeck am Tisch?« Fanny kam wieder aus der Speisekammer. Ein paar Strähnen ihres grauen Haars hingen ihr ins spitze Gesicht. Fanny wirkte immer eine Spur unordentlich. Die weiße Schürze über ihrem dunklen Kleid saß schief. Mila konnte sich gut vorstellen, wie sie als junge Dienstmagd ausgesehen hatte. Im Laufe ihrer Karriere war sie einigen Dienstmädchen wie Fanny begegnet. Frauen, die auf ihr eigenes Äußeres keinen Wert legten. Sie bemerkten nicht, dass sie ungepflegt wirkten. So als wäre ihnen das Gespür für sich selbst abhandengekommen.

»Wenn noch keines für ihn da ist, ja!« Sebastian rümpfte angewidert die Nase. »Wie oft soll ich dir noch sagen, dass du dein Haar öfter waschen sollst?«

Fanny wischte sich mit dem Handrücken über die Nase und schob die strähnigen Fransen zurück unter die Haube. Nachlässig zupfte sie ihre Schürze zurecht. Es war nicht das erste Mal, dass Sebastian sie maßregelte. »Ich habe die Haare gestern gewaschen«, sagte sie frech.

Sebastian verdrehte die Augen. Er wusste, dass es mindestens eine Woche her war, wenn nicht länger.

»Geh ins Esszimmer und decke noch einen Platz auf!« Langsam schlurfte Fanny los. Dann wandte Sebastian sich an Mizzi und Mila. »Und Sie beide hören auf zu tratschen. Kümmern Sie sich ums Essen.«

Sobald er gegangen war, flüsterte Mizzi hinter vorgehaltener Hand: »Der alte Wichtigtuer geht mir ordentlich auf die Nerven.«

Mila stimmte ihr wortlos zu. Sie hatte in ihrem Leben schon so manchen Hausdiener erlebt, der sich überschätzte. Sebastian war nicht der erste. »Sobald einer ein bisserl Macht hat, glaubt er, auf die anderen hinunterpicken zu können«, sagte sie. »Aber in Wahrheit ist er ebenso vom gnädigen Herrn abhängig wie wir alle.«

Mizzi kicherte. »Eine wie dich hatten wir hier noch nie.«

Mila nahm es als Kompliment, dann widmete sie sich den Schnitzeln.

2

5. Dezember, Elisabethpromenade

Felix Zack betrachtete enttäuscht die leere Keksdose, die auf dem Tisch im Personalraum stand. Es war der einzig erfreuliche Farbtupfer in dem kahlen Raum. Eben hatte er mit dem Zeigefinger die letzten Brösel der Vanillekipferl aufgesammelt und mit der Zunge abgeschleckt. Ein zarter Hauch von Vanille und Staubzucker sorgte nun dafür, dass er sich nichts sehnlicher wünschte, als eines der köstlichen, im Mund schmelzenden Kekse zu essen. Die Ehefrau seines Arbeitskollegen Fritz Hochfellner versorgte die Abteilung der kaiserlich-königlichen Polizeiagenten jeden Dezember mit süßen Köstlichkeiten. Heute war Felix zu spät dran gewesen. Seine Kollegen hatten die Dose geleert, ohne auf ihn Rücksicht zu nehmen. Dabei fand er, dass er ein besonderes Recht auf die Kipferl hatte. Niemand naschte so gerne wie er. Kein Polizeiagent schätzte Linzeraugen, Florentiner oder Eisenbahner mehr als Felix Zack.

Solche Gaumenfreuden waren der Grund, warum er der Vorweihnachtszeit etwas Positives abringen konnte, die Arbeit als Polizeiagent war es gewiss nicht. In keinem anderen Monat im Jahr gab es so viele Laden- und Taschendiebstähle wie im Dezember. Jeden Tag mischte sich das Gesindel der Stadt auf den Weihnachtsmärkten unter die braven Bürger und entwendete frech Portemonnaies, Halsketten, Taschenuhren und andere Wertgegenstände. In den seltensten Fällen wurden die Kleinkriminellen erwischt. Auf Felix' Schreibtisch lagen sieben neue Anzeigen. Schon jetzt wusste er, dass er keinen der gestohlenen Gegenstände jemals wiederfinden würde. Die Zahl der unaufgeklärten Verbrechen stieg stetig und damit auch der Druck von oberster Stelle. Es hieß, die Abteilung der

Polizeiagenten arbeite ineffizient. Aber wie sollte man all die Verbrechen aufklären, wenn keine neuen Agenten eingestellt wurden? Die Abteilung wurde seit Jahren zu Tode gespart. Felix hatte es längst aufgegeben, darüber zu jammern. Er betrachtete die Arbeit als Notwendigkeit, um genug Geld zum Leben zu haben. Seine Motivation, Verbrecher zu fangen, war überschaubar. Die Zeiten, in denen er mit Enthusiasmus und Freude zur Arbeit gegangen war, waren längst Geschichte. Ein guter Tag für ihn war einer, an dem wenig Arbeit anfiel.

»Kommissar Zack!«

Felix wandte seinen Blick von der leer geschleckten Dose ab. Vor ihm stand der Polizeidiener Walter Schnaberl, der Felix bei den Ermittlungen zur Hand ging.

»Der Oberkommissar lässt fragen, ob die Diebstähle am Wiener Eislaufverein schon geklärt sind.«

»Dort treibt sich das Diebsgesindel auch herum?«

Walter Schnaberl, ein großer, dünner Mann mit gekrümmtem Rücken und schütterem Haar, nickte zustimmend.

Wenn die beiden gemeinsam unterwegs waren, boten sie, so unterschiedlich, wie sie waren, einen fast spaßigen Anblick. Felix war klein und untersetzt, mit einem runden Gesicht und gutmütigen Augen. Mit seinem weißen Bart erinnerte er gerade in der Adventszeit an den heiligen Nikolaus. An manchen Tagen wünschte Felix, er wäre tatsächlich der Nikolaus, diese Rolle hätte ihm deutlich mehr Freude bereitet. Doch jetzt war es zu spät, noch umzusatteln. Felix war über fünfzig, in ein paar Jahren würde er in den wohlverdienten Ruhestand gehen. So lange musste er noch durchhalten.

»Wir müssen zum Eislaufverein«, wiederholte Schnaberl.

»Nun, solange man nicht von mir verlangt, dass ich mit Schlittschuhen aufs Eis gehe, soll mir das recht sein«, meinte Felix.

»Keine Sorge, das muss bestimmt nicht sein«, beteuerte Schnaberl. Dass der dünne Mann, der bloß vier Jahre die Volksschule besucht hatte, bei der Polizei gelandet war, hatte er Felix

Zacks Fürsprache zu verdanken. Felix hatte rasch erkannt, dass Schnaberl schlau, ambitioniert und fleißig war.

»Der Frau eines Bankiers wurde eine wertvolle Halskette gestohlen. Angeblich hat ein Bursche sie angerempelt und dabei die Kette entwendet«, erklärte Schnaberl.

»Hat man den Burschen erwischt?«

»Ja.«

»Das klingt nach einem gemütlichen Nachmittag. Lassen Sie uns aufbrechen«, sagte Felix. »Ich hole meinen Mantel und meinen Hut. Wir gehen zu Fuß durch die Stadt.«

Überrascht hob Schnaberl die Augenbrauen. Für gewöhnlich war Felix Zack kein Freund von Bewegung. Quer durch die Stadt zu laufen sah ihm gar nicht ähnlich. Lieber nahm er die Pferdetramway.

»Am Weg zum Heumarkt machen wir einen Abstecher zum Demel am Kohlmarkt.«

Schnaberls Blick fiel auf die leere Keksdose. »Haben Sie nichts abbekommen?«

»Gar nichts!«

»Schade, die Kipferl waren so weich, dass sie auf der Zunge geschmolzen sind wie Butter!« Schnaberl geriet ins Schwärmen, zu spät bemerkte er Felix' finstere Miene.

»Ein Abstecher zum Demel ist gewiss eine gute Idee«, stimmte er zu. Dann drehte er sich um und verließ eilig den Personalraum.

Kurz darauf standen Felix und Schnaberl auf der Elisabethpromenade und wandten sich stadteinwärts. Allmählich wichen die riesigen Baustellen, die über Jahre die Straßen dominiert hatten, einem beeindruckend hübschen Stadtbild. Der Kaiser hatte die Stadtmauer schleifen und die Ringstraße errichten lassen, einen Prachtboulevard, der seinesgleichen in Europa suchte. Menschen wie Felix, die mit Baugruben und Baugerüsten aufgewachsen waren, hatten sich immer noch nicht an die Palais und Prunkbauten gewöhnt, die Wien jetzt prägten.

Zumindest innerhalb der Ringstraße. Was sich außerhalb befand, hatte wenig bis nichts von dem Reichtum und Glanz abbekommen.

»Nanu, haben Sie neuerdings einen Hund?«, fragte Schnaberl.

»Nein, wie kommen Sie darauf?«

»Weil Ihnen einer folgt.«

Felix drehte sich um und erblickte einen kniehohen grauen Hund mit wuscheligem Fell und Schlappohren, der ihn mit treuherzigen Augen ansah.

»Nicht du schon wieder!«, sagte Felix. Der Hund war ihm gestern am Naschmarkt begegnet, und Felix hatte ihm ein kleines Stück von einer Leberkässemmel abgegeben. Weil er ihn gar so lieb angeschaut hatte. Das war ein Fehler gewesen, denn das Tier hatte ihn bis nach Hause verfolgt. Dort hatte es sich im Innenhof hinter den Mistkübeln verkrochen und gewartet, bis Felix heute Morgen die Wohnung wieder verließ.

»Verschwinde!«, rief Felix und scheuchte den Hund mit beiden Händen weg. »Geh nach Hause, wo immer das auch ist.«

Der Hund duckte den Kopf und ließ die Schlappohren sinken.

»Du kannst nicht mitkommen, hörst du. Rasch, fort mit dir!« Felix bemühte sich, streng zu klingen.

»So wird das nix«, meinte Schnaberl. Er bückte sich nach einem Ast, der unter einer der Platanen lag. Drohend rieb er damit auf und schrie den Hund an. »Hau ab!«

Sofort zog das Tier winselnd den Schwanz ein und trabte davon. Zufrieden warf Schnaberl den Ast weg.

»Das war aber sehr hart«, meinte Felix. Er sah dem davonlaufenden Tier nach und empfand Mitleid.

»Die Viecher verstehen es nicht anders. Eigentlich hätte ich ihn erschlagen oder den Hundefänger alarmieren müssen.«

»Erschlagen!«, murmelte Felix empört. Er schüttelte den Kopf. Die Vorstellung war grausam.

»Na, auf alle Fälle ist er jetzt weg, und das ist gut so. Lassen Sie uns weitergehen. Wenn wir noch zum Demel wollen, müssen wir uns beeilen.« Schnaberl schritt zügig voran, und Felix musste sich anstrengen, um mit dem Tempo mitzuhalten. Seine Beine waren deutlich kürzer als die vom Polizeidiener.

3

5. Dezember, Herrengasse

»Rasch, rasch! Die Powidltascherl müssen hochgebracht werden. Wo ist Fanny? Wo die Mizzi?« Sebastian stand mit hochrotem Gesicht in der Küche und erteilte Befehle. In den Händen hielt er eine Flasche Dessertwein und die Extraschüssel mit den ungezuckerten Marillentascherln für Herrn und Frau Steinhäusel. Die Arbeitsflächen in der Küche waren voller Töpfe und Pfannen. Es roch nach heißem Fett, nach Essig und nach Rindssuppe.

»Die sind beide im Speisezimmer und räumen das Geschirr vom Hauptgang ab. Die Reste von den Schnitzeln und vom Erdäpfelsalat. Sie selbst haben sie hochgeschickt«, erinnerte Mila den Diener.

»Wer soll dann die Nachspeise rauftragen? Ich kann nicht alles nehmen. Michael ist mit dem Abwasch beschäftigt.« Sebastian drehte sich zum Spülbecken, wo Michl, der Küchenjunge, sich um das schmutzige Geschirr kümmerte. Er war in etwa so alt wie Karl, der Enkelsohn von Herrn Steinhäusel, würde aber ganz gewiss kein Säckchen vom Nikolaus bekommen, ganz egal, wie viel und hart er arbeitete. »Der gnädige Herr wird es gar nicht gerne sehen, wenn die Tascherl kalt sind. Nichts ist ihm ein größerer Gräuel als kaltes Essen.«

»Ich nehme die Schüssel«, schlug Mila vor. Am Nachmittag war es in der Küche drunter und drüber gegangen. Immer wieder war einer der Gäste hereingekommen, hatte sich vorgestellt, sehen wollen, was gekocht wurde, und dann frech aus einem der Töpfe genascht. Am liebsten hätte Mila sie alle aus ihrem Reich gescheucht. Doch dazu hatte ihr der Mut gefehlt.

»Soll ich Ihnen nun helfen oder nicht?«, wiederholte sie ihre Frage.

Sebastian warf ihr einen kritischen Blick zu. »Binden Sie sich eine saubere Schürze um.«

Mila sah an sich hinab. Die Schürze war sauber, aber sie wollte keinen Streit vom Zaun brechen. Sebastians Körperhaltung war angespannt, sein Gesicht finster. Und so holte sie eine saubere Schürze vom Haken an der Wand und tauschte sie gegen die alte ein. Dann griff sie sich die volle Schüssel und eilte Sebastian hinterher.

Stimmen drangen aus dem Esszimmer. Mila konnte nicht verstehen, worüber man sich unterhielt. Aber die Stimmung schien aufgeladen. Ihr Eindruck verstärkte sich, als sie den Raum betrat. Rund um den langen Esstisch, den Mizzi am Nachmittag mit einem weißen Tischtuch belegt und mit grünen Tannenzweigen und roten Kerzen geschmückt hatte, saßen die Gäste.

Herr Steinhäusel befand sich an einem der Kopfenden, seine Frau zu seiner Rechten, Dr. Fellner, der Arzt der Familie, zu seiner Linken. Der Mediziner war Mitte vierzig und trug einen eleganten, modischen Anzug. Dr. Fellner legte stets großen Wert auf ein gepflegtes Äußeres. Heute hatte er sich ganz besonders in Schale geworfen, fand Mila.

Am anderen Tischende saß Herrn Steinhäusels Sohn Ferdinand mit seiner Frau und seinen Kindern. Dazwischen waren die anderen Gäste platziert worden, die Mila nun alle zumindest vom Sehen kannte. Amalia Steinhäusel, die Schwester des Hausherrn, hatte sich für ein auffälliges weinrotes Kleid mit einem Ausschnitt entschieden, der für ihr Alter und den Anlass gewagt war. Mila fand das Kleid eher für eine junge Ballschönheit passend als für eine weit über sechzigjährige Dame bei einem familiären Abendessen. Neben ihr saßen ihre Schwester Theodora und deren Ehemann. Johannes Mayerl schielte immer wieder zum Ausschnitt seiner Schwägerin, was diese zu amüsieren schien, ihre Schwester aber mit finsterem Blick quittierte.

»Mila, bitte servieren Sie die Tascherl«, forderte Frau

Steinhäusel sie auf. Neben ihrem Gatten wäre sie auch gut als seine Tochter durchgegangen, Mila war der Altersunterschied noch nie so eklatant aufgefallen wie heute. Herrn Steinhäusels Gesichtsfarbe war ungesund grau, und die Falten in seinem Gesicht ließen ihn wie einen Greis erscheinen. Er wirkte müde, so als würde er jeden Moment einschlafen, die Augen hatte er schon halb geschlossen.

Frau Steinhäusel hingegen sah jugendlich und frisch aus. Ihr blondes Haar war mit sternförmigen Diamantnadeln hochgesteckt, die Mila an den Schmuck der verstorbenen Kaiserin erinnerten. Der Monarch hatte sie für seine Frau beim Juwelier Köchert anfertigen lassen. Immer noch wollten die Damen der besseren Gesellschaft ähnliche Schmuckstücke besitzen. Die Sterne waren auf dem wohl berühmtesten Bild von Kaiserin Sisi zu sehen. Franz Xaver Winterhalter hatte es gemalt, und es war auf sämtlichen Jubiläumsteetassen des Thronpaares abgebildet. Mila hatte auch eine dieser Tassen besessen, leider war sie bei einem ihrer Umzüge zu Bruch gegangen. Alle Versuche, die Scherben wieder zusammenzukleben, waren gescheitert.

Mila musterte Frau Steinhäusel, die ihrer natürlichen Schönheit mit dezenter Schminke nachgeholfen hatte. Das dunkle Kleid war schlicht und trotzdem elegant, die Taille so fest geschnürt, dass Mila sich fragte, wie die Arme darin atmen konnte.

»Ich teile die Tascherl aus«, bestimmte Sebastian. Er servierte Herrn und Frau Steinhäusel je drei Stück vom ungezuckerten Nachtisch und stellte den süßen Dessertwein für die anderen Gäste bereit. Dann wollte er Mila die große Schüssel abnehmen.

Doch Frau Steinhäusel widersprach. »Mila kann die Mehlspeise selbst austeilen, schließlich hat sie sie gemacht. Genau wie alle anderen Köstlichkeiten. Wir können uns glücklich schätzen, eine so geschickte und erfahrene Köchin im Haus zu haben.« Sie zwinkerte Mila zu, die errötete.

Komplimente wie dieses bekam sie nicht jeden Tag zu hören.

»Schenken Sie unseren Gästen den Wein ein«, bat die Hausherrin den Diener.

Sebastian nickte ergeben und griff erneut nach dem Dessertwein, während Mila reihum ging und jedem Gast zwei in goldbraunen Semmelbröseln gewälzte Powidltascherl auf den Dessertteller legte. Jedes Tascherl war mit einer hauchdünnen Schicht Staubzucker bestreut, von der eine dezente Note Vanillearoma ausging.

»Ich kann Powidl nicht ausstehen«, jammerte Ottilia von Berndorf. Die schwangere Frau zog angewidert die Augenbrauen hoch und winkte ab. Theatralisch fasste sie sich an die Nase und hielt sie zu. Mit der anderen Hand strich sie über ihren Bauch, so als hätte das Kind in ihr beschlossen, den Nachtisch nicht zu essen.

Ottilia von Berndorfs Haar war dunkel und ihr Gesicht kreisrund, sie sah weder ihrem Vater noch ihrem Bruder oder ihrer jüngeren Schwester ähnlich. Stattdessen hatte sie das Aussehen ihrer verstorbenen Mutter. Das große goldgerahmte Ölgemälde, das in der Eingangshalle hing, zeigte die Verstorbene, sie hatte exakt dieselbe Nase und denselben Mund wie Ottilia. Doch die Gesichtszüge der Toten waren sanfter gewesen. Mit nachsichtigen Augen hieß das Gemälde jeden Besucher, der das Palais betrat, willkommen.

»Die Tascherl für Ihren Vater und Frau Steinhäusel sind mit ungezuckerter Marillenmarmelade gefüllt. Soll ich Ihnen eines davon geben?«, schlug Mila vor.

»Das geht leider nicht«, entgegnete Katharina Steinhäusel rasch. »Unsere Tascherl sind abgezählt.«

»Unsinn, Liebes«, widersprach Herr Steinhäusel. »Natürlich kann Ottilia meine Tascherl haben.« Schon wollte er seinen Teller über den Tisch schieben, als seine Tochter ablehnte.

»Danke, Papa. Aber ich bevorzuge es süß«, meinte Ottilia. Sie wandte sich an Mila. »Bringen Sie mir eine Tasse Schokoladenpudding.«

»Den muss ich erst kochen«, sagte Mila bestürzt. Wie kam die Frau auf die Idee, sie hätte Schokoladenpudding vorrätig?

»Dann beeilen Sie sich. Ich bin in anderen Umständen.« Ottilia von Berndorf streckte den Bauch nun für alle sichtbar nach vorne. »Ich will nicht darben müssen.«

Fanny hatte Mila bereits gewarnt. Angeblich war die Tochter von Hermann Steinhäusel schon als Kind verwöhnt und quengelig gewesen. Die Ehe mit Reinhard von Berndorf schien daran nichts geändert zu haben.

»Sobald ich fertig serviert habe, gehe ich in die Küche und mache mich an die Arbeit«, versprach Mila. Die Antwort, die sie erhielt, war ein leidendes Seufzen. So als wäre es Milas Schuld, dass sie nicht auf der Stelle einen cremigen Pudding herbeizaubern konnte.

Reinhard von Berndorf, der auch beim Abendessen einen Jagdanzug anhatte, ergriff die Hand seiner Frau. »Schatz, du bist so tapfer. Ich werde mit dem Essen warten, bis auch du deinen Nachtisch hast. Es kann nicht sein, dass du als Einzige hungern musst.« Demonstrativ schob er den Teller von sich und bedachte Mila ebenfalls mit einem vorwurfsvollen Blick.

»Das ist sehr aufmerksam von dir, mein Lieber.«

Als Köchin war Mila so ein Verhalten nicht fremd. Das Ehepaar von Berndorf lieferte bloß eine weitere Geschichte, die Mila bei Gelegenheit zum Besten geben konnte. Ihre Freundin Resi, eine Marktfrau am Naschmarkt, fand Szenen wie diese äußerst unterhaltsam. Sie konnte minutenlang darüber lachen.

»Die Tascherl schauen köstlich aus«, sagte Dr. Fellner wohlwollend.

»Und Ihr Erdäpfelsalat war einfach umwerfend«, schwärmte Felicitas Steinhäusel. Sie sah nun eine Spur besser aus, ihre Wangen hatten etwas Farbe angenommen. Rechts und links von ihr saßen ihr Neffe und ihre Nichte. Die Kinder schienen ihre Stimmung zu heben. »Verraten Sie uns Ihr Geheimrezept, Mila?«

Erneut schoss das Blut in Milas Wangen. »Ich gebe eine

Prise Zucker in die Marinade. Es darf nur nicht zu viel sein, sonst kippt der Geschmack.«

»Was für eine hervorragende Idee.«

Mila knickste höflich. »Danke.«

Dann ging sie weiter, legte auch den Kindern Sophie und Karl Tascherl auf den Teller. Sofort stach Karl mit der Gabel in den Teig.

»Sagen Sie Ihrem Bengel, dass er warten soll, bis wir alle die Nachspeise am Teller haben.« Der tadelnde Kommentar kam von Bernhard Sauerbach, er machte seinem Namen alle Ehre. Erstaunlich, dass er es wagte, die Enkelkinder des Hausherrn zu kritisieren. Er war bloß ein Gast.

Mit finsterem Blick beobachtete er die Kinder. Sofort ließ Karl die Gabel wieder sinken und legte sie sittsam neben den Teller.

»Zum einen können Sie Karl selbst ansprechen, zum anderen finde ich Ihren Ton unangebracht, Herr Sauerbach«, konterte Louise Steinhäusel. »Der Junge hat nichts Ungezogenes getan.«

Die junge Mutter nahm sich tatsächlich kein Blatt vor den Mund. Mila war beeindruckt.

»Deine Kinder sind laut und ohne Benehmen«, mischte sich nun auch Johannes Mayerl ein. Der dicke Kondensmilchfabrikbesitzer wischte sich mit der Serviette über die glänzenden Lippen. Er selbst hatte sein erstes Tascherl bereits verspeist. »Die Gschrapen rennen lärmend durchs Haus und benehmen sich wie kleine Wilde.«

»Ach, Johannes, nun übertreib mal nicht«, meinte seine Frau beschwichtigend. Sie nahm einen kräftigen Schluck vom Dessertwein, mit dem Sebastian eben ihr Glas gefüllt hatte.

»Ich gebe Herrn Mayerl völlig recht«, sagte Bernhard Sauerbach. Der baldige Verlobte von Felicitas Steinhäusel saß der stillen jungen Frau selbstgefällig gegenüber. Sein Hemd spannte über seiner breiten Brust, die er stolz präsentierte. »Kinder gehören ordentlich erzogen. Genau wie Wein müssen sie zurechtgeschnitten und gestutzt werden, damit sie in die gewünschte Richtung wachsen. Dabei ist eine starke Hand vonnöten.«

»Falls Sie gerade körperliche Züchtigung verherrlichen, muss ich Ihnen widersprechen«, hielt Louise Steinhäusel vehement dagegen. »Ich halte nichts von Schlägen. Sie sind ein Zeichen von Ohnmacht und werden nur von Erwachsenen eingesetzt, die sich nicht anders zu helfen wissen.«

Die Augen aller waren nun auf sie gerichtet. Trotz ihrer zierlichen Gestalt wirkte die junge Mutter selbstbewusst. Ein paar ihrer orangefarbenen Locken hingen ihr in die Stirn.

»Wollen Sie etwa behaupten, dass Kinder nicht von Zeit zu Zeit eine ordentliche Tracht Prügel benötigen?« Bernhard Sauerbach lächelte mitleidig. So als wäre Louise Steinhäusel von minderer Intelligenz.

»Ich gehe sogar einen Schritt weiter und sage, dass Gewalt in der Erziehung völlig abzulehnen ist«, entgegnete Louise zunehmend aufgebracht. Eine weitere Haarsträhne fiel nach vorne, sie schien es gar nicht zu bemerken.

»Das ist doch völliger Unsinn«, sagte Sauerbach. »Kinder brauchen Disziplin und Regeln. Wo führt das denn hin, wenn jeder tun und lassen kann, was er will?«

Nun beteiligte sich auch Ferdinand Steinhäusel am Gespräch. »Niemand streitet die Notwendigkeit von Regeln ab!« Er sah aus wie eine jüngere Ausgabe seines Vaters. Sein markantes Kinn und seine gerade Nase ließen erahnen, dass auch Hermann Steinhäusel einmal ein attraktiver Mann gewesen war. Bevor hängende Wangen und tiefe Falten an der Stirn sein Aussehen bestimmten. »Es gilt, die Kinder von der Richtigkeit der Regeln zu überzeugen, und nicht, sie zu blindem Gehorsam zu erziehen.«

»Wie bitte?« Bernhard Sauerbach lachte überheblich. »Natürlich braucht es den blinden Gehorsam. Wie soll ein Staat funktionieren, wenn die Beamten ihre Aufgaben nicht fraglos erfüllen, oder eine Armee, wenn die Soldaten Befehle verweigern?« Er wandte sich an Dr. Fellner. »Was sagen Sie dazu?«

Der Arzt, der viele Jahre beim Militär gedient hatte, neigte den Kopf. »Natürlich braucht die Armee Männer, die Befehle ausführen«, stimmte er vorsichtig zu. »Aber was man dort wohl noch dringender benötigt, sind Männer, die vorausschauend mitdenken.«

»Was wollen Sie damit sagen?«, fragte Sauerbach.

»Dass das selbstständige Denken erlernt werden muss. Ich bin kein Pädagoge, ich habe nur ein paar Jahre als Regimentsarzt gearbeitet. Im Militär wird Gehorsam erwartet. Aber ich frage mich manchmal, ob es klug ist, jeden Befehl auszuführen.«

Gleich mehrere Gäste schnappten empört nach Luft. Dieser Satz aus dem Mund eines Arztes, der beim Militär gearbeitet hatte, schrammte ganz nah am Verrat vorbei.

»Selbstverständlich ist das bloß eine hypothetische und philosophische Frage«, fügte Dr. Fellner leise und entschuldigend hinzu. Eine Pause entstand.

»Meine verstorbene Frau und ich haben unsere Kinder nie geschlagen«, sagte Hermann Steinhäusel müde. Er gähnte. »Und ich hoffe, dass auch meine Enkelkinder keine Gewalt erfahren werden.«

»Was mich betrifft, so bin ich davon überzeugt, dass hin und wieder eine Ohrfeige noch keinem Kind geschadet hat«, sagte Reinhard von Berndorf. Er sah hilfesuchend zu seiner Frau, die ihm zunickte.

Frau Steinhäusel beendete das Gespräch, indem sie Mila aufforderte weiterzumachen.

»Mila, wir wollen nicht ewig auf unser Dessert warten! Teilen Sie die Tascherl aus, bevor sie kalt sind.« Die Hausherrin klatschte fröhlich in die Hände, um die Stimmung wieder aufzubessern. »Fangt doch bitte alle zu essen an«, forderte sie übertrieben gut gelaunt und stach in ihre Nachspeise.

Mila folgte der Anweisung und machte einen Schritt seitwärts. Zu spät bemerkte sie, dass sie auf mehrere kleine Gegenstände trat. Was zum Teufel war das? Sofort verlor sie den Halt und rutschte aus. Vergeblich versuchte sie, mit den Armen das Gleichgewicht zu halten und die Schüssel noch rechtzeitig abzustellen. Mit einem dumpfen Knall landete sie unsanft auf ihrem Hinterteil. Die Servierschüssel fiel klirrend auf den Boden und zerbrach in mehrere Teile. Die restlichen zwei Powidltascherl und die Brösel lagen verteilt neben ihr.

Es dauerte einen Moment, bis sie begriff, was eben passiert war. Beschämt rappelte sie sich auf. Jemand fasste ihr helfend unter die Achseln.

»Ist Ihnen etwas passiert?« Ferdinand Steinhäusel sah sie besorgt an.

Hinter ihm erhoben sich Stimmen.

»Wie kann man nur so ungeschickt sein?«

»Warum ist die Köchin ausgerutscht?«

»Liegt da etwas am Boden?«

Mila nahm nur einen Teil der Kommentare wahr. Die Gäste am Tisch plapperten durcheinander. Umständlich richtete sie sich auf. Ihr Hinterteil schmerzte. Aber viel schlimmer als ihre Rückseite war ihr Knöchel. Sobald sie auftrat, durchzuckte ihn ein stechender Schmerz und breitete sich in ihrem Bein aus.

»Glasmurmeln!«, rief Bernhard Sauerbach. »Die Gören haben Glasmurmeln ausgestreut.«

»Nein, das war ich nicht!« Karl schüttelte den Kopf. Die großen hellen Augen des Jungen füllten sich mit Tränen.

»Ich auch nicht«, beteuerte Sophie.

»Wie kommen die Kugeln dann unter den Tisch?« Mit einem zufriedenen Grinsen hielt Sauerbach das Corpus Delicti in die Höhe. Eine durchsichtige Glaskugel in der Größe eines Daumennagels.

»Das ist eine Murmel«, gab Louise Steinhäusel zu. »Aber sie beweist gar nichts. Soviel ich weiß, besitzen meine Kinder keine Glaskugeln.«

»Mach dich nicht lächerlich«, sagte nun Ottilia von Berndorf. »Jedes Kind hat Glaskugeln.«

Mila starrte auf das Malheur am Boden. Zum Glück hatte

sie noch ein paar Powidltascherl in der Küche in Reserve gehalten. Sie waren für das Personal bestimmt. Die zwei am Boden würde sie entsorgen müssen. Und die Servierschüssel? Sie hoffte inständig, dass Sebastian ihr den Wert nicht vom Gehalt abziehen würde.

»Mizzi soll mit dem Besen kommen«, forderte Katharina Steinhäusel. Sie klang überraschend ruhig. Das Dienstmädchen, das gerade dabei gewesen war, einen Krug mit frischem Wasser auf den Tisch zu stellen, eilte mit flinken Schritten aus dem Raum.

»Bestimmt kann Mila ein anderes Dessert für uns zaubern«, meinte Katharina Steinhäusel. In den letzten Monaten war sie in die Rolle der Hausherrin hineingewachsen.

»Ich will Schokoladenpudding!« Ottilia von Berndorf hob den Zeigefinger ihrer rechten Hand.

Gerne hätte Mila sich einen Moment lang ausgeruht, aber daran war nicht zu denken.

»Ja, natürlich«, sagte sie leise. Die ganze Situation war furchtbar peinlich. Warum nur hatte sie nicht auf den Boden geschaut? Aber selbst wenn sie es getan hätte, wäre sie wohl ausgerutscht. Die durchsichtigen Glasmurmeln waren auf dem hellen Parkettboden kaum zu sehen. Und obwohl die Gaslampen den Raum erhellten, so wurde der Teil unter dem Tisch nicht ausreichend ausgeleuchtet. Wer immer sie verloren hatte, es war ärgerlich, dass sie ausgerechnet neben dem Tisch gelandet waren.

Humpelnd, weil ihr Knöchel schmerzte, kehrte Mila zurück in die Küche. Der Raum war leer. Kurz ließ sie sich auf einen Schemel plumpsen und schloss für ein paar Sekunden die Augen. In ihren Ohren sauste es. Sie war eindeutig zu alt für so lange Arbeitstage ohne Verschnaufpause. Mit einem Mal überkam sie eine bleierne Müdigkeit. Seit den frühen Morgenstunden war sie auf den Beinen. Nach dem Servieren des Desserts hatte sie auf eine Pause gehofft, doch die rückte nun in weite Ferne. Es galt, einen Schokoladenpudding zu kochen.

Mila hob den Saum ihres Rocks. Ihr Knöchel pulsierte. War er angeschwollen? Vorsichtig streckte sie ihr Bein und betrachtete ihren Fuß.

»Mila, stehen Sie sofort auf. Wie können Sie jetzt sitzen! Schnell, der Pudding wird erwartet.« Wieder einmal hatte Mila Sebastian nicht kommen hören.

»Ich sollte einen Eisbeutel auf den Knöchel legen«, sagte Mila zerknirscht.

»Vergessen Sie das Eis«, rief Sebastian ungehalten, »das können Sie machen, wenn Sie zu Bett gehen. Jetzt heißt es Pudding kochen. Los, los.«

Gerade als Mila aufstehen wollte, vernahm sie hastige Schritte. Jemand kam eilig die Treppe herunter. Es war Mizzi, die mit angstgeweiteten Augen und blassem Gesicht in die Küche stürzte. »Der gnädige Herr«, stieß sie hervor. »Er liegt am Boden!«

»Red keinen Unsinn!«, herrschte Sebastian die Dienstmagd an. Sofort fing sie an zu heulen.

»Doch!«, jammerte sie. »Ich glaub, er ist tot.« Zitternd führte Mizzi ihre Faust zum Mund und biss sich auf die Knöchel.

»Er hat eben noch mit den Gästen diskutiert. Dabei war er zwar müde, aber sehr lebendig.« Sebastian schüttelte verärgert den Kopf.

»Ich schwör's«, versicherte Mizzi. Sie nahm die Faust wieder aus dem Mund. »Er hat die Tascherl gegessen, dann hat er die Augen verdreht und ist vom Sessel gekippt. Den hat jemand vergiftet. Der Mann ist tot.«

Sebastian drängte Mizzi unhöflich zur Seite und lief die Treppe hinauf. Diesmal hörte Mila jeden seiner Schritte.

Es dauerte nicht lange, da kam er wieder zurück. Sein Gesicht war finster, sein Blick eiskalt.

»Ich habe eben Michl zur Polizei geschickt«, sagte er.

»Warum das denn?«, fragte Mila. Sie ahnte, dass sie in Schwierigkeiten steckte. Was war das nur für ein verrückter Tag?

»Der gnädige Herr ist eben verstorben. Dr. Fellner meint, dass er eine hohe Dosis Zucker zu sich genommen hat.«

»Das kann nicht sein.« Mila machte eine ruckartige Bewegung. Sofort bereute sie ihr Tun. Ein stechender Schmerz fuhr durch ihren Knöchel, sie knickte weg. Mit beiden Händen hielt sie sich am Tisch fest. »Ich habe die Tascherl für Herrn und Frau Steinhäusel ganz ohne Zucker zubereitet. So wie immer.«

»Sie haben Herrn Steinhäusel umgebracht«, beharrte Sebastian.

Wie betäubt von diesen Worten ließ Mila sich wieder auf den Schemel sinken. Das alles erschien ihr wie ein böser Alptraum. Sie hoffte, dass sie daraus bald wieder aufwachen würde. Aber schon war Michl unterwegs zur Polizei. Der Abend war lange noch nicht vorbei, und er verhieß nichts Gutes für sie.

4

5. Dezember, Elisabethpromenade

»Eine Eilmeldung!«, sagte Schnaberl. »Wir müssen sofort in die Herrengasse. Dort ist ein reicher Tabakfabrikbesitzer im eigenen Palais von seiner Köchin vergiftet worden.«

»Schon wieder ein Fall, der gelöst ist, bevor wir zum Tatort kommen?« Felix Zack holte seine goldene Taschenuhr aus der Westentasche. Sie war ein Erbstück seines Vaters und wohl der wertvollste Gegenstand, den er besaß. »Ich habe seit zwei Stunden Feierabend«, brummte er verärgert.

Die Kälte saß ihm immer noch in den Knochen. Der Ausflug zum Eislaufverein war unerfreulicher verlaufen als erwartet. Zuerst hatten Schnaberl und er keinen Platz beim Demel bekommen, und das, obwohl es so verführerisch nach Früchtekuchen und Lebzelter, nach heißer Schokolade und frisch geröstetem Kaffee gerochen hatte. Bloß mit dem Bild der Köstlichkeiten im Kopf und nicht mit einem zufriedenen, satten Gefühl im Magen hatten die beiden über den Graben und die Kärntnerstraße zur Himmelpfortgasse laufen und von dort weiter zum Heumarkt spazieren müssen. Felix hatte weder dem geschmückten Christbaum vor dem Stephansdom noch den hübsch dekorierten Schaufenstern der Geschäfte Beachtung geschenkt, so enttäuscht war er über die überfüllte k.u.k. Konditorei gewesen.

Beim Wiener Eislaufverein hatte man sie bereits erwartet. Statt im angrenzenden Kaffeehaus zu sitzen, wo es warm war, mussten sie stundenlang neben der riesigen Eisfläche ausharren, denn die Bankiersfrau hatte ihre Geschichte direkt am Ort des Verbrechens erzählen wollen. Sie war felsenfest davon überzeugt, dass ein junger Bursche, der gemeinsam mit dem Eismeister für das Säubern der Eisfläche verantwortlich war, ihre Goldkette gestohlen hatte.

»Der Junge hat mich angerempelt und mir dabei die Kette vom Hals genommen. So muss es passiert sein, eine andere Erklärung gibt es nicht«, hatte sie voller Gewissheit verkündet. »Dann hat er mein Schmuckstück irgendwo versteckt oder einem Komplizen übergeben.«

Felix war sich sicher, dass es unmöglich so abgelaufen sein konnte. Die Dame trug einen dicken Pelzmantel und hatte einen kostbaren Seidenschal um den Hals gebunden. Wie hätte der Junge es bewerkstelligen sollen, die Kette zu entwenden?

Weinend beteuerte der Bursche seine Unschuld. Doch Frau Schwarztal, die Bankiersfrau, war unerbittlich.

»Ich verlange, dass Sie den gemeinen Dieb mitnehmen und so lange verhören, bis er sein Verbrechen gesteht. Außerdem will ich meine Kette wiederhaben.«

Weil auch der Ehemann der Frau, Bankier Schwarztal, auf der Verhaftung bestanden hatte, saß der arme Wicht jetzt in einer der Zellen in der Elisabethpromenade. Es war Felix zwar gegen den Strich gegangen, dass man ihm vorschreiben wollte, wen er abführen sollte und wen nicht, da er aber nicht länger in der Kälte stehen wollte und müde und hungrig war, hatte er dem Drängen schließlich nachgegeben.

Auf dem Weg zum Büro hatte er dem Jungen zugeflüstert: »Wenn keine weiteren Zeugen auftauchen, behalten wir dich bloß eine Nacht hier, dann kannst du wieder heimgehen.« Daraufhin hatte der Bursche zumindest aufgehört, zu weinen und zu zittern.

»Dann lass uns die Sache in der Herrengasse besser rasch hinter uns bringen«, meinte Felix.

Als er gemeinsam mit Schnaberl das Polizeigebäude verließ, hatte er plötzlich den Eindruck, jemand würde ihm folgen. Doch als er sich umdrehte, war im Lichtkegel, den die Gaslaterne auf das Kopfsteinpflaster warf, nichts zu sehen außer schmutzigem Schnee.

»Was ist los?«, fragte Schnaberl.

»Ich dachte eben, dass wir verfolgt werden!«

Schnaberl wandte sich nach allen Seiten. »Da ist niemand.«

»Du hast recht, das habe ich mir wohl bloß eingebildet. Ich bin müde. Das ist alles. Es ist höchste Zeit, dass dieser lange Arbeitstag ein Ende nimmt.«

»Wird noch ein Weilchen dauern«, meinte Schnaberl.

5

5. Dezember, Herrengasse

Mila hatte ihren Fuß auf einem Schemel hoch gelagert und knetete nervös ihre Hände. Wie konnte Sebastian nur behaupten, sie hätte Herrn Steinhäusel umgebracht? Das war doch alles völlig absurd. Sie hatte die Marillentascherl für ihn und seine junge Frau genauso zubereitet wie immer. Und die restlichen hatte sie mit gezuckertem Powidl gefüllt und in Zuckerbröseln gewälzt. Sie hatte die Tascherl auch nicht in andere Schüsseln gelegt. Die ungezuckerten waren in der geblümten Schüssel mit dem Goldrand gewesen. So wie immer.

Als die Polizisten eintrafen, musste sie nach oben ins Speisezimmer humpeln. Ihr Knöchel war jetzt auf doppelte Größe angeschwollen. Bis auf Sophie, Karl und ihre Mutter Louise waren alle anwesend. Ferdinand Steinhäusel hatte darauf bestanden, dass seine Frau sich mit den beiden Kindern ins Schlafzimmer zurückzog. Beide Eltern waren sich einig, dass der Anblick des toten Großvaters nicht für Kinderaugen geeignet war.

Der Leichnam lag nun auf einem Kanapee unterhalb des Fensters. Die weihnachtlichen Kerzen am Fensterbrett verfehlten ihre romantische Wirkung und verströmten einen Hauch von Grusel. Einige der Gäste saßen noch bei Tisch, andere hatten sich in den angrenzenden Salon begeben. Beide Flügeltüren standen weit offen, weshalb der Eindruck eines einzigen lang gestreckten Raums entstand.

»Sind Sie die Köchin?« Ein kleiner, dicker Mann mit einem weißen Vollbart, der Mila an den heiligen Nikolaus erinnerte, stand vor ihr. Er hatte gutmütige dunkle Augen, und Hoffnung keimte in ihr auf. Der Mann sah nicht so aus, als würde er sie auf der Stelle verhaften wollen. Noch dazu für eine Tat, die sie nicht begangen hatte.

»Ja, das bin ich.« Sie knickte mit dem verletzten Fuß ein und verzog schmerzlich das Gesicht.

»Sind Sie verletzt?«

»Ich bin vorhin auf Glasmurmeln ausgerutscht und hingefallen.«

»Es waren nicht die Kugeln meiner Kinder«, mischte sich Ferdinand Steinhäusel ein. »Die beiden besitzen keine Glaskugeln.«

»Jedes Kind hat Murmeln«, widersprach nun Katharina Steinhäusel. Sie saß mit gekrümmtem Rücken neben ihrem toten Ehemann und weinte in ein Taschentuch. Ihre Ruhe und Gelassenheit war einer hektischen Nervosität gewichen. Dr. Fellner neben ihr hatte den Arm tröstend um sie gelegt und tätschelte ihr freundschaftlich die Schultern.

Mila blickte sich im Raum um. Amalia Steinhäusel stand beim Fenster und zog nervös an einer Zigarette an einem langen Stiel. Sie schien mitgenommen, daran konnte auch das spektakuläre Kleid nichts ändern. Ihre Nichte Felicitas Steinhäusel hockte auf einem Stuhl neben ihr und zitterte. Immer wieder strich Amalia beruhigend über den Rücken der jungen Frau, die es sichtlich nicht fassen konnte, dass ihr Vater eben verstorben war.

Hermann Steinhäusels ältere Tochter, Ottilia von Berndorf, lag im Nebenraum auf einem weiteren Kanapee. Sie hielt schützend ihren Bauch und stöhnte so laut, dass alle es hören konnten. Dabei wirkte sie weder trauernd noch bestürzt, sondern lediglich selbstmitleidig. Mit sehr klarer Stimme verlangte sie nach einer Tasse beruhigendem Zitronenmelissentee mit Honig.

Mizzi lief bereitwillig in die Küche, um das Getränk aufzubrühen. Die Dienstmagd schien erleichtert, dass sie nicht im Raum sein musste, wenn die Polizei unangenehme Fragen stellte.

»Bitte setzen Sie sich«, forderte der dicke Polizist. Er wies auf einen Sessel. »Ich will nicht, dass Sie uns zusammenbrechen und noch einmal stürzen. Sie sind ganz blass.«

Dankbar ließ sich Mila beim Esstisch nieder. Die meisten Dessertteller waren noch halb voll, nur hier und dort hatte jemand alle Tascherl gegessen. Die ganze Arbeit völlig umsonst, schoss es Mila durch den Kopf. Doch dann verwarf sie den Gedanken wieder. Sie hatte im Moment andere Sorgen.

»Ich habe niemanden umgebracht«, verteidigte sie sich.

»Immer langsam. Im Moment wird niemand irgendeines Verbrechens verdächtigt. Wir müssen zuerst klären, was überhaupt passiert ist«, sagte der Polizist. »Ich bin Kommissar Felix Zack, und das hier ist mein Mitarbeiter, der Polizeidiener Walter Schnaberl.«

»Mila Sokol. Ich bin die Köchin.«

»Ich nehme an, Sie wussten, dass Herr Steinhäusel an einer Krankheit litt, wegen der er keinen Zucker vertrug.« Kommissar Zack zog einen Stuhl zu Mila und setzte sich ihr gegenüber.

»Ja, natürlich wusste ich das«, sagte Mila. »Deshalb habe ich für ihn stets ohne Zucker gekocht. Auch heute habe ich ihm und seiner Ehefrau eine Extraportion mit ungezuckerten Tascherln zubereitet. Sie waren mit ungesüßter Marillenmarmelade gefüllt.«

»Sie haben auch Tascherl ohne Powidl gegessen?« Fragend richtete sich der Kommissar an die trauernde Witwe. Sie nickte schniefend und betupfte sich die roten Augen.

»Als ehemalige Tänzerin achte ich auf meine Figur. Es war mir durchaus recht, dass mein Mann zuckerlos aß. So musste Mila nie separat für mich kochen.«

Der Kommissar holte einen Notizblock aus seinem Sakko und schrieb etwas.

»Wie können Sie sich dann erklären, dass auf dem Teller, von dem Herr Steinhäusel gegessen hat, gezuckerte Tascherl lagen?«, fragte er an Mila gewandt.

»Das weiß ich nicht«, beteuerte sie. »Ich habe die Tascherl in einer eigenen Schüssel aufbewahrt.« Sie zeigte auf den Tisch zu der weißen Schüssel mit den rosa Blumen und dem Goldrand. »Alle anderen Schüsseln haben ein Muster mit weihnachtlichen Glocken«, erklärte sie. »Sebastian hat die ungezuckerten Tascherl serviert.«

»Hatte jemand Zugriff auf die Tascherl, bevor Sie sie in die Schüssel gegeben haben?«

Mila dachte nach. »Ich habe die Tascherl am Nachmittag zubereitet. In der großen Schüssel waren die gezuckerten, in der kleinen die ungezuckerten. Sechs Stück waren es.«

»Haben Sie die Tascherl, die ja völlig gleich aussehen, extra gekocht?«

»Ja, natürlich«, beteuerte Mila.

»Hatte jemand Zugriff darauf?«

»Jeder hätte sie manipulieren können«, sagte Mila.

»So ein Unsinn!« Die Bemerkung stammte von Bernhard Sauerbach. Er war der Einzige, der die Tascherl nicht hätte angreifen können, da er erst kurz vor dem Essen im Palais eingetroffen war.

»Wann haben Sie die Tascherl in den Zuckerbröseln gewälzt?«, wollte der Kommissar wissen.

»Kurz vor dem Servieren.«

»Und auch da haben Sie darauf geachtet, dass die mit Zucker in die Schüssel mit den Glocken wanderten und die ohne in die mit dem Goldrand?«

»Selbstverständlich!«, sagte Mila.

»Wo sind die restlichen gezuckerten Tascherl jetzt?«

»Die habe ich fallen lassen, als ich auf den Murmeln ausgerutscht bin. Mizzi hat alle Tascherl und Brösel in den Mistkübel geworfen.«

»Sind noch gezuckerte Tascherl übrig?«, fragte der Kommissar.

»Ja, in der Küche.« Mila fragte sich, wohin das Gespräch führte. Glaubte der Kommissar, sie hätte die Tascherl absichtlich vertauscht? Sie war auf der Hut.

»Darf ich eines davon kosten?«

Überrascht riss Mila die Augen auf.

»Ich werde die Mehlspeise holen«, bot Sebastian an und

lief persönlich in die Küche. Kurz darauf kehrte er mit einem Teller voll goldbrauner Tascherl zurück. Irrte sich Mila, oder glänzten die Augen des Polizisten in Vorfreude? Er nahm den Teller entgegen und stach mit einer sauberen Gabel in die Mehlspeise. Verzückt schloss er die Augen.

»Das sind die besten Powidltascherl, die ich je gegessen habe«, sagte er voller Begeisterung.

Mila errötete. »Das freut mich«, sagte sie leise. »Es ist ein altes Rezept aus meiner Heimat.«

»Köstlich, einfach köstlich.« Der Kommissar aß alle sechs Tascherl auf. Sowohl Mila als auch die Gäste beobachteten ihn schweigend und fassungslos zugleich. Als der Teller leer war, wischte er sich den Mund ab und stellte das Geschirr zurück auf den Tisch. Kurz glaubte Mila, er würde mit dem Zeigefinger die restlichen Brösel auftupfen und in den Mund schieben. Doch er schien sich im letzten Moment selbst davon abzuhalten.

»Die Tascherl schmecken herrlich. Sie sind weder zu süß noch zu sauer. Könnte ich ein Glas kalter Milch haben? Zu einer ordentlichen Mehlspeise gehört kalte Milch.« Schon lief Sebastian los und kehrte mit einem großen Becher Milch zurück. Der Kommissar setzte an und trank den Becher in einem Zug aus.

»Es freut uns, dass Ihnen die Mehlspeise unserer Köchin schmeckt«, sagte Ferdinand Steinhäusel ungeduldig. »Aber Sie sind hier, um den Tod meines Vaters aufzuklären. Wir wollen wissen, warum er sterben musste.«

»Das habe ich doch schon erklärt«, unterbrach ihn Dr. Fellner. »Es war der Zucker, der ihn umgebracht hat. Herrn Steinhäusels Körper konnte Zucker nicht verarbeiten. Es war für ihn ein tödliches Gift.«

»Kann denn eine so geringe Menge an Zucker schon tödlich sein?«, fragte Amalia Steinhäusel. »Mila hat gesagt, dass auch in der Marinade des Erdäpfelsalats Zucker war.«

»Bereits die winzigste Menge führt bei einem Patienten wie

Herrn Steinhäusel zu Nierenversagen und Herzstillstand«, erklärte Dr. Fellner. »Herr Steinhäusel hat keinen Salat zu sich genommen. Er wusste, wie gefährlich Zucker für ihn werden konnte.« Er reichte dem Kommissar einen Zettel. »Ich habe bereits einen Bericht ausgefüllt und die Todesursache festgehalten. Offenbar kam es zu einer Verwechslung. Herr Steinhäusel muss die Tascherl mit der Powidlfüllung erwischt und drei davon gegessen haben.«

Der Kommissar nahm den Totenschein entgegen und überflog ihn. »Da haben Sie der Polizei viel Arbeit abgenommen. Vielen Dank. Wir können also von einer Obduktion absehen.«

»Werden Sie die Köchin verhaften?«, fragte Theodora Mayerl. »Ich kann mir allerdings beim besten Willen nicht vorstellen, dass sie meinen Bruder mit Zucker vergiftet hat. Warum hätte sie das tun sollen?« Die Schwester des Todesopfers saß neben ihrem Ehemann am Tisch. Das korpulente Paar benötigte fast drei Sitzplätze. Nervös ließ Theodora Mayerl, während sie sprach, die weißen Perlen ihrer langen Halskette klackernd durch die dicken Finger gleiten.

»Soweit ich das zum momentanen Zeitpunkt beurteilen kann, hätte am Nachmittag jeder in die Küche gehen und die Powidltascherl vertauschen können. Waren Ihre Tascherl ebenfalls gezuckert?«, fragte der Kommissar und sah zu Katharina Steinhäusel, der Witwe.

»Wie bitte?« Sie hob den Kopf.

Dr. Fellner wiederholte die Frage. »Der Kommissar möchte wissen, ob Ihre Tascherl süß waren.«

»Nein, ich denke, sie waren wie immer ungezuckert«, sagte Katharina Steinhäusel leise.

»Aber du hast doch gar kein Tascherl gegessen, sondern bloß mit der Gabel reingestochen«, meinte Amalia Steinhäusel vom Fenster aus. Sie wies mit ihrer Zigarette zum Teller, auf dem sich die unberührte Mehlspeise befand.

»Ach, wirklich? Ich bin völlig durcheinander. Es ist alles

so schrecklich. Hermann ist tot!« Die Witwe stand auf, ging weinend zum Tisch und hob den Teller auf. Sie hielt ihn dem Kommissar entgegen. »Wollen Sie ...« Weiter kam sie nicht. Ihre Augen verdrehten sich, der Teller glitt ihr aus den Händen und zerschellte klirrend am Boden. Langsam ging sie in die Knie.

Zeitgleich sprangen Dr. Fellner und Bernhard Sauerbach an ihre Seite und fingen sie gemeinsam auf. Sie verhinderten im letzten Moment einen weiteren Unfall.

»Rasch, wir müssen sie irgendwo hinlegen. Das war alles zu viel für die Arme.« Der Arzt wies aufs Kanapee im anderen Raum, wo Ottilia von Berndorf lag.

»Ich soll aufstehen?«, beschwerte sich die Schwangere, richtete sich aber langsam und umständlich auf, um sich ein paar Schritte weiter in einen der tiefen Lehnsessel im Salon plumpsen zu lassen.

»Die Frau ist einfach zu dünn. Sie isst zu wenig. Kein Wunder, dass sie in Ohnmacht fällt«, raunte Theodora Mayerl.

»Hat jemand ein Fläschchen Riechsalz dabei?«, fragte Dr. Fellner.

»Ja, ich!« Felicitas Steinhäusel kramte in einem kleinen bestickten Stoffbeutel und eilte damit zum Kanapee. Dr. Fellner nahm es entgegen und hielt es der leblosen Frau unter die Nase. Es dauerte einen Moment, bis sie wieder die Augen aufschlug und sich orientieren konnte.

»Es ist alles so schrecklich. Es kann einfach nicht wahr sein«, weinte sie leise. »Wie ein böser Alptraum. Ich wünschte, ich würde einfach aufwachen und erkennen, dass alles nicht wahr ist.«

»Sie sind gerade sehr aufgebracht, das ist verständlich.« Der Arzt fühlte besorgt ihren Puls am Handgelenk. »Ich gebe Ihnen ein Beruhigungsmittel, damit werden Sie heute Nacht gut schlafen können.«

»Das Mittel können Sie uns allen austeilen«, meinte Amalia Steinhäusel. »Nach diesem Abendessen wird niemand problemlos einschlafen können. Ich will mir gar nicht ausmalen, wie lange mich der Anblick meines sterbenden Bruders begleiten wird.«

»Soll ich welches aus meiner Apotheke holen?«, bot Bernhard Sauerbach an.

»Es war bloß ein Scherz«, entgegnete Amalia Steinhäusel. »Ich trinke einen Cognac, dann schlafe ich wunderbar.«

»Was passiert jetzt mit Mila?«, wollte die Hausherrin mit schwächlicher Stimme wissen. »Sie soll bitte hierbleiben. Niemals hätte sie meinen Ehemann absichtlich mit Zucker vergiftet. Es muss eine Verwechslung gewesen sein. Ich will nicht, dass sie verhaftet wird.«

Mila zuckte bei dem Wort »verhaftet« zusammen. Sie hatte gedacht, dass dieses Thema bereits vom Tisch wäre.

»Es ist gewiss nicht einfach, für so viele Menschen zu kochen«, stimmte Theodora Mayerl zu. »Da kann einem rasch ein kleiner Irrtum unterlaufen. Leider hatte er böse Konsequenzen.«

»Ich habe keinen Fehler gemacht«, verteidigte sich Mila. »Vielleicht hat sich einer der Botenjungen, die am Nachmittag Lebensmittel gebracht haben, einen Scherz erlaubt. Es kann ja sein, dass er ein Tascherl genascht und dann welche von einer Schüssel in die andere gelegt hat. Schließlich war ein Behälter fast leer und der andere randvoll. Ich hatte alle vorgekocht, damit es am Abend schneller geht. Sie waren also alle genießbar und gut.«

»Im Grunde hätte jeder von uns die Möglichkeit gehabt, am Nachmittag in die Küche zu schleichen und die Tascherl auszutauschen«, fuhr Ferdinand Steinhäusel fort. »Auch Sie, Sebastian, hätten es tun können.«

»Ich hätte niemals …«, empörte sich der Diener.

»Und ich auch nicht«, sagte Mila schnell.

»Ich will niemanden beschuldigen.« Beschwichtigend hob Ferdinand Steinhäusel die Hände. »Ich will damit nur Katharina und meiner Tante Theodora zustimmen und sagen, dass ich davon überzeugt bin, dass ein böser Zufall den Tod meines Vaters verursacht hat und keine böse Absicht.«

Der Kommissar blätterte in seinem Notizblock auf die nächste Seite. »Wenn ich Sie alle richtig verstehe, so wurden am Nachmittag Powidltascherl in zwei Schüsseln vorbereitet. Viele mit Zucker und wenige ohne Zucker. Jeder hier hatte die Möglichkeit, in die Küche zu gehen und ein paar der Tascherl zu naschen oder auszutauschen. Außerdem waren auch hausfremde Personen in der Küche wie etwa Botenjungen.«

Mila nickte zustimmend. Doch der Kommissar schenkte ihr keine Beachtung. Sehnsuchtsvoll blickte er auf den Fußboden zum zerbrochenen Teller. »Ewig schade um die guten Tascherl«, seufzte er.

In der Zwischenzeit hatte Fanny Besen und Schaufel geholt, sie kehrte das Malheur zusammen. Scherben wie Tascherl kippte sie von einer Schaufel in einen kleinen Kübel, den Mila zuvor noch nie gesehen hatte. Es war wohl derselbe, den zuvor Mizzi verwendet hatte.

»Wie ich die Sache verstehe, handelt es sich hier um eine folgenschwere, aber unbeabsichtigte Verwechslung. Wer sie vorgenommen hat, werden wir nicht mehr herausfinden können.«

»Sie werden den Tod von unserem gnädigen Herrn nicht untersuchen?«, fragte Sebastian.

»Ja«, sagte der Kommissar.

»Wie … also doch?«

»Doppelte Verneinung. Ich werde die Angelegenheit nicht untersuchen«, wiederholte der Kommissar. »Meines Erachtens handelt es sich nicht um einen Mord, und deshalb werden keine Ermittlungen eingeleitet. Ein Kranker hat bedauerlicherweise etwas Falsches zu sich genommen. Das ist alles.«

»Danke«, sagte Katharina Steinhäusel matt.

»Was wird jetzt aus unserem Familientreffen?«, fragte Theodora Mayerl. »Hermann hätte gewiss gewollt, dass wir die Zeit bis zum Heiligen Abend gemeinsam verbringen.«

»Das müssen wir ohnehin«, sagte Ferdinand Steinhäusel.

»Warum?«, fragte seine Tante Amalia.

»Weil wir auf die Eröffnung von Vaters Testament warten müssen.«

»Hat er denn eines aufgesetzt?«, fragte Ottilia von Berndorf. Mit einem Mal klang sie überhaupt nicht mehr erschöpft. Hellwach rückte sie an den Rand des Lehnsessels.

»Ja«, sagte Katharina Steinhäusel. »Hermann hat es letzten Monat verändert.«

»Er hat was?«, entfuhr es Ottilia von Berndorf entsetzt. »Wir, seine Kinder, sind die rechtmäßigen Erben. Mutter hätte es so gewollt, und Vater hätte niemals gegen ihren Willen gehandelt. Er hat sie geliebt und verehrt.«

»Das Erben der Kinder mag für das Palais und seine Wertpapiere gelten«, meldete sich Theodora Mayerl zu Wort. »Aber Hermanns Anteile von der Tabakfabrik gehen an Amalia und mich, seine Schwestern. Das wurde schon vor Jahren so vereinbart. Es war der ausdrückliche Wunsch unserer Eltern. So sollte verhindert werden, dass sich irgendwann fünf Besitzer über die Zukunft der Fabrik streiten. Das wäre nicht gut für das Unternehmen.«

»Das ist lächerlich«, sagte Ferdinand Steinhäusel. »Jeder in diesem Raum weiß, dass ich seit Jahren die Belange der Fabrik leite.«

Stimmengemurmel erhob sich, alle redeten plötzlich durcheinander. Mila nahm nur noch Wortfetzen wahr. Es ging um Geld und gerechte Aufteilung, um rechtliche Ansprüche und um Versprechen, die mündlich und schriftlich gegeben worden waren.

»Meine Herrschaften!« Sebastian erhob die Stimme. »Ich bitte Sie alle, kurz innezuhalten und mir einen Moment der Aufmerksamkeit zu schenken.«

Es dauerte, bis alle Augen bei ihm waren und die Anwesenden wieder schwiegen.

»Ich habe von Herrn Steinhäusel im Falle seines plötzlichen Ablebens einen Auftrag erhalten.«

»Der wie lautet?«, fragte Theodora Mayerl ungehalten.

»Ich soll in diesem Falle Dr. Ferdinand Eisner, den Notar der Familie, informieren, er wird dann in den nächsten Tagen im Beisein aller das Testament eröffnen.«

»O mein Gott!« Felicitas Steinhäusel schlug sich mit der flachen Hand auf den Mund. »Hat Vater etwa geahnt, dass er sterben muss? War er kränker, als wir wussten? Warum hat er denn nichts gesagt? Wir hätten alle darauf achten sollen, was er isst.« Die junge Frau sah den Arzt mit rot geweinten Augen an.

Doch Dr. Fellner schüttelte beruhigend den Kopf. »Er litt seit Jahren an der Zuckerkrankheit und wusste genau, wie gefährlich Zucker ihm sein kann. Es gibt viele Menschen, die damit problemlos sehr alt werden.«

»Ich kann immer noch nicht glauben, dass ein einziges mit Marillenmarmelade gefülltes Teigtascherl ausreicht, einen erwachsenen Mann zu töten«, raunte Ottilia von Berndorf.

»Es waren drei«, verbesserte ihr Mann. »Und sie waren mit Powidl gefüllt.«

»Werden Sie zur Eröffnung des Testaments kommen?« Diese Frage richtete Sebastian an den Kommissar.

Der dicke Mann faltete den Totenschein zusammen, schob ihn in seinen Notizblock und steckte ihn in die Tasche seines Sakkos. »Ich sehe keinen Anlass dafür«, sagte er mit tiefer Stimme. »Der Fall ist für mich abgeschlossen. Ich wünsche Ihnen noch einen halbwegs angenehmen Abend, und natürlich spreche ich Ihnen allen mein tiefstes Beileid aus.«

Höflich verabschiedeten er und sein Polizeidiener sich von den Anwesenden.

Kaum dass er das Palais verlassen hatte, wandte Sebastian sich an Mila. »Sie hatten Glück«, raunte er mit zusammengebissenen Zähnen. »Aber seien Sie versichert, ich werde Sie weiter im Blick behalten.«

»Das werde ich auch tun«, sagte Mila. »Ich werde Sie ebenfalls beobachten.« Sie hoffte, dass der Diener die Angst nicht hören konnte, die sie bis eben noch verspürt hatte. Mila wusste, sie hatte sich keines Verbrechens schuldig gemacht. Und sie war sich sicher, dass ihr kein Fehler unterlaufen war. Sie hatte die Tascherl zubereitet wie immer. Als sie aufstand, knickte sie sofort wieder ein. Ihr Fuß war inzwischen angeschwollen und so groß wie der eines Elefanten. Dr. Fellner bemerkte ihr Humpeln.

»Ich werde Ihren Fuß verbinden, Mila. Sie sollten den Fuß hoch lagern und kühlen. Ich sehe mir den Knöchel morgen früh noch einmal an.«

»Danke«, sagte Mila. Sie wusste, dass es noch Stunden dauern würde, bis sie ihrem Fuß eine Pause gönnen konnte. Es galt nun, die Küche wieder sauber zu machen und alles für das morgige Frühstück vorzubereiten, denn die Herrschaften würden trotz des Todesfalls Hunger haben. Der einzige Lichtblick war: Es wurde kein Schokoladenpudding mehr verlangt.

6

5. Dezember, Linke Wienzeile

Es hatte erneut zu schneien begonnen, während Felix Zack den Wienfluss stadtauswärts entlangspazierte. Was für ein seltsamer Abend, dachte er bei sich. Der arme Mann war von einer Köstlichkeit getötet worden. Die Vorstellung, dass ihn selbst eine solche Krankheit eines Tages ereilen könnte, war furchteinflößend. Ein Leben ohne Zucker wäre trist und freudlos. Besonders jetzt in der Vorweihnachtszeit, wo es an allen Ecken in der Stadt nach Lebkuchen, heißen Maroni und kandierten Früchten duftete.

Die Geräusche von Felix' Schritten wurden von der immer höher werdenden Schneedecke geschluckt. Leider waren die Stände des Naschmarkts längst geschlossen. Wie gerne hätte er sich eine Pferdeleberkäsesemmel, eine heiße Burenhaut oder Debrecziner gegönnt. Und danach eine Tasse heißen Kakao mit Zimt und ein paar der köstlichen Linzeraugen am Stand neben den Gewürzen aus aller Welt.

Zumindest war sein Appetit nach Süßem gestillt worden. Die Köchin im Palais des toten Tabakfabrikanten war eine Magierin. Wenn es nach Felix ginge, würde man Frauen wie ihr ein Denkmal setzen. Sie waren die wahren Künstlerinnen der Monarchie. Ihnen gelang es, die Juwelen aus den Küchen der Kronländer in der Wiener Küche zu vereinen und wie in einer Melange zu einer deliziösen Mischung zu verschmelzen. Apfelstrudel aus Südtirol, Gulasch aus Budapest, Powidltascherl aus Böhmen und panierte Schnitzel aus Wien. Beim Gedanken an all die Delikatessen lief ihm das Wasser im Mund zusammen.

Felix hatte immer schon gerne gegessen. Seine Großmutter, eine Bäuerin aus dem Waldviertel, hatte die besten Mohnknödel der Gegend gemacht. Sie gehörten zu Felix' liebsten Erinnerungen. Später hatte seine Frau Maria Knödel zubereitet, die beinahe ebenso gut gewesen waren wie die seiner Großmutter. Leider war Maria viel zu früh gestorben. Wie immer, wenn er an sie dachte, überkam ihn eine tiefe Traurigkeit. Felix hatte alles gehabt und in einer einzigen Nacht alles wieder verloren. Seine geliebte Frau und sein ungeborenes Kind. Er blinzelte die Tränen weg.

Felix war vor seinem Wohnhaus angekommen. Er klopfte den Schnee von seinem Mantel und betrat durch den bogenförmigen Hauseingang den Innenhof. Heute sorgten der Mond und der Schnee für ausreichend Licht. Als er in seiner Jackentasche nach dem Schlüssel kramte, vernahm er ein leises Winseln. Erschrocken drehte er sich um.

Nichts war zu sehen. Die Mistkübel standen in der Ecke, im Fenster von Frau Baum, seiner Vermieterin im Erdgeschoss des zweigeschossigen Hauses, brannte eine Kerze. Es war alles wie immer. Felix kniff die Augen zusammen und lauschte angespannt, konnte aber nichts Ungewöhnliches erkennen. Wahrscheinlich hatte ihm seine Phantasie eben einen Streich gespielt. Es war spät, und der Tag war lang gewesen. Höchste Zeit fürs Bett.

Felix drehte sich wieder um und steckte den Schlüssel ins Schlüsselloch. Da war es wieder, diesmal lauter und klagender. Felix fuhr erneut herum, und da sah er ihn. Den struppigen grauen Straßenköter, den Schnaberl mit einem Prügel weggejagt hatte.

»Wo kommst du denn her?«, fragte er erstaunt.

Vorsichtig, mit wedelndem Schwanz und angelegten Ohren, trottete der Hund auf ihn zu.

Felix wollte ihn verscheuchen, aber er konnte nicht. Treuherzig sahen ihn die dunkelbraunen Augen an. Es lagen Hoffnung und eine Bitte darin.

Felix ging in die Hocke und streckte dem Tier die Hand entgegen. Sofort kam der Hund näher. Mit seiner feuchten Nase stupste er Felix' Hand an und zwang ihn förmlich, ihm über den Kopf zu streicheln. Das Fell war überraschend weich. Es erinnerte Felix an das der lockigen Lämmchen, die er im Stall der Großeltern so gerne gestreichelt hatte.

»Du hast dir also gemerkt, wo ich wohne«, sagte er. »Du bist ein schlaues Kerlchen.«

Die Ohren stellten sich ein wenig auf, und der Schwanz wedelte noch heftiger. Felix streichelte ihm nun über den Rücken. Der Hund war erschreckend dürr. Das wuschelige Fell verbarg, wie abgemagert er in Wirklichkeit war. Das Tier zitterte.

»Du bist bestimmt voller Flöhe.«

Eine warme, feuchte Zunge schleckte Felix über den eisigen Handrücken.

»Hast du einen Namen?«

Der Hund setzte sich. Hob dann aber das Hinterteil ein wenig, damit es nicht im Schnee landete.

»Natürlich kannst du mir nicht sagen, wie du heißt.« Felix richtete sich umständlich auf. Seine Knie knackten. Er war wirklich nicht mehr der Jüngste. Bei einer Verfolgungsjagd mit einem Verbrecher würde er gewiss den Kürzeren ziehen.

»Ich rede mit einem Hund«, sagte er zu sich selbst. Doch der Hund bezog die Worte auf sich und winselte leise.

Mein Arbeitstag war lang, dachte Felix. Höchste Zeit für eine Tasse heißen Kakao und ein dick gestrichenes Butterbrot. Er fasste nach dem Schlüssel und sperrte auf. Mit einem lauten Quietschen drückte er die Tür auf und trat ins Stiegenhaus. Der Hund saß immer noch an derselben Stelle.

Felix wollte rasch die Tür schließen und das Tier vergessen. Aber es gelang ihm nicht. Die Vorstellung, dass der Körper mit dem flauschigen Fell, den Schlappohren und den treuherzigen braunen Augen morgen leblos im Innenhof lag, weil der Hund erfroren oder verhungert war, erschien ihm unerträglich. Er musste an Maria denken. Wie hätte sie reagiert? Mit Sicherheit hätte seine geliebte Frau dem Straßenköter eine Bleibe angeboten. Er hielt die Tür nur einen kurzen Augenblick lang offen und sah den Hund einladend an. Das Tier reagierte blitzschnell, sprang auf und lief schwanzwedelnd zu Felix.

»Aber nur für eine Nacht!«

Freudig stellten sich die Ohren auf.

»Und wir müssen einen Namen für dich finden.«

Langsam stieg Felix die Holztreppe hinauf in den ersten Stock. Die Bretter knarrten laut unter seinen Füßen. Der Hund wuselte leichtfüßig neben ihm her, überholte ihn und wartete am Treppenende.

»Du rennst ja wie ein Gankerl.«

Der Hund legte den Kopf schräg.

»Das ist ein unruhiges Kind. Eines, das ständig in Bewegung ist. Man fragt sich immer, woher die Energie kommt. Wo es doch eigentlich müde und erschöpft sein sollte.«

Der Hund sprang auf Felix zu, legte ihm die Vorderpfoten auf die Oberschenkel und wedelte so heftig mit dem Schwanz, als hätte Felix ihm eben gesagt, dass er ihn für immer bei sich aufnehmen würde.

»Langsam, mein Freund.« Er schubste ihn sanft von sich. »Also, das mit dem Namen hätten wir geklärt. Du bist der Gankerl.«

Wie zur Bestätigung bellte der Hund einmal kurz, dafür laut.

Felix legte den Zeigefinger auf seine Lippen. »Psst«, sagte er. »Die Frau Baum mag keine Hunde. Wenn sie erfährt, dass ich dich in die Wohnung genommen habe, kriegen wir beide Probleme.«

Sofort legte Gankerl die Ohren wieder an.

»Aber sie hat uns ja noch nicht erwischt.« Felix grinste. »Komm!«

Über die offene Galerie – auch hier lag eine dünne Schneeschicht, die der Wind auf den Gang geweht hatte – gelangten Felix und sein neuer Begleiter zu seiner Wohnung. Wieder holte er den Schlüsselbund aus der Jackentasche und sperrte auf.

Es war unangenehm kalt in der Wohnung. Felix entzündete die Gaslampe im Wohnzimmer, das Licht gaukelte Wärme vor. Gankerl schien die Kälte nicht zu spüren. Vorsichtig drehte er eine Runde durch die kleine Wohnung, die aus zwei Zimmern und einer Küche bestand. Als er wieder zurückkam, setzte er sich neben Felix erwartungsvoll auf den Boden.

»Bist du zufrieden?« Felix schlüpfte aus dem nassen Wintermantel, hängte ihn auf einen Haken neben der Eingangstür und machte sich daran, den kleinen Ofen im Wohnzimmer zu befeuern. Rasch knisterte ein behagliches Feuer, das Geräusch verhieß, dass es bald warm werden würde. Dann ging Felix in die Küche und wärmte Milch am Herd.

»Ich habe keine Ahnung, was so ein Straßenhund wie du gerne frisst.«

Gankerl setzte sich erwartungsvoll vor ihn. Unablässig wedelte er mit dem Schwanz.

»Ach was«, sagte Felix, »ich nehme an, dass das Menü auf der Straße nicht besonders exquisit ist. Was hältst du von einem Stückerl Knackwurst und einem Resterl vom Erdäpfelgulasch?«

Er stellte den Topf mit dem Essen vom Vortag auf den Boden. Gankerl stürzte sich darauf, als hätte er nie im Leben etwas Besseres gefressen. Hingebungsvoll schleckte der Hund den Topf aus.

»Du warst echt hungrig«, meinte Felix. Er nahm die Milch vom Herd und rührte Kakaopulver und Milch ein. Die sämige Flüssigkeit leerte er in ein Häferl und setzte sich damit in seinen Lieblingslehnstuhl neben dem Ofen. Sofort kam Gankerl, rollte sich zu seinen Füßen ein und legte seinen Kopf auf Felix' Füßen ab. Der Hund seufzte zufrieden.

Vergessen waren die Flöhe. Bei der Kälte könnten die Viecher ohnehin niemals überleben. Felix nippte an seinem Kakao. Während er dem Feuer im Ofen und dem leisen Seufzen des Hundes lauschte, wurde ihm bewusst, dass sich trotz seiner Müdigkeit eine Zufriedenheit in ihm ausbreitete, wie er sie schon seit Jahren nicht mehr verspürt hatte. Er warf einen Blick zur Kommode, wo das Bild seiner verstorbenen Frau stand. Er flüsterte ihr ein leises »Danke« zu, so als hätte Maria ihm Gankerl geschickt, damit er nicht mehr einsam war. Dann schloss er die Augen und stieß ebenfalls die Luft aus. Es war dem Seufzen von Gankerl sehr ähnlich.

7

6. Dezember, Herrengasse

Schon beim Aufstehen spürte Mila ihren Knöchel. Er tat so weh, dass das Arbeiten eine Qual werden würde. Aber es half nichts. Sie musste aus dem Bett klettern und in die Küche humpeln, egal, wie groß die Schmerzen waren. Leider gab es in einer Küche nur wenige Aufgaben, die man im Sitzen bewerkstelligen konnte. Das Wuzeln von Vanillekipferln zählte dazu. Sollte sie heute schon damit beginnen?

Nachdem das Frühstück gerichtet war, wog sie die Zutaten für den Teig ab. Mit der gewohnten Gründlichkeit knetete sie gemahlene Mandeln, Zucker, Mehl und Butter zusammen und stellte die fertige Masse in einer zugedeckten Schüssel zum Kühlen in den Schnee im Innenhof. Der Platz am Fensterbrett neben der Speisekammer war bereits von einer Vanillecreme belegt.

Immer wieder war Mila letzte Nacht aufgewacht. Mit offenen Augen war sie im Bett gelegen und hatte grübelnd an die Decke gestarrt. Ihre Gedanken kreisten um eine einzige Frage: Wer hatte die Tascherl vertauscht? Mila war zu keiner vernünftigen Antwort gekommen. Die wenigsten der Gäste hatten gewusst, dass Hermann Steinhäusel krank gewesen war. Auch Mila war die Dimension der Erkrankung nicht bewusst gewesen.

Es glich einem Wunder, dass Herr Steinhäusel nicht schon zuvor verstorben war. Immer wieder hatte Mila eine Prise Zucker in Salatmarinaden, Aufstriche oder Cremes gemischt. Dass ihrem Dienstgeber schon die kleinste Menge zum Verhängnis werden und er daran versterben konnte, hatte sie nicht geahnt.

Während Mila die Arbeitsfläche säuberte, dachte sie darüber

nach, ob man ihr jemals gesagt hatte, wie gefährlich Zucker für ihren Dienstherrn war. Sie konnte sich nicht daran erinnern. Sebastian hatte es als »kleines Problem« bezeichnet.

Aber wer wegen des Zuckergehalts von drei Powidltascherln sein Leben verlor, hatte mehr als bloß ein kleines Problem. Und warum hatte Herr Steinhäusel die Tascherl überhaupt gegessen, wenn er doch wusste, dass seine mit Marillenmarmelade gefüllt waren? War er wegen der hitzigen Diskussion seiner Kinder unkonzentriert gewesen? Konnte man deshalb den Geschmack von Marillen und Powidl verwechseln?

Und wie sah es mit der Farbe und der Süße aus? Auch hier unterschieden sich Marillen deutlich von getrockneten Zwetschken. Welche der Tascherl mit Marmelade und welche mit Powidl gefüllt waren, konnte man bei genauem Betrachten sogar von außen erkennen.

Mizzi riss sie aus ihren Überlegungen. Die Dienstmagd trat zu ihr und hielt einen schmalen, aber langen Papierstreifen in der Hand. Es war eine Liste mit Tätigkeiten, die es zu erledigen galt.

»Frau Steinhäusel wünscht fürs Mittagessen die gewohnte Rindssuppe, für die Gäste Leberknödel und Frittaten. Als Hauptspeise soll es gebratene Nieren mit Petersilerdäpfeln geben, und die Nachspeise darfst du selbst aussuchen. Frau Steinhäusel wird darauf verzichten.«

»Leberknödel«, brummte Mila verärgert. »Das hätte man mir ein bisserl früher sagen können. Woher soll ich jetzt die Leber nehmen?«

»Michl kann welche vom Fleischhauer holen«, schlug Mizzi vor. »Oder der Gärtner. Alois ist froh, wenn er eine kleine Pause vom Schneeschaufeln machen darf.«

»Bis jetzt hat es in diesem Haus noch nie Leberknödel gegeben«, wiederholte Mila mürrisch. »Und Nieren auch nicht.« Innereien gehörten nicht zu ihren Spezialitäten. Sie bereitete sie äußerst ungern zu, ihr grauste ein wenig davor. Als Kind hatte sie mit angesehen, wie ein Schwein geschlachtet und die

Innereien herausgenommen worden waren. Das Bild hatte sich tief in ihr Gedächtnis gegraben. Während ihr rohes Fleisch keine Probleme bereitete, fasste sie Innereien nicht gerne an. Aber als Köchin musste sie ihren inneren Widerstand besiegen.

Mizzi faltete die Liste zusammen und steckte sie zurück in die Schürzentasche.

»Das liegt daran, dass Frau Steinhäusel sich immer nach den Wünschen ihres Ehemanns gerichtet hat. Das muss sie jetzt nicht mehr.«

»Du meinst, dass Herr Steinhäusel die Speisepläne zusammengestellt hat?« Mila war überrascht. Für gewöhnlich fiel die Küche ins Aufgabengebiet der Hausfrau. Sie war fest davon überzeugt gewesen, dass das auch im Palais Steinhäusel so gewesen war.

»Zusammengestellt hat sie Frau Steinhäusel. Aber sie hat die Wünsche ihres Mannes berücksichtigt«, erklärte Mizzi. »Es war ihm wichtig, dass die Speisenfolge immer dem entsprach, was in den letzten Jahren üblich gewesen war. Jede Abweichung von der Norm war ihm ein Gräuel.«

»Es hat jedes Jahr dieselben Menüs gegeben? Das klingt furchtbar langweilig.« Nun verstand Mila, warum es ausgerechnet Powidltascherl als Dessert hatten sein müssen. Obwohl sie Bratäpfel angeboten hatte, die viel besser in den Advent gepasst hätten.

Mizzi stimmte ihr zu. »Ich habe mich oft gefragt, wie die neue Frau Steinhäusel es ertragen hat, stets mit der verstorbenen Ehefrau verglichen zu werden. Für mich wäre das nichts.«

»Ich nehme an, dass der komfortable Lebensstil Grund genug dafür war«, meinte Mila.

Mizzi senkte die Stimme. »Psst!« Sie legte den Zeigefinger an die Lippen. »Wenn Sebastian uns hört, dann können wir die Koffer packen.«

»Ich glaube nicht, dass von ihm noch Gefahr ausgeht«, meinte Mila. »Er war der persönliche Diener von Herrn Steinhäusel. Ich nehme an, dass mit dem plötzlichen Tod auch Sebastians Posten wackelt. Frau Steinhäusel scheint nicht sonderlich viel Wert auf seine Unterstützung zu legen.« Sebastian hatte immer betont, dass er vor allem für Herrn Steinhäusel zuständig war. Mitunter war er der jungen Hausherrin nicht mit gebührendem Respekt begegnet. Ein Umstand, der ihm jetzt gefährlich werden könnte.

Mizzi riss die Augen auf. Einen Moment schwieg sie, dann fing sie an zu kichern. »Du hast völlig recht«, flüsterte sie. »Sebastian ist der Mann im Haus, dessen Posten am ehesten gefährdet ist. Daran habe ich bis jetzt nicht gedacht. Frau Steinhäusel kann ihn nicht sonderlich leiden. Was nicht verwunderlich ist.«

»Möglich, dass sich in den nächsten Tagen einiges verändern wird«, überlegte Mila. Musste sie sich auch wegen ihrer eigenen Stellung Sorgen machen?

»Wie meinst du das?«

»So wie ich es verstanden habe, hängt die Zukunft der Familie vom Testament ab, oder? Ich nehme an, man weiß, was drinsteht.«

»Soweit ich gehört habe, ist das Testament eine längst beschlossene Sache. Die Kinder von Herrn Steinhäusel, Ferdinand, Ottilia und Felicitas, werden das Palais und das gesamte Vermögen erben. Seine Schwestern, Amalia und Theodora, erhalten je die Hälfte der Tabakfabrik, und Frau Steinhäusel … die wird wohl einen Pflichtanteil kriegen.«

Mila verzog den Mund. »Und wenn Frau Steinhäusel alles erbt? Er war ganz vernarrt in sie.«

»Wie kommst du denn auf die Idee?«, fragte Mizzi perplex. »Herr Steinhäusel hat die junge gnädige Frau erst vor zwei Jahren geheiratet. Er war vernarrt, das stimmt, aber nicht so wie in seine erste Frau. Die junge Frau Steinhäusel war mehr eine Ablenkung von seiner tiefen Trauer. Warum sollte er ausgerechnet ihr alles vermachen? Er hat drei Kinder und zwei Geschwister, die ein Anrecht auf das Erbe haben.«

In all den Jahren als Köchin hatte Mila schon mehrere Male

miterlebt, dass das Vermögen einer Familie nicht nach dem Wunsch der Erben aufgeteilt wurde. Im vorletzten Haushalt war der Hausherr, ein alter Witwer, nach dem Tod seiner Frau erneut eine Ehe eingegangen. Der deutlich jüngeren zweiten Frau hatte er sein gesamtes Vermögen vermacht, und seine Kinder waren nach seinem Tod völlig leer ausgegangen. Jeder Versuch, dagegen Einspruch zu erheben, war gescheitert.

»Herr Steinhäusel hätte nie etwas getan, was gegen den Willen seiner verstorbenen Frau verstieß«, fuhr Mizzi fort. »Und sie würde sich im Grab umdrehen, wenn ihre Kinder nicht erben würden.«

Wieder musste Mila an das Ölgemälde in der Eingangshalle denken. Lebensgroß hing die Verstorbene an der Wand und lenkte von dort aus immer noch die Geschicke der Familie.

»Wie haben der Herr und die junge Frau Steinhäusel sich kennengelernt?«, wollte Mila wissen.

»Herr Steinhäusel war nach dem Tod seiner Frau sehr traurig. Er war in eine dunkle Melancholie versunken. So sehr, dass alle sich Sorgen um seine Gesundheit gemacht haben.« Ein dramatischer Schatten legte sich über Mizzis Gesicht. Ihre Stimme klang düster. »Er hatte sich wochenlang in seinem Zimmer eingesperrt, hat mit niemandem reden wollen und auch nichts mehr gegessen. Fräulein Feli ist es schließlich gelungen, ihn zu einem Besuch im Theater zu überreden. Sie hat ihn mit ins Carltheater genommen. Dort ist er Frau Steinhäusel begegnet, die damals Katharina Farini geheißen hat. Sie war Schauspielerin und Tänzerin und hat in einer Nestroy-Komödie mitgespielt.«

»War das ihr echter Name?«

»Wohl nicht.« Wieder senkte Mizzi die Stimme und blickte um sich. Sebastians Tratschverbot saß ihr tief in den Knochen. »Es war ein Künstlername. In Wahrheit hieß sie Dragana Zaric.«

»Eine Serbin?«

»Möglich, ich habe nie nachgefragt«, sagte Mizzi. »Auf alle

Fälle hat sich der Herr Steinhäusel auf Anhieb in sie verliebt, und ein paar Monate später ist geheiratet worden.«

»Und seine Kinder waren damit einverstanden?«

»Sie sind überrascht gewesen«, gestand Mizzi. »Gleichzeitig waren alle erleichtert, dass er die Schwermut und die Traurigkeit abgelegt hat. Besser ein Vater, der mit einer jungen Frau verheiratet ist, als ein toter Vater.«

»Es hat sich also niemand daran gestört? Er hätte die Dame ja auch nur treffen und mit ihr ausgehen können. Eine Ehe ist ein großer Schritt.«

»Hätte es denn einen Unterschied gemacht, wenn sie nicht einverstanden gewesen wären?« Mizzi trat verlegen von einem Fuß auf den anderen. »Unter dem Personal haben wir uns schon gewundert und gefragt, ob es echte Liebe ist. Frau Steinhäusel ist schließlich dreißig Jahre jünger als der verstorbene gnädige Herr.«

»Und was meinst du? War es Liebe?«, fragte Mila. Sie konnte nicht anders, sie war von Natur aus eine neugierige Person.

»Zuerst dachten wir das nicht. Aber dann haben wir gesehen, wie fürsorglich die junge Herrin mit ihrem Mann umging. Sie hat sich um alles gekümmert und auch dafür gesorgt, dass die traditionellen Weihnachtstreffen stattfanden. So etwas macht man doch nur, wenn man jemanden wirklich liebt. Oder etwa nicht?«

»Ich dachte, dass die Treffen nicht in Frage standen. Herr Steinhäusel wollte daran unbedingt festhalten.«

»Frau Steinhäusel hat ihre Situation nie ausgenutzt«, erzählte Mizzi. »Andere Frauen hätten auf ihre Männer eingeredet und versucht, sie davon abzubringen. Aber das hat sie nie getan.«

»Hätte sie denn eine Chance auf Erfolg gehabt?« Wieder tauchte das Gemälde vor Milas innerem Auge auf.

»Nein«, sagte Mizzi. »Aber ich glaube wirklich, dass sie ihren Mann glücklich und seine Familie zufrieden sehen wollte.«

Mila musste zugeben, dass sie selbst Frau Steinhäusel niemals als berechnend oder kaltblütig erlebt hatte. Manchmal war sie anstrengend, weil sie noch weniger Fett und Zucker als ohnehin schon in den Speisen haben wollte, aber sie war ihr gegenüber niemals ungerecht gewesen. Auch nicht an dem Abend, an dem ihr Ehemann starb. Selbst den anderen Familienmitgliedern gegenüber hatte Mila sie stets zuvorkommend erlebt. Zugegeben, Frau Steinhäusel verteilte keine Weihnachtsgeschenke und gab keine extra freien Nachmittage. Aber Mila hatte schon weitaus schlimmere Dienstgeberinnen erlebt. Und Frau Steinhäusel hatte sich persönlich dafür ausgesprochen, dass Mila bleiben durfte.

»Trotzdem oder gerade weil Frau Steinhäusel eine so nette Person ist, kann es doch sein, dass ihr Ehemann sein Vermögen ihr hinterlassen hat?«, überlegte Mila weiter.

Mizzi sog lautstark die Luft ein. »Wenn er das getan hat, dann wird es in den nächsten Tagen hier Mord und Totschlag geben«, raunte sie. »Aber ich kann es mir beim besten Willen nicht vorstellen.«

»Wann kommt der Notar … wie heißt er doch gleich?«

»Dr. Ferdinand Eisner!«, sagte Mizzi. »Er wird morgen Nachmittag erwartet.«

»Gemeinsam mit dem heiligen Nikolaus?«

»Der würde doch heute kommen«, sagte Mizzi. »Heute ist der 6. Dezember. Soviel ich weiß, wurde der Nikolaus wieder ausgeladen. Es erschien unpassend, dass man seinen Tag feiert, wenn doch gestern Herr Steinhäusel auf so tragische Weise verstorben ist.«

»Die armen Kinder«, meinte Mila mitfühlend. Sophie und Karl würden heuer auf die Geschenke verzichten müssen.

»Keine Sorge«, meinte Mizzi. »Die beiden Gschrapen kriegen ihre Sackerln mit Süßigkeiten auch so. Ich habe gehört, dass man sie ihnen einfach vor die Zimmertür in die geputzten Schuhe stellt. Das ist ohnehin angenehmer.«

»Wie meinst du das?«

»Na, der Nikolaus wird doch immer vom Krampus begleitet. Der hässliche Teufel ist furchteinflößend. Auch für brave Kinder.« Mizzi verzog angewidert das Gesicht beim Gedanken an den Begleiter des heiligen Nikolaus. »Er trägt eine Butte mit sich, in die steckt er die schlimmen Kinder. Das ist so grauslich.« Sie machte eine Pause. »Obwohl die Kinder von Louise Steinhäusel eine Lektion durchaus vertragen würden.«

»Ich weiß nicht, was du hast«, sagte Mila. »Die Kinder sind doch entzückend.« Sie erinnerte sich wieder an den Krampusbrauch. Als Böhmin hatte sie sich auch nie mit dem hässlichen Gesellen anfreunden können. Mizzi hatte völlig recht. Besser, der Teufel blieb dort, wo er hingehörte. Die Kinder würden sich auch so über die Süßigkeiten freuen.

Mila musste noch rasch die Lebkuchen verzieren, die Schokolade in glänzendes Butterpapier wickeln und beides gemeinsam mit Nüssen, Mandarinen, Äpfeln und Rosinen in ein Jutesäckchen stecken. Möglich, dass dabei ein paar getrocknete Früchte in ihrem Mund landeten. Rein zufällig natürlich.

»Ich helfe beim Packen der Säckchen«, schlug Mizzi vor. Ihre Augen leuchteten. Bestimmt hatte sie genau dieselben Gedanken wie Mila.

»Gerne!«, sagte Mila. Nur zu gut konnte sie sich daran erinnern, wie es war, Dienstmädchen zu sein und immer leer auszugehen. Die Reste würde sie Michl zustecken.

Mizzi bedankte sich, indem sie den Abwasch für Mila übernahm. Der Advent war schließlich die Zeit der Nächstenliebe.

8

7. Dezember, Herrengasse

Die nervöse Anspannung, die die Testamentseröffnung mit sich brachte, war selbst in der Küche zu spüren. Die Hälfte der frischen Frühstückssemmeln und die duftende Marillenmarmelade waren zurückgeschickt worden, während man die doppelte Menge an Kaffee geordert hatte.

»Um wie viel Uhr kommt der Notar?«, fragte Mila erneut. Sie konnte sich nicht mehr erinnern. So viele Menschen auf einmal zu bekochen war eine Aufgabe, bei der man leicht auf das eine oder andere vergaß. Das Gute an der Sache: Die Aufregung schlug sich auch auf Ottilia von Berndorfs Appetit. Sie hatte auf ihre morgendliche Palatschinke und das frische Apfelmus verzichtet. Auch die regelmäßig angeforderten Puddings wurden nicht verlangt.

»Dr. Eisner wird um vier erwartet. Danach wird eine Jause gereicht. Bitte bereiten Sie ausreichend Brötchen und Kuchen vor.« Hatte Sebastian einen Teil seiner Überheblichkeit abgelegt? Oder war auch er nervös? Er stand neben Mizzi und half ihr beim Polieren des Silbers. Eine Arbeit, die er sonst nur selten übernahm.

Zum Mittagessen servierte Mila einen Rindsbraten mit Nockerln. Von beidem wurden nur winzige Mengen gegessen. Den Großteil trugen Sebastian und Mizzi wieder ins Souterrain.

»Wunderbar«, meinte Fanny. »Da bleibt uns mehr.« Wenn so viele Gäste im Haus waren, gingen die Dienstboten oft leer aus. Heute konnten sie sich genüsslich die Bäuche vollschlagen. So sie Zeit dafür fanden, denn an Arbeit fehlte es nicht. Ständig wurde eine der Dienstmägde nach oben gerufen, um die Handtücher ein zweites Mal auszutauschen, den Saum eines Kleides hochzunähen oder eine Besorgung in der Stadt zu erledigen. Mila überlegte, was sie mit dem restlichen Rindsbraten und den übergebliebenen Nockerln machen sollte. Konnte man das Fleisch in einem Aufstrich verarbeiten oder Teigtaschen damit füllen? Und die Nockerln in eine Knödelmasse mischen? Sie würde es versuchen.

Kurz bevor Dr. Eisner erwartet wurde, stand Dr. Fellner unerwartet in der Küche. Überrascht sah Mila von einem Früchtekuchen auf, den sie mit einer dicken Glasur aus Schokolade überzog.

»Nanu?«, sagte sie erstaunt. »Was kann ich für Sie tun?« Gerne hätte sie gefragt, was er überhaupt im Haus zu suchen hatte. Herr Steinhäusel brauchte seine Hilfe bedauerlicherweise nicht mehr, und Frau Steinhäusel erfreute sich bester Gesundheit. Wenn man von ihrem mageren Körper absah.

Dr. Fellner lächelte. Ein Grübchen bildete sich auf seiner rechten Wange. Es verlieh ihm etwas Jungenhaftes, Sympathisches. Wieder einmal stellte Mila fest, dass er ein sehr attraktiver Mann war.

»Ich bin hier, um nach Ihnen zu sehen«, sagte er freundlich. »Oder besser, nach Ihrem Knöchel. Wie geht es Ihnen?«

Milas erhitzte Wangen färbten sich dunkelrot. Noch nie hatte ein Arzt sich nach ihrem Wohlergehen erkundigt. Das letzte Mal, dass einer nach ihr gesehen hatte, war vor vielen Jahren gewesen. Sie war damals gerade nach Wien gekommen, und in dem Haus, in dem sie arbeitete, hatten die Masern gewütet. Der Arzt hatte alle Dienstboten auf Symptome kontrolliert.

Mila hatte Glück gehabt, sie war gesund geblieben. Zwei anderen Mädchen war es schlechter ergangen. Man hatte sie auf die Straße gesetzt, weil sie krank geworden waren und so zur Gefahr für die Herrschaft hätten werden können. Eine davon war ein paar Tage später tot im Straßengraben gefunden worden; was aus der anderen geworden war, hatte Mila nie erfahren.

»Frau Steinhäusel hat ein schlechtes Gewissen. Sie macht

sich Sorgen um Ihre Gesundheit«, erklärte Dr. Fellner. »Und ich natürlich auch. Sie sollten in diesem Zustand nicht in der Küche stehen.«

Noch nie hatte eine Dienstgeberin sich fürsorgliche Gedanken um sie gemacht. Mila war gerührt.

»Es geht schon besser«, log sie. In Wahrheit hatte sie sich bloß an die Schmerzen gewöhnt. Der Knöchel war immer noch so dick, dass sie abends Angst hatte, den eng geschnürten Schuh auszuziehen.

»Bitte setzen Sie sich, damit ich den Fuß untersuchen kann.« Der Mediziner wies mit ausgestrecktem Arm zum Küchentisch. Es war der Platz, wo das Personal die Mahlzeiten einnahm, wenn Zeit dafür blieb.

Mila wischte sich die Hände in einem Geschirrtuch ab und humpelte zu einem der Sessel. Dr. Fellner folgte ihr. Er bat sie, den Schuh auszuziehen.

»Muss das wirklich sein?«

»Nur so kann ich nachsehen und abtasten, ob der Knochen gebrochen ist.«

»Aber das haben Sie doch schon vor zwei Tagen gemacht«, sagte Mila. Tatsächlich war der Arzt, kurz bevor er die Gesellschaft verlassen hatte, zu ihr in die Küche gekommen und hatte sich nach ihr erkundigt. Ihr Fuß war immer noch dick und dunkelblau. Nachts steckte sie ihn in einen mit Schnee gefüllten Strumpf. Dann ging die Schwellung so weit zurück, dass sie am nächsten Morgen wieder in den Schuh schlüpfen konnte. Aber das war jetzt nicht möglich. Sie musste noch die Sandwiches für die Jause herrichten.

Dr. Fellner verzog das Gesicht. »Es wäre mir leichter, wenn ich den Knöchel sehen könnte.«

»Was würde Ihre Diagnose ändern?«, fragte Mila. »Hat Frau Steinhäusel eine andere Köchin eingestellt, die meine Aufgaben übernimmt?«

»Wäre Ihr Fuß tatsächlich gebrochen, müsste sie das gewiss tun«, sagte Dr. Fellner.

»Dann will ich nicht, dass Sie meinen Knöchel anrühren!« Mila stand wieder auf. Die Vorstellung, so kurz vor Weihnachten die Anstellung zu verlieren, war ihr unerträglich. Wo sollte sie mit einem verletzten Fuß Arbeit finden? In ein paar Tagen würde die Schwellung bestimmt wieder zurückgehen.

»Wie Sie wollen. Ich kann Sie natürlich nicht zwingen. Es ist Ihre Gesundheit und Ihr Körper«, meinte Dr. Fellner. Er machte einen Schritt zum kleinen Tisch vor dem Fensterbrett neben der Speisekammer. »Womit werden Sie uns heute Abend verwöhnen? Ich liebe Ihre Nachspeisen.«

»Das freut mich«, sagte Mila. »Ich habe eine Lebkuchencreme zubereitet.«

»Hm, das klingt himmlisch«, sagte der Arzt.

»Werden Sie bis zum Abendessen bleiben?«

»Ja!« Entschuldigend hob er beide Hände. »Und nicht nur heute, sondern auch in den nächsten Tagen. Frau Steinhäusel wünscht, dass ich regelmäßig nach ihren Stieftöchtern, Ottilia von Berndorf und Felicitas Steinhäusel, schaue.« Er räusperte sich. »Frau von Berndorf ist in der Hoffnung. Es wäre schrecklich, wenn sich der plötzliche Tod ihres Vaters negativ auf die Gesundheit ihres ungeborenen Kindes auswirken würde. Und ihre Schwester Felicitas wirkt seit Wochen kränklich. Ich fürchte, dass der unerwartete Schicksalsschlag ihrer Gesundheit zusätzlich schaden könnte.«

»Fräulein Felicitas hat seit dem Sommer so viel abgenommen. Es ist erschreckend«, stimmte Mila dem Arzt zu. »Ich hoffe, dass es keine schlimme Krankheit ist, unter der sie leidet.«

»Ich kann Sie beruhigen«, meinte Dr. Fellner. »Es sind die Nerven. Die bevorstehende Eheschließung scheint ihr zuzusetzen. Sie macht die Sache wohl nicht besser.«

»Sollte das Fräulein angesichts der Veränderung in ihrem Leben nicht glücklich sein?«

Dr. Fellner wich der Frage aus. Stattdessen sagte er: »Ich bin sehr froh, dass Frau Steinhäusel mich um die regelmäßigen

Besuche gebeten hat. So kann ich bei jedem Besuch ein Auge auf beide Stieftöchter und auch auf sie selbst werfen. Frau Steinhäusels Gesundheit ist ebenfalls angeschlagen. Der herbe Verlust macht der zarten Frau sehr zu schaffen. Ich hoffe, dass die Testamentseröffnung heute nicht noch mehr Unerfreuliches für sie bringt.«

»Sie meinen, dass Frau Steinhäusel leer ausgehen könnte?« Mila fuhr sich verlegen mit der Hand über den Mund. Die Bemerkung war ihr herausgerutscht. Hatte Sebastian am Ende recht, und sie war wirklich ein tratschendes Marktweib? »Bitte entschuldigen Sie«, flüsterte sie beschämt.

»Schon gut, mir ist völlig klar, dass das Personal sich Gedanken macht. Schließlich geht es auch um Ihre Zukunft.« Er machte eine Pause. »Ich denke, dass ich Sie beruhigen kann. Solange Sie in der Lage sind zu arbeiten, ist Ihre Stellung nicht gefährdet. Frau Steinhäusel hält große Stücke auf Sie und schätzt es, dass Sie all ihre Wünsche stets berücksichtigen. Aus diesem Grund macht sie sich auch Sorgen um Ihre Gesundheit.«

Mila war überrascht, dass der Arzt wusste, wie Frau Steinhäusel über ihr Personal dachte. Verband die beiden etwa mehr als das Verhältnis zwischen Arzt und Patientin? Vielleicht eine Freundschaft, die noch aus der Zeit herrührte, als Frau Steinhäusel Dragana Zaric geheißen hatte?

»Ich bitte Sie, mich jetzt zu entschuldigen«, sagte sie. »Ich muss noch die Brötchen richten. Sonst gibt es heute keine Jause.«

»Ja, natürlich.« Dr. Fellner ging zum Fensterbrett und schnappte sich eine der dünnen Hohlhippen, die zur Lebkuchencreme gereicht würden. »Darf ich?«

Noch bevor Mila etwas entgegnen konnte, steckte er die Köstlichkeit in den Mund.

»Sie sind eine Künstlerin!«

»Danke!« Mila versuchte, ihren Ärger nicht zu zeigen. Jetzt fehlte ihr eine Hohlhippe. Die Röllchen waren abgezählt gewesen. Sie würde eine halbieren müssen. Dass Dr. Fellner wusste, wo sich in der Küche die fertigen Süßspeisen befanden, fiel ihr erst viel später auf.

Kurz vor vier Uhr fuhr eine Kutsche vor. Ein Herr im vornehmen Mantel, mit hellem Schal, Zylinder und einem Gehstock mit riesigem goldenen Knauf sowie mit einer dicken Aktentasche unter einem Arm stieg aus. Es musste Dr. Eisner sein, der Notar. Fast zeitgleich wurde die Küchentür aufgerissen.

»Mila, würden Sie so freundlich sein und unsere Kinder kurz beaufsichtigen? Bei der Testamentseröffnung wären sie bloß im Weg.« Louise Steinhäusel stand im Türrahmen. Rechts und links von ihr standen Sophie und Karl.

»Eigentlich muss ich noch die Sandwiches richten, den Kuchen aufschneiden und Kaffee kochen und –«

»Bitte!« Frau Louise Steinhäusel faltete die Hände und presste sie flehend zusammen. Sie war gestern Abend in die Küche gekommen und hatte sich persönlich bei Mila vorgestellt und für das köstliche Essen bedankt. Das hatte sonst niemand getan. Sie war eine so sympathische, warmherzige Frau, der man nichts abschlagen konnte.

»In Ordnung.« Kaum hatte Mila ihre Worte ausgesprochen, flitzten Sophie und Karl zu ihr.

»Können wir helfen?«, fragte Karl.

»So wie beim letzten Mal?« Mila zog eine Augenbraue hoch.

»Das tut uns leid«, sagte Karl zerknirscht. »Es war nur wegen Tante Feli. Sie hatte uns wirklich Spielsachen mitgebracht.«

»Glasmurmeln?«, fragte Mila bitter, und sofort erinnerte ihr schmerzender Knöchel sie an ihren unglücklichen Sturz.

»Die waren nicht von uns, ich schwöre!« Karl hob seine Hand mit zwei ausgestreckten Fingern und legte sie mit ernstem Gesichtsausdruck auf seine Brust. Dorthin, wo er sein Herz vermutete. Auch seine Schwester nickte bekräftigend. »Wir haben keine Glaskugeln. Ganz sicher nicht! Ich hätte gerne welche, aber bis jetzt habe ich keine bekommen.«

»Schon gut«, beruhigte Mila die beiden. »Ich glaube euch.«

»Ich hole die Kinder dann zur Jause. Vielen, vielen Dank!« Schon lief Louise Steinhäusel die Treppe wieder hinauf in den Salon. Sie trug ein modernes Kleid mit versetzter Taille, das nur bis zu den Knöcheln reichte. Der Schnitt war skandalös und erinnerte an die Bilder von streitbaren englischen Suffragetten, die man aus den Zeitungen kannte. Mila hatte einen Artikel überflogen, den Sebastian auf dem Küchentisch hatte liegen lassen. Als Köchin blieb ihr im Moment keine Zeit zum Zeitunglesen.

»Mama und Papa sind nervös«, erklärte Karl wichtig. So als hätte er als Älterer den Durchblick und wüsste genau Bescheid darüber, was seine Eltern beschäftigte.

»Wegen des Testaments?«, fragte Mila.

Der Junge bejahte. »Das Palais und das ganze Geld soll unter Papa, Tante Ottilia und Tante Feli aufgeteilt werden. Und die Fabrik unter Tante Amalia und Tante Theodora. So war es immer bestimmt. Aber jetzt hat Opa das Testament verändert, und niemand weiß, warum. Und alle haben Angst, es könnte was anderes drinnen stehen.«

Es erstaunte Mila, dass die Kinder so genau über das Testament Bescheid wussten. Ob die Eltern vor ihnen darüber sprachen?

»Nun, in wenigen Minuten wird das Geheimnis gelüftet werden«, meinte Mila. »Der Notar ist ja schon im Haus.«

»Ich würde so gerne wissen, was die Erwachsenen besprechen«, sagte Karl. »Darf ich hinaufschleichen und lauschen?«

»Karl kann das«, bestätigte Sophie stolz. »Er ist so leise, dass niemand ihn bemerkt. Er legt sein Ohr an die Tür und dann –«

»Natürlich nicht«, unterbrach Mila das Mädchen. Jetzt war ihr klar, woher die Kinder ihr Wissen hatten.

Enttäuscht verzog Karl den Mund. Hatte er wirklich gedacht, Mila würde ihm das heimliche Spionieren erlauben? Zugegeben, sie war selbst eine ausgesprochen neugierige Person. Aber sie würde nicht an Türen lauschen und gewiss nicht Kinder dazu ermutigen.

»Es ist so gemein, dass wir Kinder immer ausgeschlossen sind, wenn etwas Spannendes passiert«, beschwerte er sich. »Die Sache betrifft uns ja auch, irgendwie.«

»Ihr könnt den Rest der Vanillekipferl rollen, habt ihr Lust dazu? Ich habe von gestern noch Teig übrig«, schlug Mila versöhnlich vor.

Gerade als sie die Teigschüssel aus dem Innenhof holen wollte, wurde die Salontür im ersten Stock aufgerissen, und laute, aufgeregte Stimmen drangen ins Souterrain. »Das ist doch alles ein schlechter Scherz! Ich werde meinen Anwalt einschalten.« Das war die Stimme von Ottilia von Berndorf.

»So beruhig dich doch, mein Schatz. Die Aufregung ist nicht gut für unser Kind.«

»Das kann so nicht stimmen. Wir werden das Testament anfechten!« Nun sprach ein Mann. Mila schätzte, dass es sich um Johannes Mayerl handelte, den Ehegatten von Theodora Mayerl und Schwager des Verstorbenen, den Mann mit der maroden Kondensmilchfabrik. Allmählich konnte Mila den Gästen nicht nur Namen, sondern auch Gesichter und Stimmen zuordnen.

»Ich laufe hinauf!« Karl ließ sich von Mila nicht mehr zurückhalten. Seine Schwester Sophie eilte ihm hinterher. Als die Kinder die Treppe hochsausten, hätten sie um ein Haar Fanny umgerannt, die mit einem leeren Tablett die Stufen herunterkam.

»Aufpassen!«, mahnte sie verärgert. In letzter Sekunde stützte sie sich mit dem Ellbogen fest auf den Handlauf und schaute den Kindern mürrisch nach.

»Und ich bleibe dabei«, knurrte sie. »Es sind verzogene Gschrapen, denen jemand eine ordentliche Lektion erteilen sollte. Ich wünschte, ich hätte einen Kochlöffel, dann –«

»Was ist da oben los?«, unterbrach Mila die Gewaltphantasien des Dienstmädchens.

»Die sind alle mit dem Testament nicht einverstanden«, sagte Fanny.

»Warum?« Es war anstrengend, Fanny jede Information aus der Nase zu ziehen wie einen Wurm. Mizzi würde williger plaudern.

»Es ist ein bisserl so, wie du es vermutet hast. Unsere junge Herrin und Felicitas Steinhäusel werden alles erben.«

»Was soll das heißen?«

»Herr Steinhäusel hat den beiden zu gleich großen Teilen alles vermacht: das Palais, die Wertpapiere, die Aktien, das Geld und die Fabrik.«

»Wirklich?« Verblüfft ließ Mila sich auf einen der Hocker neben dem Herd sinken. »Geht das denn?«

»Offenbar, ja.« Fanny zuckte mit den Schultern.

»Aber warum hat er das gemacht? Ich dachte, dass er seine verstorbene Ehefrau so vergöttert hat. Die kann doch niemals gewollt haben, dass zwei ihrer Kinder leer ausgehen.«

Fanny setzte sich zu Mila. »Ich habe nicht alles gehört«, gab sie zu. »Aber wenn ich es richtig mitbekommen habe, dann hat Herr Steinhäusel in seinem Testament genau angeführt, warum er diese Entscheidung getroffen hat.«

»Wie hat er das denn begründet?« Mila hatte ihren Knöchel völlig vergessen. Am Herd köchelte die Suppe. Kleine Spritzer landeten auf der Kochplatte und verdampften zischend. Der Geruch von Liebstöckel und Kümmel breitete sich in der Küche aus.

»Es war eine Abrechnung mit seiner Familie: Seine Schwester Amalia besitze sowieso genug, sodass sie keinen Anteil der Fabrik benötige. Die andere Schwester, Theodora, hätte in den letzten Jahren schon so viel Geld aus der Firma geholt, dass ihr nichts mehr zustehe. Sie hat damit das marode Unternehmen ihres Ehemanns retten wollen. Ottilia von Berndorf sei eine verwöhnte junge Frau, die endlich lernen sollte, sparsamer zu leben. Ihr Ehemann besitze ohnehin riesige Wald- und Jagdgebiete, von denen das Ehepaar gut leben könne. Und Ferdinand

Steinhäusel sollte bestraft werden, dass er eine Frau geheiratet hat, mit der Hermann Steinhäusel angeblich nie einverstanden war. Louise Steinhäusel sei eine Schande für die Familie.«

»Das kann doch nicht sein!«, entgegnete Mila entsetzt.

»Aber es ist so«, meinte Fanny. Langsam schien ihr bewusst zu werden, welche Sensation das alles war. Eine wundervolle Geschichte, mit der sie am Getreide- und am Hohen Markt, beim Bäcker und beim Fleischhauer punkten konnte, wenn sie sie in epischer Breite erzählte. Ihre Augen leuchteten.

»Und jetzt kommt das Beste!« Sie senkte die Stimme. »Felicitas Steinhäusel kann ihr Erbe nur antreten, wenn sie Bernhard Sauerbach heiratet.«

Mila verstand die Welt nicht mehr. Das Testament passte so gar nicht zu dem Hermann Steinhäusel, den sie gekannt hatte. Einen Mann, der sein ganzes Glück davon abhängig gemacht hatte, den Willen seiner verstorbenen Frau umzusetzen. Den Mann, der seine Kinder vergöttert und in stoischer Sanftmut all ihre Eskapaden erduldet hatte.

»Alle wussten, dass die verstorbene Frau Steinhäusel die beste Freundin von der Mutter vom Herrn Sauerbach gewesen ist«, sagte Fanny. »Sie hat wirklich gewollt, dass Fräulein Feli und Herr Sauerbach heiraten. Aber deshalb so eine Klausel ins Testament zu schreiben ist schon eine harte Entscheidung.«

»Und das Testament ist gültig?«, fragte Mila.

»Das weiß ich nicht«, meinte Fanny. »Das Letzte, was ich gehört habe, war, dass alle es anfechten wollen. Es gab ein lautes, aufgeregtes Durcheinander.« Fannys Wangen glühten vor Aufregung. Die Geschichte schien ihr mit jedem Satz, den sie sprach, besser zu gefallen.

»Es wundert mich nicht, dass alle erregt sind!«, meinte Mila.

»Hört auf zu tratschen!« Sebastians Stimme klang fremd. Jede Schärfe war verschwunden. Er hatte unbemerkt die Küche betreten. Sein Gesicht war blass. Das Testament hatte auch ihn zutiefst erschüttert.

»Wenn das kein Grund zum Tratschen ist, dann weiß ich

nicht«, widersprach Fanny. »Es geht um unsere Zukunft. Keiner hier weiß, wie lange er noch im Palais arbeiten wird. Sie am allerwenigsten, Herr Sebastian.«

Statt ihr heftig über den Mund zu fahren, schwieg der Diener betroffen. Auch er ließ sich müde auf einem Hocker nieder. Seine Körperspannung war einer gekrümmten Haltung gewichen. Es hatte den Anschein, als wäre er in der letzten halben Stunde um Jahre gealtert.

»Ich kann das alles nicht glauben«, sagte er leise. »Wie hat der gnädige Herr dieses Testament aufsetzen können?«

»Vielleicht hat er es gar nicht selbst aufgesetzt, sondern bloß in einem schwachen Moment unterschrieben«, vermutete Mila.

Eine Zeit lang waren alle still. Dann stand Sebastian auf. »Wie auch immer«, meinte er und klang wieder fast so wichtigtuerisch wie eh und je. »Es gilt, das Abendessen vorzubereiten. Im Moment arbeiten wir alle noch in dem Palais und müssen uns ums Wohl der Gäste kümmern. Der Adventschmuck gehört aufgehängt. Ich will Tannenzweige und Strohsterne in allen Zimmern sehen. Schalen mit Orangen und Nüssen und ein paar Lebkuchen in hübschen Porzellanschüsseln sowie dicke rote Kerzen. So wie es immer war.«

Er klatschte geschäftig in die Hände, bis sich alle wieder in Bewegung setzten. Mila fiel es schwer, sich auf die kalte Terrine zu konzentrieren. Ihre Gedanken waren beim verstorbenen Herrn Steinhäusel. Irgendetwas an seinem Tod irritierte sie, und es war nicht allein das Testament.

9

11. Dezember, 3. Adventsonntag, Herrengasse

Bis auf Amalia Steinhäusel machten sich alle Gäste auf den Weg in die Kirche. »Warum sollte ich in meinem Alter noch damit anfangen, in die Messe zu laufen? Ich habe mit der Kirche nichts am Hut!« Mila hörte die tiefe, verrauchte Stimme der vornehmen alten Dame bis in die Küche. Die verständnislosen Antworten konnte sie nur erahnen.

Als Letzte verließen Ottilia von Berndorf und ihr Mann das Haus. Heute wirkte die Schwangere wieder wie eine dem Tod geweihte Frau. Bis auf ihren Ehemann schien niemand ihre Bedürftigkeit zu beachten, weshalb sie noch lauter jammerte und stöhnte als sonst. Ihr Wehklagen war auch im Souterrain zu hören.

Kurz nachdem es still geworden war im Haus, hörte Mila Schritte die Treppe herunterkommen. Amalia Steinhäusel betrat die Küche. Eine schwere Duftwolke eines exotisch anmutenden Parfums umgab sie.

»Guten Morgen!«, grüßte sie. Ihre Stimme erinnerte an eine dramatische Schauspielerin. Auch die dicke Schicht Schminke in ihrem Gesicht, das auffallende orangegelbe Kleid und der überdimensionierte Schmuck an Ohren und Hals sahen orientalisch aus.

»Guten Morgen!«, erwiderte Mila höflich den Gruß. »Kann ich etwas für Sie tun?«

»Ja, bitte. Ich habe das Frühstück verschlafen und hätte gerne eine Tasse Kaffee.«

»Soll ich Ihnen ein Spiegelei braten? Eine Palatschinke rollen oder einen Grießkoch zubereiten?«

Abwehrend hob Amalia Steinhäusel beide Hände. »Um Himmels willen, nein. Bloß eine Tasse Kaffee. Schwarz, ohne

Milch und Zucker.« Sie setzte sich an den Tisch der Bediensteten, der leer war. Alle waren irgendwo im Haus unterwegs. Es waren Betten zu lüften, Zimmerböden zu fegen und Badezimmer zu reinigen.

»Ich lasse Ihnen den Kaffee in den Salon oder den Wintergarten bringen«, schlug Mila vor.

»Nicht notwendig«, entgegnete Amalia Steinhäusel. »Ich bin in diesem Haus groß geworden, ich kenne die Küche sehr gut. Hier habe ich einige der schönsten Stunden meiner Kindheit verbracht.«

Sie sah sich um. »Es hat sich beinahe nichts verändert«, stellte sie fest und lächelte. »Sogar die rote Dose mit dem Kakao steht noch auf dem Regal über der Kredenz.«

»Sie sind hier aufgewachsen?«, fragte Mila überrascht. Sie hatte angenommen, dass Herr Steinhäusel das Palais gemeinsam mit seiner ersten Frau erworben hatte.

»Es ist das Haus meiner Großeltern. Großvater hat sich unter der Regentschaft Josefs II. als Finanzbeamter einen Namen gemacht. Der Kaiser erlaubte ihm den Kauf so nah an der Hofburg. Das war ungewöhnlich, da wir ja niemals einen Adelstitel besaßen.«

»Wie kam es, dass in den letzten Jahren Ihr Bruder und seine Familie im Palais wohnten?«

Amalia Steinhäusel hob amüsiert die schmal gezupften Augenbrauen und richtete ihren Zeigefinger, der vom Rheuma gekrümmt war, direkt auf Milas Brust. »Für eine Köchin sind Sie ausgesprochen neugierig.«

Entschuldigend zog Mila den Kopf ein. »Das ist eines meiner größten Laster.«

»Und was ist das zweitgrößte?«

»Zucker«, sagte Mila geradeheraus. »Ich liebe ihn.«

»Deshalb zaubern Sie so sündhaft köstliche Desserts.« Amalia Steinhäusel seufzte.

»Ich kann nicht leugnen, dass mir meine Mehlspeisen selbst schmecken«, gab Mila zu.

»Daher kann ich gut verstehen, dass mein Bruder drei Ihrer Powidltascherl vernascht hat.«

Sofort hob Mila abwehrend beide Hände. »Ich habe das Dessert für Herrn Steinhäusel so zubereitet wie immer. Ohne Zucker. Er hat keine Powidltascherl gegessen, sondern drei mit ungesüßter Marillenmarmelade.«

»Das würde ich Ihnen gerne glauben«, beruhigte Amalia Steinhäusel. »Und trotzdem ist Hermann daran verstorben. Weshalb wir annehmen müssen, dass die Tascherl mit Powidl gefüllt waren.«

Mila goss den Kaffee auf. Ihr Instinkt riet ihr, vorsichtig zu sein. Schweigend reichte sie der alten Dame die Tasse mit der kräftigen dunklen Flüssigkeit. Hielt sie sie wirklich für die Mörderin ihres Bruders?

»Ich kann immer noch nicht verstehen, warum Dr. Fellner meinen Bruder nicht genauer untersucht hat. Wir standen alle unter Schock. Daher hat niemand darauf beharrt. Auch der andere Mann nicht … wie heißt er doch gleich?«

»Der Verlobte von Fräulein Felicitas?«

»Ja genau, der.«

»Bernhard Sauerbach.«

»Er ist Apotheker«, betonte Amalia Steinhäusel. »Wenn schon der Arzt nicht genau untersucht, dann hätte doch der Apotheker es besser wissen müssen. Heute würde ich anders reagieren.«

»Wie meinen Sie das?«, fragte Mila. »Dr. Fellner hat den Totenschein ausgestellt. Das bedeutet, dass er Ihren toten Bruder untersucht hat.«

»Das hat er eben nicht!«, wiederholte Amalia Steinhäusel. »Zumindest kann ich mich nicht daran erinnern. Ich glaube, Dr. Fellner war so fest davon überzeugt, dass der Zucker in Ihren Powidltascherln meinen Bruder umgebracht hat, dass er nicht genauer hingesehen hat.«

»Es war kein Powidl«, sagte Mila erneut.

»Wie auch immer. Niemand hat darauf geachtet, ob die

Tascherl, die er gegessen hat, mit dunkelbrauner oder oranger Füllung waren. Aber das macht keinen Unterschied mehr. Er ist tot.«

»Haben Sie Ihre Bedenken der Polizei mitgeteilt?«, fragte Mila.

»Was?« Irritiert nahm Amalia Steinhäusel einen Schluck von ihrem Kaffee. Sie verzog den Mund. »Oh, heiß und bitter. Ich nehme doch einen Löffel voll Zucker!«

»Ich habe den Kaffee eben erst aufgebrüht.« Mila holte ein Glas mit Zucker und stellte es gemeinsam mit einem Löffel auf den Tisch.

»Danke.«

»Haben Sie der Polizei gesagt, dass Sie glauben, Dr. Fellner hätte Ihren Bruder nicht gründlich untersucht?«

Amalia Steinhäusel verneinte. »Vielleicht bin ich zurzeit auch nur ein wenig nervös. Es wird schon alles seine Richtigkeit haben. Mein Bruder litt an einer Zuckerunverträglichkeit. Gut möglich, dass ein Powidltascherl ihn töten konnte.«

»Ich habe für ihn Marillentascherl zubereitet.«

»Offenbar hat jemand eines mit Powidl unter die Marillentascherl gemischt. So behauptet es zumindest Dr. Fellner.«

»Aber selbst in einem Powidltascherl ist nicht wesentlich mehr Zucker«, sagte Mila betroffen. »Ich wusste nicht, dass bereits eine winzig kleine Dosis Herrn Steinhäusel umbringen kann. In meinen Salatmarinaden war immer eine Prise Zucker, auf die Herr Steinhäusel nie reagiert hat.«

»Mir war auch nicht bewusst, wie schlimm es um ihn stand«, gab Amalia Steinhäusel zu. Sie rührte gleich mehrere Löffel Zucker in ihren Kaffee. »Vielleicht war das Tascherl der bekannte Tropfen auf dem heißen Stein? Ich kenne mich mit der Krankheit nicht aus.« Vorsichtig nahm sie einen weiteren Schluck. Diesmal mit einem deutlich zufriedeneren Gesicht. »Aber bitte machen Sie sich keine Vorwürfe. Sie trifft gewiss keine Schuld. Es war ein Versehen. Ein böser Zufall. Manchmal erlaubt sich das Leben einen bösen Scherz.«

Mila schluckte hart. Meinte sie mit dem bösen Scherz den Tod ihres Bruders? Oder sprach sie von etwas anderem? Wenn es der Tod war, dann erschien Mila die Wortwahl kalt und herzlos.

Aber bei der Trauer gab es bekanntlich keine Regeln. Mila hatte im Laufe ihres Lebens Menschen erlebt, die auf unterschiedlichste Weise getrauert hatten. Eines war bei allen gleich: der Schmerz.

»Ich stelle es mir sehr schön vor, hier die Kindheit zu verbringen«, sagte Mila möglichst beiläufig. Amalia Steinhäusel war zuvor ihrer Frage ausgewichen.

»Ja, das war es auch«, sagte die alte Frau. »Meiner Schwester, meinem Bruder und mir fehlte es an nichts.«

»Und es war immer klar, dass Ihr Bruder eines Tages das Palais übernehmen wird?«, bohrte Mila weiter. Sie konnte nicht anders. Wenn sie etwas interessierte, frage sie einfach nach. Es war die Neugier, dieses schreckliche Laster.

»Er war der Sohn, Theodora und ich bloß die Töchter. Wir sollten uns um passende Ehemänner umsehen, die uns ein Heim zur Verfügung stellten.« Amalia lachte. Es klang humorlos und bitter. »Manchmal nimmt das Leben verrückte Wendungen. Ist es nicht eigenartig, dass jetzt ausgerechnet Hermanns jüngste Tochter und seine zweite Ehefrau das Palais erben werden?«

»Es war der Wille Ihres Bruders«, sagte Mila.

»Und gerade das ist seltsam!« Amalia Steinhäusel stand auf und nahm ihre Tasse auf. Sie rümpfte irritiert die Nase. »Irgendetwas hier stinkt ganz abscheulich.«

»Wie bitte?«

»Riechen Sie es etwa nicht?«

Mila schnupperte. Heute Morgen hatte sie schon bemerkt, dass es unangenehm roch, doch dann hatte sie sich den Palatschinken für Frau Ottilia gewidmet und nicht mehr weiter darüber nachgedacht. Es lag tatsächlich ein ungewöhnlicher Geruch in der Luft.

»Stimmt. Jetzt, wo Sie es sagen, bemerke ich es auch. Es stinkt verfault.«

»Wie ein totes Tier«, sagte Amalia Steinhäusel. »Suchen Sie das Vieh, bevor es alle guten Düfte in der Küche überlagert.«

Die alte Dame verließ mit eleganten Schritten den Raum. Vor der Speisekammer machte sie halt, nahm sich flink drei Vanillekipferl vom Mehlspeisteller und legte sie auf den Rand ihrer Untertasse. »Drei Kipferl werden mir nicht schaden«, meinte sie.

Auch sie wusste von dem Platz für Süßes am Fensterbrett. Das war früher ganz gewiss anders gewesen. Mila selbst hatte diesen Platz gewählt.

Sobald Amalia die Küche verlassen hatte, machte sich Mila auf die Suche. Woher kam nur der unangenehme Geruch? Sie humpelte zur Speisekammer und öffnete sie. Die Düfte von luftgetrocknetem Speck, fetter Salami, würzigem Käse, Zwiebeln und Orangen schlugen ihr entgegen. Sogar Äpfel und Brot mischten sich darunter. Nichts daran war faulig oder schlecht. Sie ließ ihren Blick über die Regale schweifen und konnte nichts Ungewöhnliches erspähen. Also schloss sie die Tür wieder.

Langsam schritt sie die Regale, Arbeitsflächen, den Herd und die Spüle ab. Der Gestank wurde stärker, als sie sich dem Fenster zum Innenhof näherte. Es stand einen Spaltbreit offen. Mila streckte sich, um es ganz zu öffnen. Eindeutig. Der Grund für den unangenehmen Geruch war draußen zu suchen.

Vorsichtig machte sie einen Schritt auf die Tür zu und zog sie auf. Es war ungewohnt warm. Die Sonne schmolz den Schnee der letzten Tage, es tropfte vom Dach. Bald würde der weiße Wintertraum sich in eine graue Matschlandschaft verwandeln. Sobald sie Michl zu fassen bekam, sollte er den weichen, matschigen Schnee zur Seite schaufeln, damit man auf dem Weg zu den Mülleimern nicht ausrutschte. Wo war der Bengel eigentlich? Mila hatte ihn seit dem Frühstück nicht gesehen.

Der faulig süße Geruch wurde stärker. In der Ecke bei den Abfalleimern stand ein kleiner Kübel, den Mila wiedererkannte. Es war der Eimer, den Mizzi und Fanny am Abend von Hermann Steinhäusels Tod verwendet, im Hof abgestellt und wohl vergessen hatten. Die Powidltascherl, die am Boden gelandet waren, befanden sich darin. Mila stapfte durch den Schnee zum Kübel und schaute hinein. Die Reste waren noch da. Ebenso die Marillentascherl. Sie waren etwas heller und lagen obenauf. Mila zählte zwei davon.

Sie ging weiter zur Laube, die man im Herbst mit einem Wachstuch abgedeckt hatte, um sie vor der Kälte zu schützen. Da erkannte Mila die Ursache des Gestanks. Erschrocken sprang sie zurück und bereute die abrupte, schnelle Bewegung sofort. Ein stechender Schmerz fuhr durch ihren Knöchel.

Mila hielt sich an der Hauswand fest, für einen Moment wurde ihr schwarz vor den Augen. In ihren Ohren sauste es. Drei riesige tote Ratten und eine dicke graue Katze lagen zwischen Laube und Kübel. Warum gleich drei Tiere, und wem gehörte die Katze? Mila schlug sich mit der Hand vor den Mund. Konnte es sein, dass es die Katze von Gräfin Kinsky vom Nachbarpalais war? Im Sommer schlich sich das Tier immer wieder aus dem Haus und spazierte dann über die Dächer in die Innenhöfe der umliegenden Häuser.

Entsetzt starrte Mila auf den toten grauen Katzenkörper. Das Tauwetter hatte Maden angelockt, die sich nun über den Liebling der Gräfin hermachten. Mila schüttelte sich vor Ekel. Irgendjemand hatte sich über das Rattengiftverbot, das Sebastian ausgesprochen hatte, hinweggesetzt. Am Ende er selbst? Mila würde die toten Viecher nicht angreifen, ihr graute vor den Maden. Die Zeiten, dass sie derlei grausliche Arbeiten erledigen musste, waren vorbei. Sie würde Michl, den Küchenjungen, damit beauftragen, sobald er wieder da war.

Benommen von dem unangenehmen Geruch und dem verstörenden Anblick wankte sie zurück in die Küche. Sie schloss Tür und Fenster, holte eine Dose Lebkuchen aus der Speisekammer und öffnete sie. Sofort breitete sich der Duft von Zimt, Nelken und Honig aus. Mila sog ihn tief in ihre Lungen ein, dabei verblasste das hässliche Bild allmählich. Als sie sich wieder beruhigt hatte, steckte sie einen Stern in den Mund. Erst als sich der süße, würzige Geschmack auf ihrem Gaumen verteilte, fühlte sie sich wieder gut.

10

12. Dezember, Wiener Eislaufverein am Heumarkt

Seit sieben Tagen wohnte Gankerl jetzt bei Felix Zack. Der Hund hatte sich sofort bei ihm zu Hause gefühlt, er folgte dem Kommissar mit einer Selbstverständlichkeit, als würde er seit Jahren zu ihm gehören. Selbst wenn Felix den stillen Ort am Gang aufsuchte, versuchte Gankerl, ihn zu begleiten, und weigerte sich, allein in der Wohnung zurückzubleiben.

Bis jetzt war es Felix gelungen, seinen neuen Mitbewohner vor Frau Baum geheim zu halten. Die beiden verließen das Haus, wenn die Vermieterin noch schlief, und kehrten zurück, wenn sie mit einem Buch oder einer Handarbeit in ihrem Lehnstuhl saß und nicht mehr aus dem Fenster schaute.

Im Büro hatte Felix erklärt, dass Gankerl ab jetzt zu ihm gehöre und ihn bei den Ermittlungsarbeiten begleiten würde.

»Wir suchen schon lange nach einem Spürhund. Hier ist er.«

»Spürhund?« Die Kollegen hatten das graue Wollknäuel skeptisch betrachtet, und Schnaberl hatte erstaunt gefragt: »Ist das nicht der Straßenköter von neulich?«

»Das ist ein ausgebildeter Polizeihund, der uns bei der Arbeit unterstützen wird«, hatte Felix geantwortet, und Schnaberl, der sich seiner untergeordneten Stellung als Polizeidiener bewusst war, hatte geschwiegen. Er würde bestimmt niemandem verraten, wie Felix zum Hundebesitzer geworden war. Möglicherweise würde Felix Schwierigkeiten bekommen, wenn einer seiner Vorgesetzten von Gankerl erfuhr. Aber solange sich niemand aufregte, gehörte der Hund zur Polizei.

Gestern hatte Felix bei einem Kürschner ein Halsband und eine Leine für Gankerl besorgt. Seit der Hund das braune Lederband um den Hals trug, hielt er den Kopf aufrechter, so als wollte er der ganzen Welt zeigen, dass er nun zu einem Menschen gehörte, der gut für ihn sorgte. Zur Belohnung begleitete er seinen Besitzer noch inniger.

Jetzt lag Gankerl unter dem Schreibtisch und schlief. Sein Kopf war auf Felix' Füßen gebettet. Sobald der Kommissar sich bewegte, würde auch Gankerl aufspringen.

»Am Heumarkt hat es schon wieder einen Diebstahl gegeben«, sagte Schnaberl. Er überreichte seinem Vorgesetzten eine Mitteilung.

»Ein Pelzmuff ist verschwunden? Ist das ein schlechter Scherz?« Felix überflog die Nachricht.

»Diesmal ist die Freundin von der Bankiersfrau Schwarztal bestohlen worden. Die beiden Damen sind wichtige Persönlichkeiten, sie finanzieren den Eislaufverein mit großzügigen Spenden. Ihre Ehemänner engagieren sich in der Stadtpolitik. Die Familien gehören zu den einflussreichsten in Wien. Wir müssen reagieren. Sonst bekommen wir Probleme.«

Genervt verdrehte Felix die Augen. »Allein heute sind schon zwanzig Anzeigen gemacht worden, und es ist noch nicht einmal Mittag. Diese Anzeigen betreffen echte Verbrechen, die aufgeklärt gehören.« Felix fasste wahllos nach einem der Zettel auf dem Stapel auf seinem Schreibtisch. »Eine Prostituierte am Spittelberg, die von ihrem Freier brutal missbraucht wurde. Ein Handwerksbursche, den man mit einem Messer bedroht hat und dem die Geldtasche abgenommen wurde, eine Hausfrau, der man am Markt den gefüllten Einkaufskorb entrissen hat.« Felix legte das Blatt wieder zurück. »Und wir sollen nach einem verschwundenen Pelzmuff suchen? Wahrscheinlich hat die gute Dame ihn irgendwo liegen lassen. Sie soll sich einfach umsehen.«

Schnaberl schien Felix' Ärger nicht zu teilen. »Versuchen Sie, es als nette Abwechslung zu betrachten. Ein Spaziergang zum Heumarkt ist wesentlich erfreulicher, als in der Vorstadt nach gewaltbereiten Kriminellen Ausschau zu halten«, meinte er gut gelaunt. »Lieber suche ich neben dem Eis unter ein paar

Holzbänken ein bisserl nach einem Muff als in den Gossen am Spittelberg nach gewaltbereiten Männern, misshandelten Prostituierten, saufenden Trinkern und anderem Gesindel.«

»Leider lösen sich die anderen Fälle nicht in Luft auf, während wir uns um reiche Bankiersehefrauen kümmern«, stöhnte Felix.

Schnaberls gute Laune ließ sich durch Felix' Bedenken nicht schmälern. »Sollen wir es wieder beim Demel probieren?«

Dieser Vorschlag überzeugte. Der Name der k.u.k. Hofkonditorei funktionierte immer. »Eine hervorragende Idee«, meinte Felix.

Zwei Stunden später und einen Kaffee und zwei Linzerschnitten schwerer trafen sie am Heumarkt ein. Seit neun Jahren befand sich der Wiener Eislaufverein direkt im Herzen der Stadt, wohin er im Rahmen der Errichtung der Ringstraße und der Stadtbahn von einem Gelände in der Nähe des alten Hafens umgezogen war. Dass die Wahl auf die exklusive Lage am Heumarkt fiel, war wohlhabenden und einflussreichen Mitgliedern geschuldet. Namen wie Ephrussi, Epstein, Rothschild und Tedesco fanden sich auf der Mitgliederliste, ebenso wie die Kaiserin selbst. Ihnen war es zu verdanken, dass bei der Errichtung des Vereinsheims nicht gespart worden war. Das schicke Jugendstilgebäude bestand aus einzelnen Baukörpern, die durch ein symmetrisches und hierarchisches Ordnungsprinzip als einheitliche Komposition erschienen. Der Bau passte im Stil zum Konzerthaus und zum Akademietheater, sodass ein harmonisches Gesamtbild entstand. Von der Eislauffläche aus hatten die Schlittschuhfahrer freie Sicht auf die grüne Kuppel der Karlskirche auf der einen und den Kursalon Hübner im Stadtpark auf der anderen Seite.

Felix kannte vom Eislaufverein nur das Vereinsgebäude. Nie würde er freiwillig in Schuhe schlüpfen, die Kufen auf den Sohlen hatten, um damit über eine polierte Eisfläche zu schlittern. Das überließ er eleganteren und sportlicheren Herrschaften.

»Hunde sind am Eis nicht erlaubt«, erklärte der Mann an der Kassa.

»Das ist ein Polizeihund«, sagte Felix. »Er hilft bei den Ermittlungen.« Er kramte seinen Dienstausweis hervor und hielt ihn dem mürrischen Mann unter die Nase. Das offizielle Dokument erzielte sofort seine Wirkung. Auch wenn nichts über Gankerl darauf vermerkt war.

»Natürlich, Herr Polizeiagent. Bitte schön, gehen Sie durch.«

Gankerl hob beide Ohren und wedelte freundlich mit dem Schwanz.

»Polizeihunde habe ich mir immer anders vorgestellt«, knurrte der Mann, sobald er glaubte, Felix könnte ihn nicht mehr hören. »Irgendwie gefährlicher.«

»Tja, so kann man sich irren«, meinte Felix und drehte sich um. »Sie sollten vorsichtig sein mit dem, was Sie sagen. Der Hund ist sehr intelligent.«

Sofort lehnte der Mann sich zurück und wich Gankerl aus, so als wäre er ein gefährlicher Dobermann und kein wuscheliger Straßenköter.

»Wo sind die Damen, denen Wertgegenstände abhandengekommen sind?«, fragte Felix.

»Sie sitzen in der Sonne vor dem Kaffeehaus!« Der Mann antwortete, ohne Gankerl aus den Augen zu lassen.

Über einen Holzsteg, der von den Kufen der schlittschuhlaufenden Mitglieder aufgeraut und voller Dellen war, gelangten sie zum Kaffeehaus.

Schon von Weitem erkannte Frau Schwarztal Felix wieder. Sie winkte ihn und Schnaberl zu sich. »Nanu«, sagte sie, »haben Sie sich einen Hund zugelegt?«

Gankerl setzte sich artig vor die Dame und sah sie mit großen, treuherzigen Augen an.

»So ein entzückendes Tier«, meinte sie, bückte sich und streichelte über Gankerls Kopf. Nur zu gerne ließ der Hund es geschehen. »Sein Fell ist ja ganz weich«, sagte sie überrascht.

Nun bückte sich auch die andere Dame, um Gankerl ebenfalls zu berühren. »Tatsächlich!«, meinte sie erstaunt. »Fast so weich wie mein Muff, der mir gestohlen wurde.«

»Sind Sie sicher, dass er gestohlen wurde und Sie ihn nicht einfach irgendwo verlegt haben?«, fragte Felix.

»Ich bin mir ganz sicher«, beteuerte die Dame. Sie war um die vierzig, trug einen wertvollen Pelzmantel und einen dazu passenden Hut. Ihr Gesicht ließ an eine Puppe denken.

»Ich habe gleich gesagt, Sie hätten den Burschen niemals aus dem Gefängnis entlassen dürfen. Kaum dass er wieder auf freiem Fuß ist, hat er auch schon wieder zugeschlagen. Ein Skandal, dass der Verein ihn eingestellt hat. Ich werde mich beim Vorstand beschweren. Der Junge ist höchst kriminell.«

Jetzt erst bemerkte Felix den Burschen, der für das Eis zuständig war. Mit verheultem Gesicht und zitternden Schultern hockte er zusammengekauert auf einem Hocker neben dem Eingang zum Kaffeehaus. Ein Mitarbeiter des Eislaufvereins stand neben ihm, um ihn zu bewachen. Der ältere Mann, der eine bodenlange Schürze und eine offizielle Kappe des Vereins trug, wirkte unglücklich. Der Eismeister schien an der Schuld des Jungen ebenso zu zweifeln wie Felix. Doch er beugte sich dem Willen der Damen und schwieg betroffen.

»Ich habe mit dem Muff nichts zu tun«, versicherte der Junge. »Ich will keine weitere Nacht im Gefängnis sitzen.« Seine letzten Worte wurden von Tränen verschluckt. Felix hörte sie trotzdem.

Er glaubte dem Jungen. Verbrecher sahen anders aus. Und warum sollte er seine Anstellung aufs Spiel setzen? Es kam einem Wunder gleich, dass er noch eine Chance bekommen hatte. Jemand im Vorstand musste ihn sehr schätzen.

»Wann haben Sie Ihren Muff denn zum letzten Mal gesehen?«, erkundigte sich Felix.

»Als ich mir die Schlittschuhe angezogen habe. Da habe ich ihn neben mich auf die Bank gelegt, und als ich meine Winterstiefel ins Regal im Spind stellen wollte, war mein Muff auf einmal weg.« Die Dame zeigte zur Garderobe, die sich auf der anderen Seite der Eisfläche befand.

»Dann sollten wir wohl dort noch einmal nachsehen«, schlug Felix vor.

»Das ist nicht nötig«, meinte Frau Schwarztal. »Wir haben bereits alles gründlich abgesucht.«

»Ich will mir mein eigenes Bild vom Ort des Verbrechens machen«, entgegnete Felix ernst.

Die Worte »Ort des Verbrechens« schienen den beiden Damen zu gefallen.

»Sehr gut«, sagte Frau Schwarztal.

Ihre Freundin, von der Felix immer noch nicht wusste, wie sie hieß, denn sie hatte sich noch nicht vorgestellt, streichelte erneut Gankerl. »Nein, so ein liebes Tier!« Sie kicherte. »Jetzt schleckt er mir sogar die Hand ab. Ich würde ihn auf der Stelle mitnehmen.«

»Bedaure«, sagte Felix schnell. »Gankerl ist ein Polizeihund.«

»Ich wusste gar nicht, dass es bei der Polizei so entzückende Tiere gibt.«

Gemeinsam gingen sie zur Garderobe der Mitglieder. Sie lag neben der Hofgarderobe, die der Kaiserin und deren Hofdamen vorbehalten war. Trotz allen Reichtums blieb sie Frau Schwarztal und ihrer Freundin verschlossen.

Felix wagte einen Blick durch die hohen Fenster, die mit geblümten Vorhängen versehen waren. Der mit Teppich ausgelegte Raum hatte mehr den Charakter eines Salons als einer Garderobe. In der Mitte befand sich eine Sitzbank, die mit demselben Stoff überzogen war wie die Vorhänge. Gerne hätte Felix seine Neugier noch weiter befriedigt, aber sein Gefühl für Anstand war größer. Neugierig durch ein Fenster zu spähen gehörte sich nicht.

Sie betraten die Mitgliedergarderobe. Der lang gestreckte Raum wurde mit Reihen von hohen Holzspindkästen unterteilt. Vor jeder Reihe gab es eine Bank, auf die man sich beim

Umziehen setzen konnte. Es roch nach Schweiß und nassen Socken. Felix fragte sich, ob dieser Geruch auch in der vornehmen Hofgarderobe vorherrschte. Oder ob man dort mit Parfum dagegen ankämpfte.

»Hier sind unsere Kästen«, sagte Frau Schwarztal. Sie blieb in der ersten Reihe stehen. Jeder Spindkasten verfügte über ein Namensschild. »Dr. Eisner« stand auf dem Schild ihrer Freundin.

»Frau Eisner«, sagte Felix. »Würden Sie für uns Ihren Spindkasten öffnen, vielleicht liegt der Muff ja doch darin?«

»Sie nehmen uns nicht ernst«, empörte sich Frau Schwarztal.

Auch Frau Eisner wirkte verärgert, holte aber einen Schlüssel aus ihrer Manteltasche und sperrte den Kasten auf. Dunkle Winterstiefel aus teurem Leder standen darin. Außerdem fanden sich ein Kulturbeutel, in dem die Dame wohl Kamm, Parfum und andere Kosmetikgegenstände bewahrte, sowie ein dicker Winterschal.

»Sie sehen, kein Pelzmuff.«

»Was macht den Muff so besonders?«, fragte Schnaberl.

Frau Eisner bedachte ihn mit einem abfälligen Blick. »Es ist ein Erbstück meiner Mutter, sie hat ihn vom Pelzhändler des Zaren bekommen. Zobel aus Russland.«

Während die Dame sprach, lief Gankerl mit der Schnauze am Boden und wedelndem Schwanz durch die Garderobe und untersuchte den für ihn fremden Raum. All die fremden Gerüche schienen höchst interessant für ihn zu sein.

»Sucht der Hund etwa nach meinem Muff?«, fragte Frau Eisner.

»Ja!«, log Felix, ohne mit der Wimper zu zucken.

»Kommissar Zack, was für eine Überraschung. Was machen Sie im Wiener Eislaufverein?« Erschrocken fuhr Felix herum. Hinter ihm standen zwei Frauen und zwei Kinder. Es dauerte einen Moment, bis er sich daran erinnerte, woher er die ältere Dame kannte. Es handelte sich um die Schwester des verstorbenen Tabakfabrikbesitzers. Amalia hieß sie, das wusste er noch, aber wie war doch gleich der Familienname gewesen?

»Guten Tag, Frau Steinhäusel!« Schnaberl zog seinen Hut und deutete eine Verbeugung an. Das Namensgedächtnis des Polizeidieners war beeindruckend.

»Wir untersuchen einen höchst unerfreulichen Vorfall.« Felix hielt sich bedeckt.

»Mama, schau, da ist ein Hund. Ist der nicht allerliebst?« Das Mädchen, ein hübsches Kind mit rotblonden Zöpfen und rosigen Wangen, hockte bei Gankerl am Boden, der sich auf den Rücken gelegt hatte und sich bereitwillig kraulen ließ. Auch der Bub lief nun zu den beiden.

»Der ist wirklich süß«, antwortete die Mutter. Es war Louise Steinhäusel. Jetzt erinnerte Felix sich wieder. Er hatte die Frau und ihre Kinder kurz gesehen, aber nicht mit ihnen gesprochen. Sie hatten sich am Abend des Todesfalls in ein Nebenzimmer zurückgezogen.

»Mein herzliches Beileid. Ich habe vom plötzlichen Ableben Ihres Bruders gehört«, sagte Frau Eisner. Sie streckte Amalia Steinhäusel die Hand entgegen.

»Danke.«

»Es muss ein großer Schock für Sie gewesen sein. Dass Ihr Bruder bei einem Abendessen einfach tot umgefallen ist … wie schrecklich. Er schien völlig gesund.«

»Ja, es war ein böser Schlag für uns alle. Wir hatten nicht mit seinem Tod gerechnet.« Amalia Steinhäusel trug trotz des Trauerfalls kein Schwarz. Unter ihrem Pelzmantel hatte sie ein hellgrünes Kleid an. Die alte Frau schien sich um Konventionen nicht zu scheren. Oder sie log, was ihre Trauer betraf. Auch Louise Steinhäusel legte auf Trauerkleidung offensichtlich keinen Wert. Sie hatte ein dunkles Kleid an, darüber einen bunten Wollpullover mit Norwegermuster und eine dazu passende Haube.

»Mein Mann hat mir gesagt, dass die Eröffnung des Testaments große Überraschungen für die gesamte Familie zutage brachte.« Das Beileid der Frau wich der puren Neugier, die nun auch Frau Schwarztal erfasste. Ungeniert beugte sich die Frau zu Amalia Steinhäusel.

»Stimmt es, dass Ihr Bruder seinen gesamten Besitz seiner zweiten Ehefrau und seiner jüngsten Tochter vermacht hat?«

»Natürlich stimmt es«, mischte sich Frau Eisner ein. »Denkst du, ich lüge dich an?« Zu spät schien sie zu bemerken, dass sie sich eben als tratschende Ehefrau entlarvt hatte.

»Ich habe befürchtet, dass wir rasch zum Gesprächsthema Nummer eins der Stadt werden«, sagte Amalia Steinhäusel. »Aber dass das Gerede ausgerechnet von der Gattin unseres Notars ausgeht, ist doch befremdlich.«

Die Antwort saß. Frau Eisner und Frau Schwarztal schwiegen betroffen.

»Wir werden das Testament nicht akzeptieren und versuchen, dagegen rechtlich vorzugehen«, erklärte Amalia Steinhäusel.

»Das ist sehr vernünftig«, sagte Frau Eisner. »Ich habe mir ja gleich gedacht, dass mit der Sache etwas nicht stimmen kann.«

»Wie meinen Sie das?«, fragte Amalia Steinhäusel spitz.

Frau Eisner wollte offenbar ihren Tratsch wiedergutmachen, indem sie der alten Dame Informationen lieferte, die dieser unbekannt waren und eventuell hilfreich sein könnten. Sie senkte die Stimme, was die Dramatik verstärkte. Man hörte sie trotzdem einwandfrei. Auch Felix verstand jedes ihrer Worte.

»Was ich Ihnen jetzt sage, ist vertraulich.«

»Selbstverständlich!«, sagte Frau Steinhäusel.

»Ich weiß, dass das Testament nur zwei Wochen vor dem tragischen Tod geändert wurde. Mein Mann musste einen Ballettbesuch ausfallen lassen. Wir hatten seit Wochen die Karten für den ›Nussknacker‹, aber Herr Steinhäusel hatte auf den Termin bestanden. Weshalb ich mit meiner Schwester in die Kaiserliche Staatsoper gehen musste.«

»Es war ihm offenbar sehr wichtig«, meinte Louise Steinhäusel.

»Das dachte mein Mann auch. Aber dann ist Herr Steinhäusel gar nicht gekommen. Er hat seinen Arzt geschickt, den jungen Dr. Fellner. Der hat das Kuvert mit dem Testament gebracht.«

»Wie bitte? Dr. Fellner hat Ihrem Ehemann das Testament überreicht? Ist es dann denn überhaupt gültig?«, fragte Amalia Steinhäusel.

»Das Kuvert war versiegelt. Mein Mann wusste nicht, was darin stand. Angeblich hatte auch Dr. Fellner keine Ahnung.«

Amalia Steinhäusel lachte humorlos auf. »Ich denke, wir werden mit Dr. Fellner und mit Katharina ein ernstes Wörtchen reden müssen. Es schaut ganz so aus, als würden die beiden unter einer Decke stecken.« Mit finsterem Blick wandte Amalia Steinhäusel sich an die Frau ihres Neffen. Auch Louises Gesichtsausdruck hatte sich verändert.

»Mama, der Hund hat eben ein totes Tier gefunden!« Sophie lief zu ihrer Mutter, zupfte sie am Ärmel und zog sie mit sich.

»Ein totes Tier in der Garderobe? Das darf nicht sein. Wie kann so etwas übersehen werden? Bestimmt hat der schlampige kleine Dieb daran die Schuld.«

Gankerl kam mit hocherhobenem Kopf und wehenden Ohren auf Felix zu. In der Schnauze trug er ein Fellknäuel wie eine Trophäe. Stolz legte er es Felix zu Füßen, setzte sich und wartete auf Lob.

»Das ist mein Muff!«, rief Frau Eisner überrascht. »Nein, so was. Dieser Hund ist wirklich ein Spürhund!« Sie ging in die Knie, nahm ihren Muff auf und klopfte ihn aus. »So ein braves und kluges Tier!« Sie streichelte Gankerl über den Kopf. »Dafür bekommst du eine extragroße Wurst! Bestimmt gibt es die am Büfett.«

»Der Fall ist abgeschlossen«, meinte Schnaberl zufrieden.

Felix wollte ihm schon zustimmen. Aber eine mahnende Stimme in ihm rief ihm zu, dass die eigentliche Arbeit erst begann. Und die hatte nichts mit einem verschwundenen Muff zu tun, sondern mit den Vorfällen im Palais Steinhäusel.

11

14. Dezember, Herrengasse

Sebastian und der Gärtner Alois hatten für das Begräbnis von Hermann Steinhäusel freibekommen. Mila, Fanny und Mizzi waren im Palais geblieben. Jemand musste sich ja um den Haushalt und die Küche kümmern.

»Ist mir ganz recht«, sagte Mizzi. »Wer will sich bei diesem Wetter schon am Friedhof die Füße in den Bauch stehen? Es schneit schon wieder, und dazu geht auch noch ein Wind. Brrr.« Sie schüttelte ihren massigen Körper.

Die warmen Temperaturen der zwei letzten Tage waren erneut dichtem Schneefall gewichen. Seit Stunden fielen unaufhörlich dicke Schneeflocken vom Himmel. Michl kam mit dem Schneeschaufeln gar nicht nach. Die lauten Kratzgeräusche waren auch in der Küche zu hören.

»Seltsam, dass das Begräbnis nur im allerkleinsten Rahmen stattfindet und der Leichenschmaus hier geplant ist«, sagte Fanny. Wieder einmal hatte sie am Morgen aufs Frisieren vergessen. Ihr Haar lugte ungekämmt und strähnig unter dem winzigen Häubchen hervor. »Herr Steinhäusel hatte so viele Geschäftspartner. Die hätten sich gewiss von ihm verabschieden wollen.«

»Wer hat die Entscheidung getroffen?«, fragte Mila.

»Die gnädige Frau. Sie will kein großes Aufsehen.«

»Das wundert mich nicht«, meinte Mizzi. »Denkt an all den Tratsch, dem sie sich hätte stellen müssen. Bestimmt redet jetzt schon die halbe Stadt über sie.«

»Weil Herr Steinhäusel sie und Fräulein Felicitas als Alleinerbinnen eingesetzt hat?«, fragte Mila.

Fanny nickte heftig. »Sogar die Marktfrauen und die Bäckerin wissen Bescheid. Als ich gestern frisches Brot gekauft habe, hat mich die Bäckerin gefragt, was an der Geschichte wahr sei. Ob Herr Steinhäusel tatsächlich seine Kinder und seine Geschwister enterbt habe. Niemand kann das recht glauben, da er immer so großen Wert auf die Familie gelegt hat. In der ganzen Stadt hat es keinen Mann gegeben, dem die Kinder und die verstorbene Frau wichtiger gewesen wären.«

»Man kann seine Meinung ändern«, meinte Mila nachdenklich. Sie putzte eine Sellerieknolle für die Rindssuppe.

»Aber warum hätte er das tun sollen?«, fragte Fanny.

Mizzi hatte frisches Wasser in den Putzkübel laufen lassen und stellte ihn nun auf den Boden. Ein paar Tropfen schwappten über.

»Ich denke, dass das Familienleben längst nicht so harmonisch war, wie man die ganze Welt hatte glauben lassen wollen«, meinte sie.

»Das ist böser Tratsch!«, empörte sich Fanny.

»Was ist los mit dir? Übernimmst du jetzt Sebastians Rolle?«, fragte Mizzi. Sie langte nach einem Topf mit Puddingresten und schleckte ihn mit dem Finger aus.

»Herr Steinhäusel hat seine Familie geliebt. Warum sonst hätte er alle einladen sollen?«

»Es mag schon sein, dass er sie mochte, und trotzdem glaube ich, dass es auch Streit gegeben hat. Am Tag der Anreise habe ich etwas gehört«, sagte Mizzi.

»Was hast du gehört?«, wollte Mila wissen. Manchmal war es auch von Nachteil, den ganzen Tag in der Küche zu stehen. Hier unten bekam sie nichts davon mit, was in den Stockwerken über ihr geschah.

»Es gab einen Streit zwischen Herrn Steinhäusel und seiner Schwester Theodora. Angeblich hat Frau Mayerl unerlaubterweise mehr Geld aus der Firma entnommen, als ihr zustand. Herr Steinhäusel wollte das Geld zurück. Er hat ihr gedroht, dass sie ihren Teil an der Firma verlieren würde, wenn sie ihre Schulden nicht bis Weihnachten zahlt.«

»Und, wird sie zahlen?«, fragte Fanny.

»Ich glaube nicht«, sagte Mizzi. »Jeder weiß, dass die Kondensmilch von ihrem Mann sich nicht verkauft. Wer will schon das pickige Glumpert trinken?«

Fannys Mund stand offen. Sie starrte Mizzi an. »Ich habe ein Gespräch zwischen Herrn Steinhäusel und seiner anderen Schwester gehört, Amalia Steinhäusel.«

»Worum ging es dabei?« Die Arbeit ging Mila doppelt so schnell von der Hand, wenn sie den Geschichten der Dienstmädchen zuhörte.

»Sie wollte ihm seine Firmenanteile abkaufen.«

»Warum das denn? Sie ist ja eh schon steinreich«, meinte Mizzi.

»Angeblich wollte sie alle Anteile Ferdinand Steinhäusel schenken. Von allen Kindern von Hermann Steinhäusel ist er ihr Liebling. Das war schon immer so. Aber Herr Steinhäusel hat abgelehnt.«

Mila warf den Sellerie ins Suppenwasser. »Beide Gespräche zeigen bloß, dass die Familie sich nicht so einig war, wie es nach außen hin den Anschein hatte.«

»Wenn es ums Geld geht, dann gibt es immer Streit«, sagte Fanny. »Das ist auch in dem Haushalt so, in dem meine Freundin, die Leni, arbeitet. Dort hat die Hausherrin mehrere Geliebte, die sie mit Geld versorgt. Was dem Rest der Familie nicht sonderlich gut gefällt. Aber sie können nichts tun, und die alte Frau vergnügt sich mit sämtlichen Giggerln der Stadt.«

»Das ist ekelhaft«, meinte Mizzi. »Katharina Steinhäusel mag zwar früher eine Tänzerin gewesen sein. Aber sie hätte unseren verstorbenen Herrn niemals betrogen. Sie liebt ihn.« Mizzi besserte sich aus. »Ich meine, sie liebte ihn.«

»Bist du dir da ganz sicher?«, fragte Fanny.

»Ja, natürlich! Wie kannst du auch nur ansatzweise etwas anderes denken? Sie hat sich immer nach seinen Wünschen gerichtet und alles getan, um ihn glücklich zu machen.«

»Ich habe mich immer wieder gefragt, warum der Dr. Fellner stets so hübsch aussieht, wenn er zu Besuch kommt, und warum er sowohl nach Herrn Steinhäusel als auch nach Frau Steinhäusel schaut. Sie ist eine junge Frau, die vor Gesundheit geradezu strotzt.«

»Sie ist kürzlich in Ohnmacht gefallen«, erinnerte Mizzi sie.

»Wer seine Taille auf zwanzig Zentimeter zuschnürt, fällt bei jeder Gelegenheit in Ohnmacht«, meinte Fanny. »Das ist ganz normal. Sie ist dünn, aber trotzdem gesund. Und sie schaut gut aus, genau wie der Herr Doktor. Und was wichtig ist, beide sind jung.«

Mila holte die Karotten aus der Speisekammer und fing an, sie zu putzen. »Die Angelegenheit mit der Tabakfabrik ist eine Sache. Ich kann nachvollziehen, dass Herr Steinhäusel sich da nicht an den Willen seiner verstorbenen Eltern gehalten und seine Schwestern aus verschiedenen Gründen ausgeschlossen hat«, sagte sie. »Aber wie lässt sich erklären, dass Herr Steinhäusel zwei seiner Kinder völlig leer ausgehen ließ?«

»Das ist in der Tat merkwürdig«, stimmte Fanny zu.

»Vor allem, wenn man bedenkt, wie sehr er Ottilia mochte«, meinte Mizzi. »Sie ist immer seine Lieblingstochter gewesen und hat sich alles erlauben dürfen. Ottilia war das Ebenbild ihrer Mutter.«

Nun verstand Mila, warum die verwöhnte junge Frau sich aufführte wie eine Prinzessin. Mila dachte an die ständigen Schokoladenpudding- und Palatschinkenwünsche. Heute Morgen hatte die Schwangere ein Omelette mit frischen Erdbeeren verlangt, und Mila hatte ihr erklären müssen, dass sie im Dezember keine frischen Erdbeeren auftreiben könne. Es hatte eine halbe Stunde Überredung gebraucht, bis die Frau sich mit gedünsteten Birnen zufriedengab.

»Dass der junge Herr Steinhäusel leer ausgeht, liegt wohl an seiner Ehefrau. Außer Frau Amalia mag niemand in der Familie die Frau Louise und ihre Gschrapen«, sagte Fanny. »Aber so ganz nachvollziehbar ist es auch nicht. Denn noch vor zwei Monaten habe ich gehört, wie der Herr Steinhäusel sich mit einem Freund darüber unterhalten hat, dass Ferdinand eines Tages die Leitung der gesamten Fabrik übernehmen soll. Er ist der Einzige, der sich mit den Geschäften wirklich auskennt.«

»Mir ist auch zu Ohren gekommen, dass Ferdinand Steinhäusel die Führung in der Tabakfabrik eigentlich längst übernommen hat«, sagte Mila nachdenklich. »All diese Gerüchte ergeben zusammengenommen keinen Sinn. Warum sollte Herr Steinhäusel sich dagegen verwehren, dass seine Schwester dem Sohn ihre gesamten Anteile überschreibt, wenn der ohnehin schon die Firma leitet? Eine Erklärung wäre, dass er die Firma gerecht unter seinen Kindern aufteilen wollte. Aber das stimmt dann wieder nicht mit dem Testament überein.«

»Herr Ferdinand hat dafür gesorgt, dass zwei der Lieferanten gewechselt wurden«, sagte Fanny. »Soviel ich weiß, wollte er im Frühjahr mit seiner Familie nach Asien reisen, um weitere Kontakte zu knüpfen. Er kennt sich mit allem, was die Firma angeht, bestens aus.«

»Das ist wirklich sehr seltsam!«, sagte Mizzi. Statt den Boden aufzuwaschen, hatte sie sich hingesetzt.

»Wie auch immer«, meinte Mila. »In ein paar Stunden werden die Herrschaften alle da sein, und dann wird man von uns ein fertiges Menü erwarten.«

»Wie viele Gäste werden denn kommen?«, fragte Fanny.

Mila schnippelte die Karotten ins Suppenwasser. »Sebastian hat gesagt, dass es dieselbe Zusammensetzung sein wird wie am Abend, als Herr Steinhäusel verstarb.«

»Das heißt, dass auch Bernhard Sauerbach und Dr. Fellner kommen werden?«

»So hat es Sebastian behauptet. Frau Steinhäusel wünscht auch dieselbe Menüfolge.«

»Irgendwie geschmacklos, oder?« Mizzi schüttelte angewidert den Kopf.

»Ja und nein«, meinte Mila. »Vielleicht haben die Gäste dann das Gefühl, dem Verstorbenen noch einmal ganz nah zu sein. Bei der Nachspeise konnte ich Frau Steinhäusel von einer anderen Wahl überzeugen. Ich möchte so schnell keine Powidltascherl mehr machen, das kann ich euch versichern.«

»Das wäre pietätlos«, meinte Fanny. »Und wenn es stimmt, dass heute die Verlobung zwischen Felicitas Steinhäusel und Bernhard Sauerbach bekannt gegeben werden soll, finde ich das auch unrecht. Selbst wenn es seit Monaten geplant ist, so ist es doch geschmacklos. Man kann doch nicht am selben Tag den Vater zu Grabe tragen und sich ein paar Stunden später verloben. Das passt so gar nicht zum Fräulein Felicitas.«

»Was soll sie denn tun, wenn es im Testament verlangt wird?«, raunte Mizzi. »Wenn sie den Apotheker nicht heiratet, geht sie ebenfalls leer aus.«

»Warum hat Herr Steinhäusel diese Klausel ins Testament schreiben lassen?«, fragte Mila. »Das ergibt doch keinen Sinn.«

»Viel von dem, was in diesem Palais vor sich geht, ergibt keinen Sinn«, raunte Mizzi unheilschwanger.

»Aber das ist doch allgemein bekannt«, sagte Fanny. »Die Mutter vom Herrn Sauerbach war die beste Freundin von der verstorbenen Frau Steinhäusel. Es ist der ausdrückliche Wunsch der beiden Frauen gewesen, dass ihre Kinder einmal heiraten. Angeblich hat Veronika Steinhäusel das noch auf dem Sterbebett gesagt.«

»Wie kann eine Mutter sich dermaßen über die Bedürfnisse ihres Kindes hinwegsetzen?« Mila war entsetzt. »Sollte sie sich nicht wünschen, dass ihre Tochter glücklich ist?«

»Sie dachte wohl, dass Fräulein Feli mit dem Sauerbach glücklich wird. Er ist wohlhabend. Eine gute Partie.«

»Das arme Fräulein«, sagte Mila.

Die Dienstmädchen schwiegen betroffen. Fanny fand als Erste wieder Worte. »Fräulein Feli und Frau Steinhäusel sind im Moment beide nicht zu beneiden. Sie sind die Einzigen, die wirklich trauern, und gleichzeitig werden sie vom Rest der Familie feindselig behandelt.«

»Das stimmt«, meinte Mizzi. »Das Fräulein liegt seit Tagen

im Bett und weint sich die Seele aus dem Leib. Nur wenn Sophie und Karl sich um sie kümmern, heitert sie das ein bisserl auf, und sie kommt auf andere Gedanken. Hoffentlich fängt sie bald wieder an zu essen, sonst fällt sie uns bis Weihnachten noch ganz vom Fleisch. Dann ist sie genauso dürr wie die Frau Steinhäusel.«

Auch Fanny saß nun am Tisch. Nur Mila arbeitete noch.

Sie war Fräulein Felicitas gestern im Treppenhaus begegnet. Das Gesicht der jungen Frau war noch weiter eingefallen. Dunkle Schatten waren auf ihren Wangen zu sehen, und ihre Augen lagen in tiefen dunklen Höhlen. Von ihrer früheren Schönheit war nichts mehr zu erkennen. Eine kräftigende Suppe würde ihr gewiss nicht schaden.

»Ich kann mir beim besten Willen nicht vorstellen, dass Fräulein Feli sich heute verloben will«, meinte Mila.

»Vielleicht verschiebt sie den Termin?«, überlegte Fanny. »Aber so wie ich Bernhard Sauerbach einschätze, würde ihm das ganz und gar nicht gefallen. Sie würde ihren Verlobten ordentlich verärgern. Er ist wild entschlossen, die Sache unter Dach und Fach zu bringen.«

»Gefallen oder nicht«, entgegnete Mila, »es ist Fräulein Felicitas' Entscheidung. Sie muss wissen, ob und wann sie den Mann heiraten will.«

Mizzi und Fanny schüttelten zeitgleich die Köpfe. »So einfach ist das nicht. Fräulein Felicitas hat ihrem Vater versprochen, dass sie Sauerbach heiratet.«

Mila fragte erstaunt: »Warum um Himmels willen hat sie das getan?«

»Das habe ich doch schon erklärt, es war der Wunsch ihrer Mutter«, sagte Fanny.

»Es geht um die Zukunft seiner Tochter«, empörte sich Mila. »Ich kann mir nicht vorstellen, dass Herr Steinhäusel Fräulein Felicitas unglücklich sehen wollte.«

»Fräulein Feli könnte es weitaus schlimmer treffen«, raunte Fanny. »Bernhard Sauerbach ist eine gute Partie. Er besitzt eine große Apotheke in bester Lage. Wenn sie ihn heiratet, hat sie finanziell ausgesorgt. Ganz egal, wie viel sie erbt.«

Mila warf einen Blick in den Suppentopf. »Bei so vielen Gästen werden wir eine zweite Knolle Sellerie benötigen und doppelt so viel Gemüse.«

Sie sah die beiden Dienstmägde an. Sofort stand Mizzi auf. »Ich muss mich um den Boden kümmern.«

Fanny lief zur Tür. »Und ich sollte die Betten aufschütteln.«

Schon waren beide weg. Mila würde das Gemüse allein verarbeiten müssen. Auch gut, dachte sie. Ihr Kopf war ohnehin voll mit neuen Informationen, die sie erst einmal ordnen wollte. Nichts eignete sich dazu besser als das Schälen von Gemüse.

12

14. Dezember, Linke Wienzeile

Felix überlegte, ob er Gankerl über die frische Schneedecke zum Hauseingang tragen sollte, damit Frau Baum die verräterischen Hundespuren nicht entdeckte. Aber noch während er darüber nachdachte, trat seine Vermieterin mit finsterem Blick aus dem Haus.

»Herr Zack, ich muss ein ernstes Wort mit Ihnen reden«, fing sie an. Eine Hand in die breiten Hüften gestemmt, in der anderen einen Bund Reisig haltend. Das graue Haar war zu einem so engen Knoten nach hinten gespannt, als wollte sie damit auch die Gesichtshaut straffen. Was kläglich misslang. Falten des Ärgers überzogen ihre Stirn. »Sie wissen ganz genau, dass in meinem Haus Tiere nicht geduldet werden. Sorgen Sie dafür, dass der Köter verschwindet.«

Felix hatte befürchtet, dass ihm über kurz oder lang dieses Gespräch nicht erspart bleiben würde. Im Geiste hatte er sich darauf vorbereitet. Er durfte jetzt auf keinen Fall klein beigeben, auch wenn Frau Baum noch so furchteinflößend wirkte. Gankerl schien ebenfalls unbeeindruckt von ihren Worten. Mit fröhlich wedelndem Schwanz lief er auf Frau Baum zu, setzte sich artig vor sie hin und sah sie aus dunkelbraunen Augen treuherzig an.

»Es tut mir sehr leid«, sagte Felix. »Ich kann Gankerl nicht weggeben. Er ist ein Polizeihund. Vor Kurzem hat er einen kniffeligen Fall um einen gestohlenen Wertgegenstand gelöst.«

Stolz, als könnte er Felix' Worte verstehen, hob Gankerl die Ohren.

»Ein Polizeihund?«, fragte Frau Baum skeptisch. »Gankerl? Was ist das denn für ein Name für einen Polizeihund?« Sie sah auf das graue Wollknäuel hinab, und wie durch ein Wunder wurden ihre Gesichtszüge weicher. Gankerl stupste sie mit der Schnauze sanft an den Unterschenkel. Frau Baums Mundwinkel zuckten ob seines drolligen Verhaltens.

Felix reagierte schnell. »Einen klügeren Hund werden Sie in ganz Wien nicht finden.«

»Das mag schon sein«, meinte Frau Baum. »Aber ich habe meine Prinzipien. Wenn ich eine Ausnahme mache, wollen sich plötzlich alle ein Haustier halten. Wo kommen wir da hin?« Sie schüttelte vehement den Kopf. »Dann habe ich Katzen und Kaninchen und vielleicht sogar Hühner und Ziegen hier im Innenhof. Nein danke. Ich habe ein Stadthaus und keinen Bauernhof.« Sie zog ihr gehäkeltes Schultertuch enger.

»Ein Polizeihund ist doch nicht mit einem Huhn zu vergleichen!«, empörte sich Felix. »Für Gankerl eine Ausnahme zu machen ist einfach zu argumentieren.«

»Warum lebt er dann nicht in einem Zwinger auf der Elisabethpromenade, dort, wo er hingehört?«

Gankerl legte die Ohren an und duckte sich leise winselnd.

Frau Baum sah zu ihm hinab. »Versteht er mich etwa?«

Felix rief Gankerl zu sich und streichelte ihn beruhigend. »Natürlich versteht er Sie. Gankerl ist klug. Ihn allein in einem Zwinger unterzubringen wäre barbarisch.«

Frau Baum blieb hart. »Ich werde keine Ausnahme machen.«

Mit einem Ruck hob Gankerl den Kopf. Er sprang auf, bellte und sauste wie ein Pfitschipfeil zu den Mistkübeln.

»Um Himmels willen«, rief Frau Baum. »Was hat er denn jetzt?« Erschrocken hielt sie sich die Hand aufs Herz, ein Teil ihres Reisigs rutschte auf den Boden. Frau Baum bückte sich danach und hob es wieder auf.

Felix wünschte, Gankerl hätte sich weiterhin von seiner besten Seite präsentiert. Dieses abrupte, wilde Verhalten war ganz und gar nicht gut. Ein lautes Quieken war zu vernehmen, dann war es still. Kurz darauf kehrte Gankerl mit einer riesigen Ratte im Maul wieder zurück zu Felix. Er warf den leblosen Körper wie eine Jagdtrophäe vor seine Füße in den Schnee.

»Meiner Seel!«, rief Frau Baum beeindruckt. »Hat er jetzt eben eine Bisamratte totgebissen?« Sie kam näher.

»Gut gemacht, mein Freund!« Felix streichelte Gankerl lobend über den Kopf.

»Die Viecher sind eine Plage«, schimpfte die Vermieterin. »Ich habe letzte Woche Giftköder ausgelegt. Aber die Ratzen sind völlig immun dagegen. Statt das Gift zu fressen, durchwühlen sie den Mist.«

»Diese Ratte hier wird keinen Ärger mehr bereiten.«

Frau Baum ging in die Knie und hielt Gankerl die Hand entgegen. Er beschnupperte sie.

»Das Fell ist ja ganz weich«, sagte Frau Baum überrascht. »Er ist überhaupt nicht struppig, im Gegenteil, es fühlt sich an wie die kuschelige Wolle, aus der ich meiner Tochter eine Decke für Weihnachten stricke.«

»Natürlich ist das Fell weich«, sagte Felix. »Denken Sie, wir nehmen jeden Straßenköter bei der Polizei auf? Nur die klügsten und edelsten Tiere finden bei uns einen Platz.« Die Lüge ging ihm erstaunlich leicht über die Lippen. Felix fand wirklich, dass Gankerl ein kluger Hund war.

Frau Baum richtete sich wieder auf. »Sie haben mich überzeugt. Ich werde für Gankerl eine Ausnahme machen.«

Der Hund bellte einmal kurz auf.

»Unglaublich, wie gscheit er ist.« Frau Baum war sichtlich beeindruckt. »Und zur Belohnung bekommst du jetzt ein Stück Burenwurst. Die ist mir vom gestrigen Abendessen übrig geblieben. Komm!« Sie winkte Gankerl mit sich. Erst als auch Felix sich in Bewegung setzte, folgte er ihr.

»Du hast es gut«, raunte Felix seinem Hund so leise zu, dass Frau Baum ihn nicht hören konnte. »Ich würde auch eine Burenwurst nehmen.«

Aber Frau Baum ging in ihre Wohnung und kehrte nur mit einer Wurst für Gankerl zurück. Felix würde sich selbst um sein leibliches Wohl kümmern müssen.

13

14. Dezember, Herrengasse

Nach dem Begräbnis waren alle Gäste so durchfroren, dass sie sich über den angebotenen Tee und Kaffee freuten. Mit ihnen schwappte eine ganze Ladung kalte Luft ins Palais. Mizzi und Fanny hatten alle Hände voll zu tun, die vielen schneenassen Mäntel zum Trocknen aufzuhängen.

Zusätzlich zum Tee hatte Mila einen heißen Gewürzwein vorbereitet, den sie mit viel Fruchtsaft verdünnt hatte. Für die Kinder stand Kakao bereit. Weil alle anderen beschäftigt waren, trug sie die Kanne mit dem Gewürzwein selbst in den Salon. Die Stimmung war auf einem Tiefpunkt, was weniger mit dem Begräbnis zusammenzuhängen schien als mit dem Testament.

»Vater kann unmöglich gewollt haben, dass ich leer ausgehe«, sagte Ottilia von Berndorf. Ihre Wangen waren von der Kälte gerötet. Sie saß beim Tisch und hielt sich mit beiden Händen den Bauch. »Er hat Reinhard und mich immer geschätzt. Jedes Jahr ist er zu uns zur Jagd gekommen und hat stets beteuert, wie sehr er sich wünscht, dass sein künftiges Enkelkind einmal Wälder und eine Tabakfabrik besitzen wird.«

»Wohl kaum die ganze Fabrik«, entgegnete ihr Bruder Ferdinand, der lässig am Fensterbrett saß. Er hatte sich bereits einen Becher Tee genommen und wärmte sich damit die klammen Finger. Immer wieder warf er einen Blick nach draußen, wo seine beiden Kinder einen Schneemann bauten. Nach dem Begräbnis war ihnen nach ausgelassenem Tun zumute.

»Vater hatte bereits zwei Enkelkinder, du vergisst Sophie und Karl. Und wir alle wissen, dass ich die Fabrik seit Jahren leite. Ich bin der Einzige, der sich mit dem Geschäftlichen auskennt. Wer auch immer die Fabrik übernimmt, wird von meinem Wissen abhängig sein.«

»Das ist mir völlig egal. Du bist überheblich wie immer. Das warst du als Kind schon. Immer hast du gedacht, du bist klüger als alle anderen.« Ottilia rümpfte die Nase. »Aber damit ist jetzt Schluss. Wir haben alle Anspruch auf das Vermögen und die Firma, nicht bloß Feli und Katharina!« Giftig sah Ottilia zu ihrer kleinen Schwester und der zweiten Ehefrau ihres Vaters.

Felicitas Steinhäusel saß wie ein Häufchen Elend auf dem Kanapee und nippte an einer Tasse Milchkaffee. Sie schien wenig Freude mit der Entscheidung ihres Vaters zu haben. Selten hatte Mila eine Frau gesehen, die so unglücklich darüber war, ein riesiges Erbe antreten zu dürfen. Ihre Augen waren blutunterlaufen vom vielen Weinen, und sie zitterte ein wenig.

Dr. Fellner trat besorgt zu ihr. »Kann ich irgendetwas für Sie tun?«

Müde schüttelte sie den Kopf. »Danke, es geht schon«, sagte sie leise.

Katharina Steinhäusel wirkte ebenfalls mitgenommen. Kein Wunder, war ihr Ehemann doch eben zu Grabe getragen worden. Als Hausherrin hatte sie am Tisch Platz genommen und bemühte sich trotz ihrer Trauer, die anderen zu beruhigen. »Wir alle sollten Hermanns Letzten Willen akzeptieren und versuchen, das Beste daraus zu machen«, sagte sie sanft. »Es ist das Einzige, was uns von ihm noch bleibt.«

»Pah, du hast gut reden!«, rief Theodora Mayerl aufgebracht. Die Trauer um ihren Bruder hatte ihrem Appetit keinen Abbruch getan. Unentwegt stopfte sie Vanillekipferl, Husarenkrapferl und Linzeraugen in sich hinein. Ihre vollen Lippen waren von einem feinen Bart aus Staubzucker umgeben. »Wenn das Testament tatsächlich von meinem Bruder stammt, was ich stark bezweifle, hat Hermann ja alles dir und Feli vermacht.«

»Vorausgesetzt, Felicitas macht mir die Ehre und heiratet mich!« Bernhard Sauerbach meldete sich zu Wort, stand auf und ging zu seiner zukünftigen Verlobten. Er ließ seinen großen, korpulenten Körper auf das Kanapee plumpsen, das Möbelstück knarrte unter dem Gewicht. Er hatte in den letzten Tagen sein Haar kürzen lassen, was eine gute Entscheidung war. Er sah nun modischer und jugendlicher aus. Was seine Zukünftige allerdings wenig beeindruckte. Sie schenkte ihm kaum Beachtung.

»Auch wenn es der denkbar ungünstigste Zeitpunkt ist«, sagte er und lächelte Felicitas warmherzig an, »wir sollten nicht länger mit unserer Verlobung warten. Was meinst du?«

Statt zu antworten, brach Fräulein Felicitas in Tränen aus.

Bestürzt mischte sich Dr. Fellner ein. »Meinen Sie nicht, es wäre besser, diese Entscheidung noch ein wenig aufzuschieben? Sie sehen doch, wie erschöpft Fräulein Felicitas vom Begräbnis ist. Wie soll sie da schon an ihre Verlobung denken?«

»Worauf sollten wir warten?«, entgegnete Sauerbach. »Die Entscheidung ist längst gefallen. Es macht keinen Unterschied, ob wir uns heute oder nächste Woche verloben.«

Amalia Steinhäusel mischte sich ein. »Eben! Wenn es keinen Unterschied macht, wäre es besser, Sie lassen meiner Nichte die Zeit, die sie braucht, um sich zu beruhigen.«

»Ich wäre Ihnen allen sehr dankbar, wenn Sie Felicitas selbst sprechen lassen und sich nicht in Angelegenheiten einmischen, die Sie nichts angehen.«

Sauerbachs energische Stimme stand im krassen Gegensatz zu Felicitas Steinhäusels leisem Weinen.

»Was meinst du, Feli?«, fragte er freundlich, aber mit Nachdruck. Das Fräulein schluchzte.

»Nun hören Sie doch mit dem Drängen auf«, sagte Amalia Steinhäusel ungehalten. »Wenn es ohnehin keinen Unterschied macht, so warten Sie noch ein paar Tage. Wir haben eben meinen Bruder zu Grabe getragen.«

Sauerbach presste ärgerlich seine Lippen zusammen und funkelte Amalia Steinhäusel böse an, schwieg aber.

»Ich möchte mich jetzt ein bisschen zurückziehen und ausruhen. Ich kann mir denken, dass auch Feli und die anderen eine Pause benötigen. Später treffen wir uns zum Abendessen. Mit vollem Magen wird die Welt wieder freundlicher aussehen«, meinte Amalia Steinhäusel versöhnlich.

»Das ist eine gute Idee«, stimmte Ferdinand Steinhäusel zu. »Ich muss Karl und Sophie ins Haus holen. Es wird langsam finster.« Er sprang mit einem Satz vom Fensterbrett und wich Fanny aus, die mit einem langen Holzspan mehrere Kerzen eines weihnachtlichen Kerzenständers entzündete, von denen sich an jedem Fenster einer zwischen den äußeren und inneren Scheiben befand. Geschnitzte Engel zierten diesen Holzbogen, jeder von ihnen zeigte andere Motive.

»Ich würde eine Ruhepause auch bevorzugen«, meinte Katharina Steinhäusel. Sie trank ihren Tee aus, stellte die Tasse klirrend auf den Unterteller und erhob sich. Doch kaum dass sie stand, fasste sie mit beiden Händen an ihren Bauch und presste fest dagegen. Sie wankte, der Holzsessel hinter ihr kippte krachend zu Boden.

Theodora Mayerl zuckte erschrocken zurück.

»Was ist das?« Die Hausherrin stöhnte laut auf, verdrehte die Augen und ging langsam in die Knie.

»O mein Gott. Sie fällt schon wieder um!«, schrie Theodora Mayerl. »Jemand muss sie auffangen.« Sie selbst reagierte nicht, obwohl sie direkt neben ihr saß. Noch bevor die anderen aufspringen konnten, sackte die zierliche Frau lautlos zusammen. Die Perlenketten an ihrem Handgelenk klimperten, als sie den Boden berührten. Die Ohnmächtige selbst ging so unspektakulär in die Knie, als wäre die Figur Teil eines einstudierten Tanzes. Kurz darauf lag Katharina Steinhäusel gekrümmt am Boden.

Mit einem Ruck sprang Dr. Fellner auf und eilte zu ihr. Bernhard Sauerbach folgte ihm. »Frau Steinhäusel, können Sie mich hören?« Der Doktor tätschelte ihre Wangen.

»Bei allem Respekt«, meinte Sauerbach düster. »Ich bin

zwar nur Apotheker. Aber Sie sehen doch, dass die Frau ohnmächtig ist. Lassen Sie mich mal ran, ich habe Riechsalz dabei.«

Er holte ein Fläschchen aus seiner Sakkotasche und hielt es der leblosen Frau unter die Nase. Es dauerte ein paar Momente, bis sie langsam die Augenlider aufschlug. »Mir ist …«, stammelte sie. »Mir ist so unglaublich schlecht.«

Mühevoll rappelte sie sich auf, fasste sich erneut an den Bauch und übergab sich in einem Schwall.

Augenblicklich ging ein Aufschrei durch den Salon.

»Igitt!«

»Um Himmels willen!«

»Ist sie etwa krank?« Ottilia von Berndorf war bestürzt. »Das wird doch nicht ansteckend sein?«

»Vielleicht ist sie schwanger?«, raunte eine andere Stimme.

»Aber nicht von meinem Bruder. Dazu war Hermann doch schon viel zu alt. Oder etwa nicht?«

»Unsinn, Männer können auch im hohen Alter noch Vater werden.«

Dr. Fellner stand ratlos neben der knienden Frau, starrte auf das Erbrochene und überließ Bernhard Sauerbach das Handeln. Der Apotheker schien alles bestens im Griff zu haben. Er winkte Johannes Mayerl zu sich, der ihm half, Frau Steinhäusel hochzuziehen und zum Kanapee zu tragen. Felicitas Steinhäusel stand auf, um Platz für ihre Stiefmutter zu machen. Die Männer betteten die zierliche Frau auf das weich gepolsterte Möbelstück.

»Wenn Sie mich fragen, schaut es nach einer Vergiftung aus«, meinte Sauerbach.

»Wie bitte?« Amalia Steinhäusel, die bis jetzt ruhig und besonnen reagiert hatte, schien auf einmal außer sich. Ihre Stimme überschlug sich.

Sauerbach ging zum Tisch und nahm die Teetasse auf, aus der Katharina Steinhäusel eben getrunken hatte. Er schnupperte daran. »Für mich riecht das verdammt stark nach Mäusepisse«, sagte er.

»Kann man damit vergiftet werden? Was sagen Sie, Dr. Fellner?«

Der Arzt wirkte überfordert. Nach kurzem Zögern ging auch er zum Tisch, nahm Sauerbach die Tasse ab und schnupperte daran. »Es riecht tatsächlich nach Mäusepisse«, meinte er.

»Das kann nicht sein«, protestierte Mila. Sie hatte die ganze Szene von einer Zimmerecke aus beobachtet, wo sie schmutziges Geschirr auf einen Geschirrwagen schlichtete. Eigentlich wäre das Fannys oder Mizzis Aufgabe gewesen. Aber die beiden waren anderweitig beschäftigt.

Mila wollte den Vorwurf nicht auf sich sitzen lassen. »Wir haben das Geschirr gründlich gereinigt und mit einem sauberen Geschirrtuch abgetrocknet«, versicherte sie.

»Es ist auch keine Mäusepisse«, sagte Sauerbach. Er klang keineswegs beruhigend. »Es riecht bloß so.«

»Wenn eine Tasse nach Pisse riecht, wird wohl auch welche darin gewesen sein«, sagte Reinhard von Berndorf. Mit Tieren schien er sich auszukennen. »Es ist ekelhaft, aber nicht gesundheitsgefährdend. Es ist ganz verständlich, dass man sich deshalb übergibt.«

»Ich muss erneut widersprechen«, sagte Sauerbach. »Die Tasse riecht nach Mäusepisse. Es hat den Anschein, als befänden sich Rückstände von Arsen darin. Der Geruch des Gifts erinnert an Pisse. Jemand hat versucht, Frau Steinhäusel zu vergiften.«

»O mein Gott. Das darf nicht wahr sein!« Theodora Mayerl fasste sich an die Stirn.

»Wenn Gift in ihrem Magen ist, sollte die Dame noch einmal erbrechen«, sagte Sauerbach. Er übernahm die Rolle des Arztes, ging eilig zu ihr, legte ihr einen Arm um die Schulter, sodass sie sich gegen seine Brust lehnen konnte, und steckte ihr ohne Vorwarnung seinen Finger in den Mund. Erneut ergoss sich ein Schwall auf den Boden.

»Nicht schon wieder!« Ottilia von Berndorf ließ ihre Tasse

fallen. Klirrend fiel das teure Porzellan zu Boden und zerbrach. Kakao spritzte in alle Richtungen und beschmutzte das Kleid von Amalia Steinhäusel.

»So pass doch auf!« Empört wischte die alte Dame mit einer Damastserviette über die Kakaoflecken und rieb sie auf diese Weise noch tiefer in den Stoff. Ein hässlicher Fleck entstand.

Mit einem Mal herrschte Chaos im Salon. Alle plapperten aufgeregt durcheinander.

»Gift?«

»Ist etwa ein Mörder unter uns?«

»Wie kann das sein?«

»Zwei Tote innerhalb kürzester Zeit …«

»Wir haben doch eben erst Hermann die letzte Ehre erwiesen. Wer ist der Nächste?«

»Ich bleibe keine Sekunde länger in dem Haus. Ganz egal, was alle dazu sagen.«

Sessel wurden verrückt, Hände gewrungen. Jemand lief zur Tür.

»Meine Herrschaften!« Die Stimme stammte von Sebastian. Er war ungewohnt laut. »Ich bitte Sie alle um Ruhe!«

Zu Milas großer Überraschung hörten alle Anwesenden dem Diener zu. Zum ersten Mal, seit Mila im Palais arbeitete, verspürte sie so etwas wie Bewunderung für den strengen Mann. Es gelang ihm tatsächlich, die aufgeregten Stimmen für einen Moment verstummen zu lassen. Eine natürliche Autorität ging von ihm aus.

»Frau Steinhäusel ist am Leben. Wir haben einen Arzt unter uns. Dr. Fellner wird sich um sie kümmern. Ich werde den Küchenjungen zur Polizei schicken, damit die Beamten kommen und Herrn Sauerbachs Verdacht mit dem Gift nachgehen können. Ich bitte Sie alle, in der Zwischenzeit nichts zu essen oder zu trinken.«

Zustimmendes Murmeln war die Antwort. Aber Sebastian wartete auf die Reaktion einer ganz bestimmten Person. »Ist das in Ihrem Sinne, Frau Steinhäusel?« Katharina Steinhäusel war seine Herrin. So wie er sich noch vor ein paar Tagen ihrem Ehemann verpflichtet gefühlt hatte, galt seine uneingeschränkte Loyalität nun ihr.

Erschöpft nickte die schwache Frau. Ihre Wangen hatten wieder ein bisschen an Farbe gewonnen, was Mila als gutes Zeichen deutete. Frau Steinhäusels Gesundheitszustand schien nicht lebensbedrohlich zu sein.

Endlich erwachte auch Dr. Fellner aus seiner Starre. Er ging zu ihr, kniete sich neben das Kanapee und fühlte ihren Puls. Was er spürte, schien ihn zu beruhigen. Die Gefahr war wohl fürs Erste gebannt.

14

14. Dezember, Herrengasse

Vom Küchenfenster aus hatte Mila gesehen, wie der dicke Kommissar, der sie so sehr an den heiligen Nikolaus erinnerte, gemeinsam mit seinem Polizeidiener und einem Hund das Palais betreten hatte. Kurz darauf waren Freudenschreie der Kinder zu vernehmen gewesen. Karl und Sophie waren von dem grauen Wollknäuel auf vier Beinen, das den Kommissar begleitete, so entzückt gewesen, dass sie in die Küche stürzten und Mila um Wurstreste baten.

»Der Kommissar hat uns erlaubt, seinen Hund zu füttern!«

Mila hatte den Kindern ein halbes Kranzl Extrawurst mitgegeben. Seither hockte die Dienerschaft wartend in der Küche. Gewiss würden auch sie zu dem Vorfall befragt werden.

»Ich kann mir nicht vorstellen, dass Gift in dem Tee von Frau Steinhäusel gewesen ist«, sagte Mizzi leise. Um die Zeit des Wartens sinnvoll zu nutzen, knackte sie Walnüsse, warf die Schalen in einen Eimer und die Nüsse in eine Dose. Zwischendurch wanderte ab und zu ein Nusskern in ihren Mund.

»Warum nicht?«, fragte Fanny. Die dünne Küchenmagd knabberte seit zehn Minuten an ein und demselben Lebkuchenstück herum. So als wäre es steinhart. Mila wusste, dass es butterweich war und auf der Zunge schmolz wie Schnee in der warmen Küche.

»Weil die Kanne zu voll war, habe ich eine halbe Tasse abgeleert und getrunken.«

»Du hast vom Tee der Herrschaft getrunken?«, fragte Sebastian streng.

»Hätte ich ihn in die Spüle gießen sollen?« Mizzi zuckte frech mit den Schultern.

»Du hättest die Kanne erst gar nicht so vollmachen dürfen«, entgegnete der Diener. Es war verwunderlich, dass er ebenfalls mit am Tisch saß und niemanden zur Arbeit antrieb. Die Ruhe und Sicherheit, die er zuvor im Salon gezeigt hatte, waren jetzt vollständig verflogen. Der Diener wirkte nervös. Mit ungewohnt fahrigen Bewegungen schenkte er sich Kaffee in ein Häferl und zitterte beim Trinken dermaßen heftig, dass Mila Sorge hatte, er könnte die schwarze Flüssigkeit über seine dunkle Uniform verschütten.

»Es ist doch gut, dass ich davon getrunken habe«, widersprach Mizzi. »So wissen wir, dass der Tee nicht vergiftet war, als er die Küche verließ.«

»Es bedeutet aber auch, du hättest das Gift hineintun können, als du die Kanne raufgetragen hast«, meinte Fanny.

»Wie bitte?« Mizzis Kopf schnellte zur Seite. Sie sah ihre Kollegin entgeistert an. »Warum hätte ich das tun sollen? Ich habe niemanden vergiftet.«

»Beruhig dich wieder«, meinte Mila. »Frau Steinhäusel war ja nicht die Einzige, die von dem Tee getrunken hat. Die anderen Herrschaften hatten auch reichlich davon. Sie war die Einzige, die erbrochen hat. Das heißt, dass das Gift in der Tasse und nicht in der Kanne war.«

Mizzis rundes Gesicht entspannte sich wieder.

»Wer hat die Tassen hinaufgetragen und den Tisch gedeckt?«, wollte Sebastian wissen.

Nun wurde Fanny blass. »Ich«, sagte sie kleinlaut. »Aber ich habe kein Gift hineingetan. Ich wüsste ja gar nicht, wo ich welches herkriege.«

»Jeder hätte sich beim Gift bedienen können«, widersprach Sebastian. »Die Rattenköder liegen im Schuppen im Hof.«

»Aber bei uns wird kein Rattengift ausgelegt«, erinnerte Michl, der Küchenjunge. Der Bursche schälte Erdäpfel. Dabei ging er so langsam vor, dass Mila Angst hatte, den Erdäpfelteig für die Knödel erst nächste Woche zubereiten zu können. Sie stand auf, umrundete den Tisch und setzte sich zu ihm. Entschlossen öffnete sie die Besteckslade im Tisch, fasste nach einem weiteren Messer und einer Knolle. »Lass mich dir helfen.«

Michl rückte dankbar zur Seite.

»Das mit dem Rattengift stimmt nicht«, widersprach Mila, ohne vom Erdapfel hochzuschauen. »Vor ein paar Tagen habe ich tote Ratten und die tote Katze der Nachbarin im Hof gefunden.«

»Das kann nicht sein!« Alois, der Gärtner, ein alter Mann, der längst im wohlverdienten Ruhestand sein könnte, aber aus freien Stücken immer noch für die Steinhäusels arbeitete, meldete sich zu Wort. »Es gibt kein Rattengift im Schuppen.«

»Was befindet sich dann in der braunen Flasche mit dem Totenkopf darauf?«, fragte Sebastian. »Ich habe die Flasche selbst vor ein paar Tagen gesehen, als ich für die zwei unmöglichen Kinder von Ferdinand Steinhäusel eine Rodel gesucht habe.«

»Da ist harmloser Pflanzendünger drinnen«, erklärte Alois.

»Und was soll der Totenkopf?«, wollte Mila wissen.

»Irgendwann einmal war Rattengift in der Flasche. Aber das ist mindestens sechs Jahre her. Seither gibt es kein Gift im Haus. Die frühere Frau Steinhäusel hat drauf bestanden, dass alles weggeschüttet wird. Sie hatte Angst, dass eine der Katzen der Nachbarin daran sterben könnte. Sie wusste, wie sehr die alte Dame an ihren Viechern hängt.«

»Was ja auch passiert ist«, sagte Mila. »Eine der Katzen ist tot.«

Alois widersprach vehement. »Nicht wegen Gift, das sie bei uns im Innenhof gefressen haben. Von dem Dünger kriegen die Viecher höchstens Durchfall. Aber sie sterben deshalb bestimmt nicht.«

»Und wie sind dann die Ratten und die Katze umgekommen?«

Alois hob die knochigen Schultern und die arthritischen Hände. »Keine Ahnung. Das muss die Polizei klären.«

»Das wird sie nicht«, widersprach Sebastian entschieden.

»Wir haben die Nachbarkatze unauffällig verschwinden lassen. Ärger mit Gräfin Kinsky ist das Letzte, was die Familie im Moment braucht.«

»Sie haben der Gräfin die tote Katze nicht gebracht?«, fragte Mila fassungslos.

»Natürlich nicht. Ich bin Diener der Familie Steinhäusel«, sagte Sebastian. »Und auch wenn Herr Steinhäusel nicht mehr am Leben ist, so liegt mir das Wohl seiner Witwe und seiner Kinder am Herzen. Es ist meine Pflicht, dafür zu sorgen, dass es allen gut geht. Ein Konflikt wegen einer toten Katze wäre in der momentanen Situation äußerst belastend für alle.«

»Aber denken Sie doch an die arme Gräfin. Bestimmt sorgt sie sich um ihr Tier«, sagte Mila.

Sebastians Gesicht verfinsterte sich. »Ich wiederhole meine Worte nur ungern: Niemand spricht über die tote Katze. Habe ich mich verständlich ausgedrückt?«

Mizzi, Fanny, Michl und Alois nickten. Mila verzog bloß den Mund. Es widerstrebte ihr, sich zum Schweigen und damit zum Lügen zu verpflichten.

»Wenn es in unserem Haus ohnehin kein Gift gibt, sehe ich keinen Grund dafür, den Tod des armen Viehs zu verheimlichen«, widersprach sie.

»Als leitender Diener in diesem Haushalt bestimme ich immer noch, wer hier arbeitet und wer gehen muss.« Er funkelte Mila böse an. Die Drohung hätte nicht eindeutiger sein können.

Dennoch blieb Mila unbeeindruckt. »Das mag für die Dienstmädchen gelten«, sagte sie ruhig. »Aber nicht für die Köchin.« Wenn Sebastian glaubte, er könnte sie einschüchtern, dann hatte er sich gehörig geirrt. »Ich werde der Polizei alles erzählen, was ich gehört oder gesehen habe.«

»Das freut mich!« Der dicke Kommissar trat mit seinem grauen Hund in die Küche. Offenbar hatte er die letzten Worte mitgehört. Die Blicke aller waren auf ihn gerichtet.

»Ich hoffe, dass auch die anderen mir ehrlich und ausführlich Antworten geben werden.« Er wandte sich an Sebastian, der eine völlig emotionslose Miene zur Schau trug.

In Wahrheit war er nervös. Die roten Flecken an seinem Hals verrieten ihn. Mila wusste, dass er ihr später eine Strafpredigt halten würde. Fühlte er sich Frau Steinhäusel wirklich so verpflichtet, wie er behauptete? Oder hoffte er, mit seinem Verhalten seinen Posten retten zu können?

»Mit wem darf ich beginnen?« Der Kommissar sah von einem zum anderen. Obwohl es kaum einen Menschen gab, der gutmütigere Augen haben konnte als er, schienen alle verängstigt. Niemand wollte mit dem Erzählen beginnen.

»Ich kann den Anfang machen«, bot Mila an.

»Mit Ihnen würde ich mich gerne ganz am Schluss unterhalten«, sagte der Kommissar.

Erstaunt legte Mila den geschälten Erdapfel ins kalte Wasser. So behielt er die hellgelbe Farbe und wurde nicht grau.

»Darf ich fragen, warum?«

Der Kommissar lächelte verschmitzt. »Weil ich hoffe, dass Sie mir in der Zwischenzeit einen kleinen Teller Ihrer köstlichen Weihnachtskekse zusammenstellen. Den ich während der Unterhaltungen leeren darf.«

»Woher wissen Sie, dass meine Kekse köstlich sind?«, fragte Mila.

»Das ist ein logischer Schluss, den ich ziehe. Ich habe neulich Ihre Powidltascherl gekostet, und die waren einfach himmlisch.« Er rollte so schwärmerisch die Augen, dass Mila das Blut in die Wangen schoss.

»Wer solche Powidltascherl macht, der kann keine grauslichen Kekse backen.« Sein Hund stupste ihn am Unterschenkel.

»Und vielleicht haben Sie noch ein Stückerl Wurst für Gankerl? Er ist immer hungrig.«

Als der Hund seinen Namen hörte, wedelte er mit dem Schwanz.

»Eigentlich sind Hunde in der Küche nicht erlaubt«, sagte Mizzi leise.

»Gankerl ist nicht irgendein Hund«, besserte der Kommissar sie aus. »Er ist ein Polizeihund, der beim Lösen kniffliger Kriminalfälle hilft.«

»Dann sollte er unbedingt noch eine Wurst bekommen«, befand Mila. Sie ging zur Speisekammer. Aus den Augenwinkeln beobachtete sie Sebastian. Einmal mehr erkannte sie, dass sein emotionsloses Gesicht bloß Fassade war. In seinem Inneren musste es brodeln wie in einem Suppentopf. Die Flecken an seinem Hals hatten ein gefährliches Dunkelrot angenommen, das selbst der hohe weiße Stehkragen seines Hemds nicht bedecken konnte.

Warum war Sebastian so nervös? Hatte er noch mehr zu verbergen als eine tote Katze?

15

14. Dezember, Herrengasse

Noch eine Stunde zuvor hatte Felix auf einen gemütlichen Abend vor seinem kleinen Schwedenofen gehofft. Ein gutes Buch in der einen Hand und vielleicht ein Gläschen Eierlikör in der anderen. Sein Tag war sehr lang gewesen.

Aber es war anders gekommen. Gerade als er und Gankerl es sich gemütlich machen wollten, hatte es an der Tür geklopft. Mit Schnee am Hut und auf den Schultern seines Mantels war Schnaberl vor ihm gestanden, er hatte vor Kälte gezittert.

»Wir müssen in die Herrengasse«, sagte er bibbernd. »Im Palais Steinhäusel hat man versucht, die Hausherrin zu vergiften.«

»Schon wieder ein Fall, der eigentlich gar kein Fall ist?«, fragte Felix. Worauf Schnaberl natürlich keine Antwort parat hatte.

Der Grund, warum Felix trotz des heftigen Schneefalls ohne viel Jammern zu Hut und Mantel gegriffen hatte, war die Aussicht auf einen köstlichen Keksteller gewesen. Und der stand nun schon zum dritten Mal bis zum Rand beladen vor ihm. Er bekam einfach nicht genug von den kleinen Leckerbissen. Es war ihm auch unmöglich zu sagen, welche der Kekssorten am besten schmeckte. Waren es die Vanillekipferl oder die Schokotaler, die Husarenkrapferl oder etwa doch die winzigen Linzeraugen?

»Ich schwöre Ihnen, dass ich nichts in den Tee getan habe«, versicherte die rundliche, in die Jahre gekommene Dienstmagd, die sich als Mizzi vorgestellt hatte. »Ich habe zuvor selbst vom Tee getrunken, er war einwandfrei.«

»Ja, ja. Das haben Sie mir schon wiederholt gesagt.« Felix steckte sich ein weiteres Kipferl in den Mund. Seit einer Stunde verhörte er die Dienerschaft, ohne auch nur eine winzige kleine Neuigkeit zu erfahren.

»Haben Sie den Tee eingeschenkt, oder hat sich jeder selbst bedient?«

»Ich habe eingeschenkt«, sagte die Frau.

»Gibt es am Tisch eine fixe Sitzordnung?«

»Ja. Aber am Nachmittag bei der Jause nach der Beerdigung sind alle frei im Raum herumgegangen.«

»Das heißt, jeder hätte aus der Tasse trinken können, die Frau Steinhäusel genommen hatte?«

»Nein, jeder weiß ja, wo grundsätzlich sein Platz ist. Wir tauschen die Servietten auch nur einmal am Tag. Nämlich nach dem Abendessen. Sonst würden wir mit dem Wäschewaschen nicht mehr nachkommen. Auf den silbernen Serviettenringen sind die Namen der Gäste eingraviert. Da gibt es keine Verwechslungen.«

Die Dienstmagd stand auf, ging zu einer Lade und holte einen Ring heraus. »Hermann«, war darauf zu lesen. »Das war der Ring vom verstorbenen gnädigen Herrn«, sagte sie und bekreuzigte sich sofort. »Gott hab ihn selig. Er war so ein guter Mann.«

»Das bedeutet, dass niemand anderer aus der Tasse getrunken hätte außer Frau Steinhäusel.«

»Warum hätte er das tun sollen? Es hat ja jeder eine eigene Tasse«, meinte das Dienstmädchen verständnislos.

»Haben Sie beobachtet, dass sich einer der Gäste am Tisch oder an einer der Tassen zu schaffen gemacht hat?«

»Nein, ich war mit dem Servieren der Bratäpfel beschäftigt. Jeder Apfel ist in einer eigenen Schüssel mit Deckel. Und dann die Vanillesauce in all den kleinen Kännchen ... Das ist unglaublich aufwendig.«

Felix lief das Wasser im Mund zusammen beim Gedanken an Bratäpfel. Wann hatte er diese Köstlichkeit das letzte Mal gegessen? Es war Jahre her.

»Gibt es noch einen Apfel?«, fragte er.

»Das müssen Sie die Mila fragen. Die ist die Köchin!«

»Sie haben also überhaupt nichts Auffälliges beobachten können?«

»Gar nix!«, bestätigte die Dienstmagd. Ihre rosigen Wangen glühten. Sie war aufgeregt. Aber sie schien nicht zu lügen. In all den Jahren als Polizeiagent hatte Felix gelernt zu erkennen, wann die Dienerschaft ihn belog.

Bei Sebastian war er sich allerdings nicht sicher. Es war gut möglich, dass der blasierte Mann, der glaubte, etwas Besseres zu sein als die anderen, aus Loyalität Geheimnisse für sich behielt. Die beiden Dienstmädchen, der Küchenjunge und der Gärtner hingegen waren so nervös, dass sie zu kaum einer sinnvollen Antwort imstande waren.

Jetzt hoffte Felix auf die Köchin. Sie schien ihm die vernünftigste Person in diesem Haushalt zu sein.

Er bedankte sich bei Mizzi und bat sie, die Köchin hereinzuschicken. Als die Frau die Küche betrat, sprang Gankerl auf und begrüßte sie, als würde er sie seit Jahren kennen. Schwanzwedelnd lief er auf sie zu.

»Na, du bist aber ein Süßer!«, sagte die Frau mit schwachem böhmischen Akzent. Felix hatte ein Ohr dafür. Die meisten Menschen aus den Kronländern legten eine gewisse Aussprache nie vollständig ab.

»Ich glaube, dass er langsam hinausmuss«, meinte Felix. »Könnten Sie ihm die Tür in den Hinterhof öffnen?«

Die Köchin zögerte.

»Stimmt mit dem Hinterhof etwas nicht?«, fragte Felix.

»Ich sage es Ihnen einfach geradeheraus, vielleicht ist es ja wichtig für Ihre Ermittlungen.« Sie setzte sich zu ihm an den Tisch.

Felix wartete geduldig. Genau darauf hatte er gehofft: auf Informationen, die er bisher nicht gehört hatte.

»Vor ein paar Tagen habe ich zwei tote Ratten und die tote Katze der Nachbarin im Innenhof gefunden. Ich glaube, dass die drei Viecher Gift gefressen haben. Aber unser Gärtner, der

Alois, behauptet, es gebe kein Rattengift in unserem Haushalt.«

»Das hat er mir zuvor auch gesagt«, bestätigte Felix.

»Dann müssten die Viecher das Gift woanders gefressen haben, aber warum sind sie dann ausgerechnet hier verreckt?«

»Eine interessante Frage. Gab es irgendetwas, das alle drei Tiere gefressen haben könnten? Etwas, das ihnen nicht bekommen ist?«

»Die Reste von den Powidltascherln waren noch in dem kleinen Kübel, den die Fanny verwendet hat. Sie hat vergessen, ihn auszuleeren. Der stand neben den Mistkübeln. Wir haben im Moment sehr viel um die Ohren.«

»Die Tascherl können es nicht gewesen sein«, sagte Felix. »Von denen habe ich auch welche gegessen. Die waren einwandfrei und köstlich. Sagen Sie, gibt es vielleicht noch einen Bratapfel?«

»Ja, es sollten noch zwei da sein! Wollen Sie einen?«

»Sehr gerne.«

Die Köchin stand auf, ging zum Herd, wo eine ovale Tonschüssel mit Deckel stand. Sie hob ihn auf, und augenblicklich breitete sich der Duft von Zimt, Nelken und süßem Apfel in der Küche aus. Obwohl Felix gerade Unmengen von Keksen verschlungen hatte, lief ihm das Wasser erneut im Mund zusammen. Die Köchin nahm einen Apfel aus dem Topf, legte ihn in eine Schüssel und fragte: »Vanillesauce?«

»Bitte reichlich!«

Sie grinste und goss aus einem Kännchen eine große Portion sämige gelbe Flüssigkeit über den Apfel. Die Sauce dampfte noch.

»Bitte sehr!« Gemeinsam mit einem Löffel und einer Gabel stellte sie die Schüssel vor Felix auf den Tisch. Er wähnte sich im Mehlspeishimmel.

Dann setzte sie sich wieder, und Gankerl ließ sich zu ihren Füßen nieder. Der Hund schien die Köchin ins Herz geschlossen und seinen Drang, hinauszumüssen, für später aufgehoben zu haben. Angesichts der Köstlichkeiten, die sie zauberte, konnte Felix es ihm nicht verdenken. Er stach in den Apfel. Die pralle, glänzende Haut platzte auf, eine Füllung aus Nüssen, Gewürzen und Trockenfrüchten kam zum Vorschein.

Felix schloss die Augen. Erinnerungen an eine Bauernhofstube tauchten vor ihm auf. Die Großmutter mit Kopftuch und Schürze, ein warmer Kachelofen, über dem eine Stange hing, auf der Socken und Geschirrtücher trockneten, eine dicke Bienenwachskerze in einem einfachen Gesteck aus Tannenreisig auf dem Tisch und eine Schüssel mit Bratäpfeln für ihn, seine Geschwister, Cousins und Cousinen. Er öffnete die Augen wieder. Vor ihm saß die böhmische Köchin und sah ihn erwartungsvoll an.

»Statt dem Zucker nehme ich immer einen Löffel Honig. Der passt besser zum Apfel«, erklärte sie.

»Das hat meine Großmutter auch so gemacht!« Felix gönnte sich den ersten Bissen. Er wurde nicht enttäuscht. Der Geschmack war einzigartig. Genau wie in seiner Kindheit. Allein wegen dieses Bratapfels hatte der Weg durch den Schnee sich gelohnt, ganz egal, wie unerfreulich die Geschichte im Salon einen Stock über ihm auch war.

»Wie wurde die Nachricht der Testamentseröffnung unter der Dienerschaft aufgenommen?«, fragte er.

»Wie bitte? Was meinen Sie?« Die Köchin wirkte irritiert.

»Nun, es wurde doch bestimmt getratscht.« Der Geschmack von Vanille mischte sich mit den Nüssen, den Trockenfrüchten und den Gewürzen. Felix war im Paradies gelandet.

»Sie werden doch nichts auf den Tratsch des Personals geben!«, empörte sich Mila Sokol.

»Da irren Sie.« Felix widersprach. »Oft sind gerade die Beobachtungen der Dienerschaft besonders hilfreich. Sie sehen und hören Dinge, die anderen verborgen bleiben.«

Die Köchin schien nachzudenken. Ihre Stirn legte sich in Falten. Sie steckte den Daumennagel in den Mund und kaute daran.

»Dass ich am Abend, als Herr Steinhäusel starb, auf Murmeln ausgerutscht bin, wissen Sie ja schon«, sagte sie.

»Spielzeug der Kinder von Louise und Ferdinand Steinhäusel.«

»Wohl eher nicht«, sagte die Köchin. »Sophie und Karl haben mir versichert, dass die Kugeln nicht von ihnen stammten. Ich glaube den Kindern.«

»Wäre es nicht naheliegend, dass sie lügen, um einer Bestrafung zu entgehen?«

»Louise Steinhäusel hält nichts von Strafen«, sagte Mila, »ich habe gehört, was sie darüber gesagt hat. Ihre Argumente erschienen mir sehr einleuchtend. Ich bin mir sicher, diese Kinder haben keine Angst vor ihren Eltern. Leider waren nicht alle am Tisch ihrer Meinung.«

»Das kann ich mir gut vorstellen«, brummte Felix. Er war auch kein Freund der körperlichen Züchtigung. Weder bei Kindern noch bei Straftätern. Angst hatte die Zahl der Kriminalfälle noch nie reduziert. Wenn einer keine Arbeit, nichts zu essen und kein Dach über dem Kopf hatte, musste er stehlen. Was blieb ihm anderes übrig, wenn er überleben wollte? Im hell erleuchteten, wohltemperierten Palais war die Sachlage eine andere. Wer hier kriminell handelte, tat es nicht, um zu überleben, sondern um sich noch weiter zu bereichern.

»Ferdinand Steinhäusel befürwortet die Meinung seiner Ehefrau?«

»Aber ja doch. Die beiden scheinen eine harmonische Ehe zu führen. Auch wenn das nicht immer so gewesen sein dürfte.«

»Was meinen Sie damit?«

»Es wird erzählt, dass Herr Steinhäusel vor seiner Ehe mit Louise Steinhäusel eine Reihe junger Frauen getroffen hat, die ganz und gar nicht dem Geschmack der Familie entsprochen haben.«

»Aber mit Louise Steinhäusel war man dann zufrieden?«

Die Köchin wog den Kopf. »Mehr oder weniger. Aber so genau weiß ich das nicht. Besser, Sie fragen jemand anderen.«

Felix ließ die Sache auf sich beruhen und ging zur nächsten Frage über.

»Denken Sie, dass Dr. Fellner ein guter Mediziner ist?« Er nahm erneut einen Bissen des Bratapfels.

»Wie soll ich das beurteilen?«

Felix' Fragen schienen die Köchin zu verwirren. Das überraschte Felix nicht. Seine unorthodoxe Weise, Fälle zu untersuchen, hatte schon oft für Irritation gesorgt. Felix stellte die Fragen so, wie sie ihm in den Sinn kamen. Er führte keine Protokolle und Listen. Notizbücher trug er nur mit sich, um Rezepte oder Adressen darin zu vermerken. Und die Rolle des Arztes interessierte ihn.

Warum war der Mediziner jedes Mal anwesend gewesen? Am ersten Abend war er wegen Hermann Steinhäusel gekommen, aber was hatte er heute hier zu suchen? Er selbst hatte behauptet, dass Frau Steinhäusel ihn zum Essen eingeladen habe, weil sie sich um die Gesundheit ihrer Stieftochter Ottilia sorgte. Aber stimmte das?

»Mir ist zu Ohren gekommen, dass er Ihren Knöchel untersucht hat. Waren Sie mit ihm zufrieden?«

Die Köchin nahm den Daumennagel aus dem Mund und bearbeitete jetzt ihre Unterlippe. Sie wog ihre Antwort ab. Schade, denn Felix hätte gerne eine spontane, ehrliche Meinung gehört.

»Ich denke, dass er meinen Knöchel gut untersucht hätte, aber ich habe es nicht zugelassen.«

»Warum nicht?«

»Weil ich mir so kurz vor Weihnachten keine neue Anstellung suchen möchte«, sagte die Köchin geradeheraus. »Ich schlafe unter dem Dach, in einer feinen, sauberen Kammer. Die ist beheizt. Mein Bett ist weich, die Decke flauschig. Ich kriege jeden Tag genug zu essen und muss keine unangenehmen Arbeiten erledigen. Es geht mir gut. Das will ich wegen eines geschwollenen Knöchels nicht aufs Spiel setzen. Da nehme ich lieber ein paar Tage Schmerzen auf mich.«

Diese Antwort war gewiss ehrlich. Felix wusste um die prekären Arbeitsbedingungen. Viele Dienstmädchen arbeiteten auch dann, wenn sie Fieber hatten und dabei ihre Gesundheit ruinierten.

»War Dr. Fellner Ihrem ehemaligen Arbeitgeber Hermann Steinhäusel ein guter Arzt?« Felix fürchtete, dass sie dieser Frage ausweichen würde. Mila Sokol war keine Frau, die bösen Tratsch verbreitete.

»Wie soll ich diese Frage beantworten? Ich bin eine einfache Köchin.«

»Ich habe den Totenschein noch einmal genau gelesen. Der Arzt hat darauf festgehalten, dass Hermann Steinhäusel an einer überhöhten Dosis Zucker verstorben ist, die er nicht vertrug. Sie waren seine Köchin. Hatte Herr Steinhäusel auch zuvor Probleme mit Zucker?«

Skeptisch kniff die Köchin die Augen zusammen. »Ich dachte, Sie untersuchen den Vorfall von heute Abend.«

»Das tue ich«, stimmte Felix zu. »Und vor zehn Tagen war ich hier, weil Herr Steinhäusel verstorben ist. Er hatte versehentlich die falschen Powidltascherl erwischt. Heute hat man mich gerufen, weil in der Tasse von Frau Steinhäusel Reste eines Gifts waren, das sie glücklicherweise sofort erbrochen hat. Beide Male war ein Arzt anwesend. Einmal konnte er helfend eingreifen, einmal nicht. Das regt zu Fragen an.«

»Es war der Apotheker, Herr Sauerbach, der Frau Steinhäusel zum Erbrechen zwang«, bemerkte die Köchin.

»Oh, das hat man mir nicht erzählt«, sagte Felix. »Aber noch einmal zurück zu Hermann Steinhäusel. Wie streng haben Sie beim Kochen das Zuckerverbot genommen? Haben Sie auf jede Form des Süßens verzichtet? Obst und Trockenfrüchte? Honig? Musste er auch diese Speisen meiden?«

»Heute schaut es so aus«, sagte die Köchin. »Aber ich wusste nicht, wie ernst es um ihn stand. Deshalb habe ich kleine Dosen von Zucker in die Marinade, aber auch in andere Speisen gemischt. Hätte ich gewusst, dass er –«

Felix hob die Hand und unterbrach sie. »Ich frage mich, ob Dr. Fellner seinen Patienten gründlich genug untersucht hat oder gleich von vorneherein angenommen hat, dass es nur eine Überreaktion auf den Zucker sein konnte.«

»Das müssen Sie ihn selbst fragen«, sagte die Köchin.

»Das habe ich bereits. Er meinte, er hätte Herrn Steinhäusel gründlich untersucht. Was meinen Sie? Sie waren an dem Abend dabei.«

Offensichtlich überrascht darüber, dass der Kommissar sie um ihre Meinung fragte, legte Mila Sokol den Kopf schief. Sie schien ihre Antwort genau abzuwägen und war auf der Hut. Schließlich sagte sie: »Ich muss gestehen, dass ich überlegt habe, Sie aufzusuchen.«

»Was wollten Sie mir sagen?« Felix wusste, dass er freundlich klang. Es gelang ihm immer, Menschen zum Plaudern zu bringen.

»Dass Dr. Fellner die Diagnose möglicherweise zu schnell gestellt hat. Bis zu jenem Abend hat Herr Steinhäusel Zucker in kleinen Mengen vertragen. Am Abend seines Todes auf einmal nicht mehr. Das ist doch seltsam. Oder?«

»Soweit ich informiert wurde, hat er drei Tascherl mit dem Powidl erwischt, und die waren sehr süß.«

»Das stimmt«, sagte die Köchin. »Powidl ist süß. Aber ich bin mir mittlerweile sicher, dass Herr Steinhäusel keines davon gegessen hat. Seine Tascherl waren mit ungezuckerten Marillen gefüllt.«

»Was macht Sie so sicher?«

»Die Zahl der Tascherl«, sagte die Köchin. »Ich habe sechs mit Marillen gefüllt. Drei für Herrn Steinhäusel und drei für seine Frau. Herr Steinhäusel hat alle drei gegessen, seine Frau keines von den ihren.«

»Was macht Sie so sicher, dass nichts vertauscht wurde, wie Dr. Fellner angenommen hat?«

»Dann hätte irgendjemand eines mit Marillenfüllung gegessen. Aber niemand kann sich daran erinnern. Und den Rest haben Sie gegessen. Hatten Sie ein Tascherl ohne Powidl?«

Felix überlegt. »Nein«, sagte er schließlich. »Die Tascherl, die ich gegessen habe, waren durchwegs mit süßem Powidl gefüllt.«

»Genauso war es mit denen, die vom Personal verspeist wurden. Das kann nur bedeuten, dass Herr Steinhäusel die mit den Marillen hatte.«

»Was ist mit den Tascherln, die am Boden gelandet sind?«

»Die wurden in einen Kübel gekehrt. Zuerst die mit dem Powidl und obendrauf die mit der Marillenmarmelade. Man kann von außen sehen, welche Fülle drinnen ist. Die mit dem Powidl sind dunkler. Von denen mit der Marille waren nur zwei im Kübel, da bin ich mir sicher«, sagte die Köchin.

»Hm.« Felix überlegte. Die Köchin hatte einen wachen Geist, genau wie er vermutet hatte. »Nehmen wir an, jemand ist am Nachmittag in die Küche gekommen, hat selbst von denen mit Marille genascht und daraufhin aus der großen Schüssel mit denen aus Powidl aufgefüllt, dann könnte es sehr wohl sein, dass Herr Steinhäusel welche von den süßen erwischt hat.«

»Ich bin kein Arzt«, sagte Mila Sokol. »Aber als Köchin kann ich Ihnen versichern, dass drei Tascherl mit Marille viel natürlichen Fruchtzucker enthalten. In einer Menge, die Herr Steinhäusel zuvor immer vertragen hat.«

»Sie glauben, dass etwas anderes Herrn Steinhäusels Tod hervorgerufen hat?«

»Das müssten Sie Dr. Fellner fragen«, wiederholte die Köchin.

»Hm, das habe ich bereits«, sagte Felix. Die Antwort, die er bekommen hatte, hatte ihn nicht befriedigt. Dr. Fellner wollte sich selbst schützen und auf keinen Fall zugeben, den Totenschein voreilig ausgefüllt zu haben.

Mittlerweile fragte Felix sich, ob es klug wäre, eine Exhumierung des verstorbenen Hausherrn zu veranlassen. Was, wenn er es mit zwei Giftanschlägen zu tun hatte? Mit einem geglückten und einem, der schiefging?

Die Bestattung von Herrn Steinhäusel war heute gewesen. Mit Hilfe der Marsh'schen Probe könnte Arsen nachgewiesen werden, falls das Gift für den Tod verantwortlich war. Das war mittlerweile ein übliches Verfahren. Viel schwieriger wäre es, eine Exhumierung durchzuboxen, auch wenn der Tote erst heute beigesetzt worden war. Die Tatsache, dass keinerlei Beweise für einen Mord vorlagen und ein Arzt eine andere Todesursache festgestellt hatte, machte das Ansinnen noch unmöglicher. Die bloße Vermutung einer Köchin würde ganz gewiss nicht ausreichen, Felix' Vorgesetzten zu überzeugen.

Er nahm den letzten Bissen vom Bratapfel. Mit dem Zeigefinger wischte er die Reste der Vanillesauce aus.

»Einfach himmlisch«, schwärmte er. »Der Apfel erinnert mich an meine Kindheit.«

»Wollen Sie noch einen?« Die Köchin stand auf.

»Da sage ich nicht Nein!« Felix war zwar längst satt, aber wer konnte einer solchen Köstlichkeit schon widerstehen? Er ganz bestimmt nicht. Und wer wusste schon, wann er wieder die Gelegenheit bekam, so etwas Wundervolles zu verspeisen?

»Und Ihrem Hund hole ich noch ein Stückerl von der Wurst«, sagte Mila Sokol. »Es kann ja nicht sein, dass er hungern muss, wenn Sie essen.«

Gankerl schien genau zu wissen, was sie vorhatte. Er sprang auf und folgte ihr bei Fuß. Felix fragte sich, ob er das bei jedem tun würde. Oder ob Gankerl die böhmische Köchin ebenso sympathisch fand wie er selbst.

Ein Grund mehr, den Hund zu mögen. Felix beglückwünschte sich. Gankerl ein Zuhause zu geben war die beste Entscheidung, die er seit Langem getroffen hatte.

16

15. Dezember, Herrengasse

Mila lag wach im Bett und starrte zur Decke. Diesmal waren es nicht die Schmerzen im Fuß, die sie am neuerlichen Einschlafen hinderten, sondern ihre Gedanken, die sie vom Träumen abhielten.

Immer und immer wieder ging ihr das Gespräch vom gestrigen Abend mit dem Kommissar durch den Kopf. Abgesehen davon, dass sie sich geschmeichelt fühlte, wie sehr der Mann ihre Kochkünste schätzte, dachte sie über den Inhalt ihrer Unterhaltung nach.

Irgendetwas irritierte sie. Was war es? Herr Steinhäusel hatte drei Tascherl gegessen. Sebastian hatte gesagt, dass er ihm drei auf den Teller gelegt hatte. Und Frau Steinhäusel hatte keines gegessen. Obwohl auch sie drei Tascherl bekommen hatte. Sie waren mit ihr auf den Boden gefallen, als sie das Bewusstsein verlor.

Die restlichen Tascherl in Milas Schüssel waren ungenießbar geworden, da sie ebenfalls am Parkett gelandet waren. Mizzi hatte die Powidltascherl weggekehrt, Fanny die von Frau Steinhäusel mit der Marillenfüllung. Beide hatten dazu einen kleinen Extrakübel verwendet, den Fanny dann achtlos neben die Mülltonnen gestellt hatte.

Vor Milas innerem Auge tauchten die Ratten und die Katze auf. Mit einem Ruck fuhr sie hoch. Das war es, was sie störte. Warum war sie nicht schon zuvor darauf gekommen? Die Viecher hatten sie gefressen und waren daran elend verstorben. Kein Rattenköder hatte sie getötet, sondern Gift, das in den Tascherln gewesen war. In denen von Frau Steinhäusel und in denen von ihrem Ehemann.

Vielleicht hätte Katharina Steinhäusel schon vor neun Tagen

sterben sollen? Vielleicht war es ein böser Zufall gewesen, dass ihr Mann das Gift zu sich genommen hatte, das für sie gedacht gewesen war?

Mila schlug die Decke zurück. Wie spät war es? Konnte sie schon zur Polizei laufen? Draußen war es stockfinster. Sie fasste nach dem verbeulten Wecker auf ihrem Nachtkästchen, trug ihn zum Fenster und schaute im Licht des Mondscheins darauf. Es war vier Uhr. Bestimmt war Kommissar Zack noch nicht in seinem Büro. Mila humpelte zurück zum Bett, kroch unter die Decke und schloss noch einmal die Augen. Sie hatte noch eine Stunde, bis sie aufstehen und mit den Vorbereitungen für das Frühstück beginnen musste. Aber sie war zu aufgeregt, um erneut einzuschlafen.

Wenn der erste Giftanschlag Frau Steinhäusel gegolten hatte, konnte das nur bedeuten, dass es mit dem Testament zu tun gehabt hatte. Jemand hatte verhindern wollen, dass sie die Hälfte von allem erbte. Aber wer hatte davon gewusst? Angeblich war es für alle eine böse Überraschung gewesen.

Mila ging in Gedanken jedes einzelne Familienmitglied durch. Im Grunde hatte jeder, sogar Felicitas Steinhäusel, einen guten Grund, Katharina Steinhäusel zu töten. Vielleicht wäre ihr dann die Ehe mit Bernhard Sauerbach erspart geblieben. Um zu vermeiden, dass niemand sonst das Vermögen übernahm, hätte sie wohl auch unverheiratet das Erbe antreten können. Es war so offensichtlich, dass sie nicht seine Ehefrau werden wollte.

Mila hörte auf das Ticken ihres Weckers. Sobald es fünf war, würde sie Michl aufwecken, und spätestens um sechs würde sie den Jungen zur Elisabethpromenade schicken. Kommissar Felix Zack musste über diese Wendung informiert werden.

Mila konnte es kaum erwarten, seine freundlichen Augen strahlen zu sehen. Wenn sie ihm beim Erzählen einen Nussgugelhupf auftischte, war sein Glück bestimmt perfekt.

17

15. Dezember, Elisabethpromenade

Noch bevor Felix sich an den Schreibtisch setzen konnte, kam Schnaberl zu ihm gelaufen und teilte ihm mit, dass er heute noch dem Palais Steinhäusel einen Besuch abstatten müsse. »Die Köchin will unbedingt mit Ihnen reden.«

»Immer mit der Ruhe«, antwortete Felix. »Zuerst brauche ich mal ein Häferl Milchkaffee, und dann beginne ich mit dem Arbeiten.«

»Ja, natürlich. Ich wollte es nur ausgerichtet haben.«

»War die Köchin hier?«

»Nein, sie hat einen Küchenjungen geschickt. Soll ich Ihnen den Kaffee bringen?«

»Ja, bitte. Und für Gankerl eine Schüssel Wasser.«

Schnaberl murmelte etwas über Straßenköter, die er jetzt auch noch bedienen sollte, doch Felix tat so, als würde er seine Beschwerde nicht hören.

Am Weg ins Büro hatte Gankerl sich übergeben. Felix hoffte inständig, dass er gestern nichts Verdorbenes erwischt hatte. Zuerst die Wurst von Frau Baum, dann das Extrawurstkranzerl der Kinder und zuletzt noch einmal ein paar Leckerbissen der Köchin. Vielleicht war es zu viel für den Magen eines Straßenhundes, der sich über Wochen nur von Abfällen ernährt hatte.

Schnaberl kehrte mit Kaffee und Wasser zurück. Auf dem Teller unter dem Häferl lag ein Stück Lebkuchen.

»Ich habe das letzte Stück für Sie gerettet.«

»Das ist sehr aufmerksam von Ihnen. Vielen Dank!« Unglaublich, wie schnell die weihnachtliche Keksdose von Fritz Hochfellners Frau jeden Tag geleert wurde. Dabei war Felix heute früher als sonst im Büro. Gankerl hatte ihn winselnd aufgeweckt, damit er rasch ins Freie kam, um sich zu erleichtern.

»Gibt es sonst Neuigkeiten?«, fragte er den Polizeidiener.

»Jemand vom Wiener Eislaufverein war hier.«

»Schon wieder ein angeblicher Diebstahl?« Felix verspürte wenig Verlangen, erneut zum Heumarkt zu gehen.

»Nein, es war bloß eine Entwarnung. Die Goldkette, die Frau Schwarztal abhandengekommen war, wurde wiedergefunden. Der Bursche, den wir eine Nacht lang festgehalten haben, ist damit vollkommen rehabilitiert. Er ist jetzt offizieller Lehrling beim Eismeister.«

»Das freut mich. Ich hoffe, die Dame hat sich anständig bei ihm entschuldigt.«

Schnaberl verzog das Gesicht. Leise sagte er: »Das bezweifle ich.«

»Hauptsache, der Bursche hat seine Arbeit nicht verloren. Die Nacht bei uns war bestimmt unangenehm für ihn. Aber sie hat ihn nicht umgebracht.«

Schnaberl stimmte Felix zu. »Soll ich Sie ins Palais Steinhäusel begleiten?«

»Ich habe eine andere Aufgabe für Sie.«

»Welche?«

»Ich will, dass Sie einen Ausflug in die Praterstraße machen.«

»In die ehemalige Jägerzeile?«

»Ja, genau.«

»Was soll ich dort tun?«, fragte Schnaberl.

»Horchen Sie sich im Carltheater um. Frau Steinhäusel hat vor ihrer Ehe mit Herrn Steinhäusel in dem Etablissement als Schauspielerin und Tänzerin gearbeitet. Ich würde gerne ein bisschen mehr über die Dame erfahren.«

»Aber sie ist doch unser Opfer«, widersprach Schnaberl. »Oder habe ich irgendetwas nicht mitbekommen?«

»Nein, nein. Es stimmt alles. Irgendjemand hat versucht, Frau Steinhäusel zu vergiften. Aber gerade weil sie das Opfer ist, will ich wissen, welche Freunde oder vielleicht Feinde sie hatte. Hat sie immer noch Kontakt zu Schauspielern? Hatte sie als Sängerin Schulden? Gibt es irgendwelche Geschichten,

Gerüchte, Geheimnisse über sie, die für uns von Wichtigkeit sein könnten? Altlasten aus ihrer Vergangenheit? Tragen Sie alle Informationen zusammen, die Sie bekommen können. Auch jene, die Ihnen unwichtig erscheinen.«

»Ich werde mich bemühen.«

»Sehr gut.«

Gankerl rappelte sich auf und lief zur Tür, wo er erneut würgte. Es sah schmerzhaft aus. Da sein Magen schon leer war, war es bloß hellgelber Schaum, der sich auf den Fliesenboden ergoss.

»Der Hund ist krank«, sagte Schnaberl mit angewidert verzogenem Mund. »Sie hätten das Vieh nie –« Weiter kam er nicht, denn Felix unterbrach ihn.

»Rufen Sie jemanden, der das hier wegwischt.«

Schnaberl nickte, machte aber kein Geheimnis daraus, wie seltsam er es fand, welche Umstände sein Vorgesetzter wegen des Tieres veranstaltete.

»Ich werde am Weg in die Herrengasse einen Abstecher in die Apotheke machen. Angeblich verabreicht man Tieren ähnliche Medikamente wie Menschen, bloß in niedrigeren Dosen.«

»Sie wollen für teures Geld Medikamente für einen Straßenköter kaufen?«

»Polizeihund!«, besserte Felix aus. Gankerl trappelte erschöpft zu ihm und ließ sich neben seinen Füßen nieder. Beruhigend streichelte Felix dem Hund über den Kopf. »Das wird schon wieder, alter Freund«, sagte er. Gankerl seufzte laut.

»Dann mache ich mich mal auf den Weg«, sagte Schnaberl. Felix konnte sehen, dass ihm noch etwas auf der Zunge lag. Aber er behielt die Bemerkung für sich. Gut möglich, dass er sie einem seiner Kollegen zuflüsterte, sobald er das Büro verließ.

Felix war es einerlei. Sollten die anderen sich über ihn lustig machen. Er würde dafür sorgen, dass es seinem Hund so rasch wie möglich wieder gut ging.

18

15. Dezember, Freyung

Gankerl war heute nicht ganz so schnell unterwegs wie sonst, was Felix ganz recht war. Eine dicke Schneedecke lag auf den Trottoirs und Straßen der Stadt. Es war ratsam, langsamer zu gehen. Obwohl allerorts die Hausbesitzer bemüht waren, die Wege vor ihren Hauseingängen für sich selbst und die Passanten freizuschaufeln, kam man mit der Arbeit nicht nach. Auch die Straßenfeger der Stadt schafften es nicht, die Wege für die Pferdetramway zu räumen. Immer wieder blieb ein Waggon stecken, und die Fahrgäste mussten aussteigen und zu Fuß weiterlaufen.

Gegenüber der neuen Universität beim Schottentor wurden die ersten Christbäume verkauft. Felix hörte, wie um die Preise gefeilscht wurde. Er selbst hatte keinen Weihnachtsbaum. Das letzte Mal, dass er sich an einem Christbaum erfreut hatte, war er sechzehn gewesen und hatte gemeinsam mit seinen Geschwistern, Cousins und Cousinen im Bauernhaus seiner Großmutter Weihnachten gefeiert. Seit Felix nicht mehr zu Hause wohnte, hatte er keinen Baum mehr.

Anfangs hatten Maria und er sich ein Weihnachtsgesteck aus Tannenreisig geleistet. Später, als Familie, wollten sie auch einen Christbaum aufstellen, aber dazu war es nie gekommen. Seit Marias Tod verzichtete Felix auch auf das Gesteck. Bis auf den Besuch der Christmette um Mitternacht war Weihnachten für ihn ein Tag wie jeder andere auch. Im Vorjahr hatte Frau Baum ihm einen Teller mit Weihnachtskeksen vorbeigebracht, die hatte er dann nach der Mette gegessen. Heuer würde er wohl auf den Kirchenbesuch verzichten. Er wollte Gankerl nicht allein zu Hause lassen.

Bei einem Maronibrater vor dem Schottenstift kaufte Felix ein Stanitzel voll gerösteter Edelkastanien. Die warmen Früchte wärmten seine Finger. Erst als er alle aufgegessen hatte, ging er zur Apotheke auf der Freyung.

Über drei Stufen gelangte er zur Eingangstür. Eine helle Glocke ertönte, als er den Verkaufsraum betrat. Es roch nach Kräutern, Chlor und Bienenwachs. Letzteres stammte von den Bienenwachskerzen, die auf einem Tischchen neben dem Verkaufstresen standen. Tannenreisig lag daneben.

»Guten Tag, was kann ich für Sie tun?« Ein junger Apotheker im weißen Mantel lächelte ihn freundlich an.

»Mein Hund erbricht seit heute Morgen. Gibt es etwas, womit ich ihm das Leben erleichtern kann?«

Sichtlich verwundert, dass Felix nach einer Medizin für sein Haustier fragte, hob der Mann die Augenbrauen. Er lehnte sich über den Tresen und warf einen Blick auf Gankerl, der nur träge mit dem Schwanz wedelte und sich erschöpft auf den Boden legte.

»Oh, der schaut aber entzückend aus«, sagte der Apotheker. »Hat er etwas Verdorbenes gegessen? Kaputtes Fleisch, schimmligen Käse?«

»Nicht dass ich wüsste.«

»Hat er vielleicht Rattengift erwischt? Immer wieder kommt es zu Vorfällen, bei denen Katzen oder Hunde sterben, weil sie Köder fressen, die für Ratten und Mäuse bestimmt sind.«

Felix erschrak. Dieser Gedanke war ihm bisher nicht gekommen. Dabei war es so naheliegend. Die Köchin hatte ihn sogar davor gewarnt. Aber Gankerl war nicht in den Innenhof gelaufen. Er hatte also keine Gelegenheit gehabt, Gift zu erwischen. Oder etwa doch? War Felix einen Augenblick lang unaufmerksam gewesen? Er konnte sich nicht erinnern. Außerdem wich Gankerl ihm nicht von der Seite.

»Ich hoffe sehr, dass er kein Gift gefressen hat.«

»Nun, ich bin kein Tierarzt. Für mich schaut er müde aus, aber nicht todkrank. Hat er Durchfall?«

»Ein bisschen.«

»Ich werde Ihnen ein paar Kohletabletten geben. Die können Sie ihm unter das Futter mischen, dann leert sich sein Darm. Damit alle ungesunden Substanzen, die er zu sich genommen hat, wieder ausgeschieden werden. Sie müssen halt darauf gefasst sein, rasch mit ihm ins Freie zu laufen, wenn die Tabletten wirken. Das ist bei Tieren genau wie bei den Menschen.«

»Kein Problem«, sagte Felix. »Hauptsache, er wird wieder gesund.«

»Sie können ihm auch einen magenfreundlichen Tee aufbrühen. Vielleicht trinkt er ihn statt Wasser. Kindern rührt man einen Löffel Honig in den Tee. Vielleicht wirkt das auch bei Hunden. Ich habe damit keine Erfahrung.«

»Ich werde es probieren«, sagte Felix.

»Einen Moment. Ich glaube, den Tee haben wir bereits in abgefüllten Säckchen.« Der Apotheker drehte sich zu einem Regal hinter sich. Weiße Porzellangläser standen neben braunen Behältern aus Glas. Alle waren mit lateinischen Namen beschriftet. Ganz unten im Regal befanden sich hellbraune Papiersäckchen. Auch sie waren mit lateinischen Namen versehen.

»Ach ja. Hier haben wir es.« Der Apotheker bückte sich, nahm eines der Säckchen und legte es vor Felix auf den Tresen.

»Wird bei Ihnen eigentlich oft Rattengift gekauft?«, fragte Felix. Die Vorstellung, dass Gankerl etwas davon erwischt haben könnte, ließ ihn nicht los.

»Witzig, dass Sie fragen«, meinte der Apotheker. »Ich selbst habe noch nie welches verkauft, aber mein Kollege offenbar schon. Der Chef hat neulich nachbestellt, weil keines mehr da war.« Der Apotheker verzog angewidert das Gesicht. »Es ist kein Wunder, denn Ratten und Mäuse gibt es in der Stadt reichlich. Bei dem Wetter werden sie wieder in die Keller flüchten. Erst neulich ist mir eines der Viecher bei Tageslicht über den Weg gelaufen. Ekelhaft.« Er schüttelte sich. »Ich hole die Kohletabletten. Sie sind im Nebenraum. Einen Moment bitte.«

Der Apotheker flitzte in den Nebenraum, und Felix sah sich um. Vor ihm auf dem Verkaufstresen stand ein großes Glas mit durchsichtigen Glasmurmeln. Einige waren hellblau gefärbt, andere hellgrün. Aber die meisten waren vollkommen durchsichtig. Felix hatte erst vor Kurzem genau solche Murmeln gesehen.

Schon kam der Apotheker mit einer kleinen Schachtel zurück. »Geben Sie dem Hund nur ein Viertel einer Tablette«, riet er. »Das sollte reichen.« Er legte die Schachtel zum Tee.

»Was ist das?«, fragte Felix und zeigte auf das Glas mit den Murmeln. Es waren exakt die Glaskugeln, die Mila Sokol zu Fall gebracht hatten.

»Das sind unsere Geschenke für die Jüngsten«, erklärte der Apotheker stolz. »Früher haben wir Zuckerl an die Kinder unserer Kunden verteilt.«

»Warum das denn?«

»Es ist eine kleine Aufmerksamkeit. Die Kinder freuen sich, und die Eltern kommen gerne wieder zu uns, statt zur Konkurrenz zu laufen. Nicht allen Kindern schmeckten die Bonbons, und manche Mütter sahen es nicht gerne, dass ihre Kinder vor dem Mittagessen Süßigkeiten bekamen. Deshalb sind wir zu Glaskugeln gewechselt. Noch nie hat ein Kind eine Murmel abgelehnt. Sie sind der volle Erfolg.«

»Das kann ich mir gut vorstellen. Darf ich mir eine mitnehmen?«

Überrascht zog der Apotheker die Augenbrauen hoch. »Ja, natürlich. Greifen Sie zu.«

Felix fischte eine durchsichtige Kugel aus dem Glas und steckte sie in seine Sakkotasche. »Danke.« Dann bezahlte er Tee und Tabletten und verließ die Apotheke.

Wieder klingelte die Glocke über der Tür. Draußen war der Schneefall noch dichter geworden. Wenn es so weiterschneite, würde er auf dem Heimweg knietief im Schnee versinken.

Er schaute zu Gankerl. Der Arme musste mit allen vieren gleichzeitig wegspringen. Aber zu Felix' Freude sah das Tier wieder besser aus. Vielleicht hatte allein die Tatsache, dass Felix Medizin eingekauft hatte, zu seiner Genesung beigetragen.

»Was hältst du von einem Abstecher zum Weihnachtsmarkt?« Gankerl hob beide Ohren.

»Der ist ganz in der Nähe, nur einen Straßenzug weiter, am Hof«, erklärte Felix. »Dort gibt es Speckbrote und Käse, Lebkuchen und Kletzenbrot.«

Gankerl legte die Ohren wieder an. Offenbar war ihm noch nicht nach Leckereien zumute.

»In Ordnung«, sagte Felix. »Wir heben uns den Besuch für einen anderen Tag auf. Der Markt läuft uns nicht davon. Zuerst musst du wieder gesund werden.«

19

15. Dezember, Carltheater

Seit zwei Jahren leitete Siegmund Eibenschütz das renommierte Theater in der Praterstraße, in dem der Volksdichter Johann Nestroy sechs Jahre lang als Schauspieler und gleichzeitig als Direktor fungiert hatte. Zahlreiche seiner Stücke waren hier uraufgeführt worden. Seit Eibenschütz die Leitung innehatte, waren es vor allem Operetten, die hier zum Besten gegeben wurden. Im Moment stand »Zigeunerliebe« von Franz Lehár am Spielplan.

Schnaberl kannte sich weder mit Theaterstücken noch mit Operetten aus. Sein bescheidenes Gehalt als Polizeidiener reichte gerade mal fürs Überleben. Hin und wieder gönnte er sich einen Ausflug in den Prater oder nach Grinzing zu einem Heurigen, wo er mit Freunden einen Gspritzten trank. Manchmal auch mehrere. Das Theater war ein Vergnügen für die Wohlsituierten. Für Männer und Frauen mit mehr Bildung, als Schnaberl sie genossen hatte. Der Polizeidiener hatte mit Ach und Krach vier Jahre Volksschule absolviert. Dass er eine Stelle als Polizeidiener innehatte und bei Ermittlungen mitarbeiten durfte, hatte er Kommissar Zack zu verdanken. Dieser hatte erkannt, dass Schnaberl trotz fehlender Schulbildung einen wachen Geist besaß.

Durch eine der drei rundbogenförmigen Eingangstüren betrat er zum ersten Mal in seinem Leben ein Theater. Was er sah, übertraf seine Erwartungen. Im Foyer hingen gleich mehrere mit geschliffenen Glassteinen besetzte Kronleuchter von der Decke, deren Kandelaber im Moment nicht brannten. Die Wände waren mit rotem Samt verkleidet, und mehrere riesige Spiegel ließen den Raum noch größer erscheinen, als er ohnehin war. Überall erinnerte Weihnachtsdekoration daran, welche Zeit im Jahr gerade war. Rote Glaskugeln hingen von den Kronleuchtern, grünes Tannenreisig steckte in den Goldrahmen der Spiegel. Abends wurde beim Theaterbüfett Glühwein ausgeschenkt, zumindest stand das auf der goldgerahmten Schiefertafel neben der Bartheke.

»Wir haben geschlossen«, sagte eine knarzige Stimme. »Die nächste Vorstellung fängt erst um sieben an.« Eine Frau mit Putzkübel und Wischmopp trat hinter dem Tresen der Garderobe hervor. Ihr Haar war unter einem rot-weiß karierten Tuch verborgen. Über ihrem zerschlissenen Kleid trug sie eine nicht mehr ganz saubere graue Schürze.

»Ich bin nicht wegen der Vorstellung hier«, sagte Schnaberl. »Ich bin von der Polizei.« Er kramte seinen Dienstausweis hervor und hielt ihn der Frau unter die Nase. Er hoffte inständig, dass sie nicht ordentlich lesen konnte und nicht erkannte, dass bloß »Polizeidiener Walter Schnaberl« darauf stand. Genau wie er erwartet hatte, warf sie nur einen flüchtigen Blick auf das Papier.

»Polizei?«, fragte sie mürrisch und musterte ihn vom Scheitel bis zur Sohle. Ihre Augen blieben an seinen Schuhen hängen. Das abgetragene Leder hatte schon bessere Tage gesehen. »Die nehmen dort auch schon jeden auf. Kein Wunder, dass jeden Tag mehr Verbrechen auf den Straßen passieren und niemand sich mehr sicher fühlen kann.« Sie murmelte ihre Worte leise genug, dass sie nicht als Beamtenbeleidigung durchgehen konnten, und trotzdem so laut, dass Schnaberl sie hörte. Er räusperte sich.

»Weshalb sind S' denn da?«, fragte die Putzfrau.

»Es geht um eine ehemalige Schauspielerin und Sängerin. Um Dragana Zaric.«

Die Putzfrau schüttelte den Kopf. »Hab ich nie gehört.«

»Wie lange arbeiten Sie schon hier?«

»Seit über zwanzig Jahren.«

»Dann müssen Sie die Frau kennen. Heute heißt die Dame Katharina Steinhäusel. Sie hat den Tabakfabrikbesitzer Hermann Steinhäusel geheiratet.«

»Ach so. Sie meinen die Kathi Farini.« Ihr Gesicht hellte sich auf.

»Das war ihr Künstlername«, stimmte Schnaberl ihr zu.

»An die kann ich mich sehr gut erinnern«, sagte die Putzfrau. Sie lehnte sich an ihren Wischmopp und hielt sich mit beiden Händen daran fest. »Was ist mit der Kathi? Hat sie etwas ausgefressen?« Neugierig beugte sie sich zu Schnaberl hin. In ihren trüben Augen blitzte die Sensationsgier.

»Nein, im Gegenteil. Sie ist in Gefahr. Man hat versucht, sie umzubringen, und nun suchen wir nach möglichen Tatverdächtigen.«

»Meiner Seel. Ein Mordversuch an der Kathi?« Die Frau ließ mit einer Hand den Besenstiel aus, geriet ins Wanken und fasste sich theatralisch an die Brust. »Warum sollte denn einer die Kathi umbringen wollen? Die hat nix gehabt und als Schauspielerin nicht viel erreicht.«

»Können Sie sich daran erinnern, mit wem Frau Steinhäusel befreundet war, als sie noch als Schauspielerin gearbeitet hat?«

»Unter den Kollegen hat die Kathi keine Freunde gehabt, glaub ich zumindest. Sie war eher eine Stille. Als Schauspielerin war sie nie wichtig. Sie hat immer nur in der Zweitbesetzung gespielt. Viel von ihr gewusst hat niemand. Ich hör heute zum ersten Mal, dass sie in Wirklichkeit Dragana geheißen hat. Sie ist also eine Serbin?«

»Scheint so.«

»Ha, das war ihr wohl unangenehm. Da hat sie sich lieber einen italienischen Namen genommen. Klingt vornehmer.«

»Können Sie mir mehr über die Dame erzählen?«

Die Putzfrau runzelte die Stirn.

»Wenn die Kathi a Schokolade oder a Bonbonniere von einem Verehrer bekommen hat, hat sie sie immer mir gegeben. Das war fein von ihr. Aber das hat sie nicht gmacht, weil sie so großzügig war, sondern weil sie Angst gehabt hat, sie könnt dick werden. Was verrückt war, sie war eh dürr wie a Bohnenstange.«

»Gab es viele Verehrer?«

»Ein paar«, sagte die Putzfrau. Sie schien zu überlegen. »Und einen, der is dann ihr Liebhaber geworden. Der hat recht viel Geld besessen, und wir haben alle gedacht, dass sie den heiraten wird. Aber dann hat sich der alte Steinhäusel in sie verschaut, und sie hat den Verlobten einfach fallen lassen, weil die Tabakfabrik noch mehr Reichtum versprochen hat. Das war kein feiner Zug. Einen so einfach abzuservieren, weil er nicht genug Geld hat. Aber man ist sich halt immer selbst am nächsten. Ich hätt das wohl auch so gemacht.«

Schnaberl bezweifelte, dass die Frau jemals in die Lage kam, sich zwischen zwei wohlhabenden Verehrern entscheiden zu müssen.

»Wissen Sie noch, wie der Mann geheißen hat, den Frau Farini oder ursprünglich eben Zaric heiraten wollte?«

Die Putzfrau biss nachdenklich auf ihrer Unterlippe herum, bevor sie antwortete.

»Ich hab kein gutes Namensgedächtnis«, gab sie zu. »Aber ich merke mir Gesichter. Wenn der Mann jetzt da reinkommen würde, ich könnte Ihnen sofort sagen: Der war es.«

»Wissen Sie vielleicht noch, was er von Beruf war?«

»Der war bestimmt ein Arzt. Er hat sich mit Medizin ausgekannt. Einmal ist eine Zuschauerin in Ohnmacht gefallen, und da hat er sofort Riechsalz zur Hand gehabt und genau gewusst, wie man mit einer Ohnmächtigen umgeht.«

»Können Sie beschreiben, wie er ausgesehen hat?«

»Ein stattliches Mannsbild. Einer, der weiß, dass er was darstellt in der Gesellschaft. Aber wie gesagt, verglichen mit dem Herrn Steinhäusel war er dann doch ein armer Schlucker.«

»Das muss eine große Enttäuschung für den Verlobten gewesen sein, einfach so abserviert zu werden.«

»Ja, das glaub ich auch«, stimmte die geschwätzige Putzfrau zu.

»Und es war sehr dreist von Herrn Steinhäusel, dass er einer verlobten Frau einen Heiratsantrag macht. Finden Sie nicht?«

Die Augen der Putzfrau funkelten nun boshaft. »Herr Steinhäusel hat angeblich nie erfahren, dass die Kathi verlobt war, wie er ihr einen Heiratsantrag gemacht hat. Obwohl er den Mann kannte. Können Sie das glauben? Ich tu's auf jeden Fall nicht.«

»Das ist höchst interessant«, sagte Schnaberl. Kommissar Zack würde mit ihm zufrieden sein. »Wann haben Sie Frau Steinhäusel das letzte Mal gesehen?«

Die Putzfrau machte eine wegwerfende Handbewegung. »Das ist ewig her«, meinte sie. »Sobald die Kathi mit dem Herrn Steinhäusel verlobt war, hat sie ihr Engagement gekündigt und sich hier nie wieder blicken lassen. Nicht einmal im Zuschauerraum. Wir waren wohl nicht mehr gut genug. Oder es war ihr unangenehm, weil wir so viel über sie wussten.« Sie grinste böse und legte zwei große Schneidezähne frei, die beide leicht grau waren. Bei einem fehlte eine Ecke.

»Hatte Frau Steinhäusel befreundete Kollegen oder Kolleginnen, mit denen sie sich später noch getroffen hat?«

»Ich hab Ihnen doch schon gesagt, dass sie mit niemandem Kontakt hatte«, wiederholte die Putzfrau. »Die waren alle nie vornehm genug. Und als sie geheiratet hat, schon gar nimmer. Seither ist sie ja eine von den ganz Reichen der Stadt.« Die Frau lachte kehlig. »Die Kathi hat's geschafft: von der mittellosen Schauspielerin zur reichen Frau Steinhäusel. Und wenn es stimmt, was man sich erzählt, wird sie nun alles ganz allein erben. Ist an dem Gerücht was dran? Angeblich stand's in der Zeitung. Ich kann leider nicht ...« Beschämt brach sie ab. Schnaberl tat so, als hätte er die Bemerkung nicht gehört.

»Stimmt das mit dem Erben?«, fragte die Putzfrau erneut. Neugierig lehnte sie sich noch näher zu Schnaberl. Der Wischmopp stand nun schon gefährlich schräg.

»Dazu darf ich keine Auskunft geben.«

Die Frau zuckte mit den Achseln. »Auch gut. So Gschichten verbreiten sich auch ohne Polizei schnell. Wien ist ein Dorf, und es reicht, wenn ein Dienstmädchen am Markt oder beim Bäcker plaudert.«

Sie richtete sich wieder auf. »Also stimmt es, ja oder nein?«

»Ich werde gewiss nicht tratschen«, beharrte Schnaberl.

»Dann halt ned«, sagte die Frau, schnappte sich ihren Wischmopp und stieß ihn so energisch in den Putzkübel, dass das graue Seifenwasser herausspritzte. Schnaberl machte einen Satz zurück, um nicht nass zu werden.

»Ich muss jetzt arbeiten. Kann nicht den ganzen Tag plaudern.«

Schnaberl bedankte sich noch einmal. Er hatte seine Chance vertan. Die Frau würde nichts mehr erzählen. Gut, dass er bereits genug erfahren hatte, um seinen Vorgesetzten glücklich zu machen.

20

15. Dezember, Herrengasse

»Mila, schau, was ich im Schlafzimmer von Herrn Steinhäusel gefunden hab!« Fanny stand in der Küche und hielt Mila eine kleine braune Glasflasche entgegen, auf der »Chloralhydrat« stand.

»Wo war die Flasche?«, wollte Mila wissen.

»In Herrn Steinhäusels Nachtkästchen.«

»Was hattest du in Hermann Steinhäusels Nachtkästchen zu suchen?«, fragte Mila.

»Frau Steinhäusel wollte, dass ich seine Kleidung aus den Kästen nehme und die Schubläden auswische. Sie will alles einer karitativen Einrichtung spenden.« Fanny stellte das Fläschchen auf den Küchentisch. »Was soll ich mit der Medizin machen?«

»Wir müssen sie dem Kommissar geben«, sagte Mila. »Hast du die Flasche Frau Steinhäusel gezeigt?«

Fanny schüttelte ernst den Kopf. »Weder Frau Steinhäusel noch Sebastian. Ich habe befürchtet, die beiden könnten das Flascherl einfach verschwinden lassen. Ich habe zwar keine Ahnung, was da drinnen ist. Aber irgendwie habe ich das Gefühl, es könnte wichtig sein. Was meinst du?«

»Ich bin ganz deiner Meinung«, stimmte Mila zu.

Da betrat Sebastian die Küche. Blitzschnell fasste Mila nach dem Medikament und ließ es in der Tasche ihrer Schürze verschwinden.

»Was haben Sie da?«, fragte Sebastian streng.

»Lutschtabletten«, log Mila, ohne dabei mit der Wimper zu zucken. Fanny hüstelte leise. »Wir dürfen uns jetzt alle keine Krankheit erlauben. Daher ist es klug, rechtzeitig einen rauen Rachen zu beruhigen. Stellen Sie sich das Chaos vor, wenn eine von uns ausfällt.«

»Trotzdem sollen Sie nicht einfach nur herumstehen, gehen Sie an die Arbeit!«, forderte Sebastian und klatschte dabei in die Hände. Er schien wieder ganz der Alte zu sein. »In einer Stunde muss das Mittagessen auf dem Tisch stehen. Außerdem hat Frau Steinhäusel angeordnet, dass die Strohsterne und roten Glaskugeln im ganzen Haus aufgehängt werden. Also los, Fanny, worauf wartest du noch? Hol eine Leiter und den dünnen Bindfaden. Ich helfe dir dabei.«

»Ich geh ja schon«, brummte die Dienstmagd. Als sie an Mila vorbeiging, raunte sie: »Ich frag mich, wozu der ganze Weihnachtsschmuck gut sein soll? Die Stimmung im Haus ist feindselig. Jeder hasst jeden, und trotzdem tut man so, als würde man gemeinsam ein friedliches Fest feiern. Das ist verlogen.«

»Ich habe jedes Wort genau gehört«, sagte Sebastian finster. »Wenn du noch einmal so bösen Tratsch von dir gibst, werde ich dafür sorgen, dass dir ein Teil deines Gehalts gestrichen wird.«

Fanny verdrehte die Augen. Diesmal achtete sie darauf, dass nur Mila es sehen konnte.

»Was werden Sie zu Mittag servieren?«

»Ich habe noch Knödel von gestern«, sagte Mila. »Die verarbeite ich zu Knödeln mit Ei.«

Sebastian zog empört die Luft ein. »Das ist ein Armeleuteessen. Nie und nimmer können wir das in einem Palais in der Herrengasse kredenzen.«

»Es ist der ausdrückliche Wunsch von Herrn Ferdinand Steinhäusel. Er meinte, dass diese Speise Kindheitserinnerungen in ihm wecken würde. Offenbar will er so für eine weihnachtliche Stimmung sorgen.«

»Sie müssen sich trotzdem noch einen weiteren Gang einfallen lassen. Ottilia von Berndorf wird keine Knödel mit Ei essen.«

»Die anderen kriegen Eiernockerln«, sagte Mila. Die fertigen Nockerln lagen seit einer Stunde in einer Schüssel bereit.

Mila musste Knödel und Nockerln nur noch in einer Pfanne mit Ei übergießen und goldbraun braten.

»Ottilia von Berndorf mag sich damit zufriedengeben, aber Frau Steinhäusel isst auch keine Eiernockerln«, sagte Sebastian verärgert.

»Keine Sorge«, meinte Mila. »Sie kriegt wie immer eine klare Rindssuppe. Was anderes isst sie ohnehin nicht.«

»Gut.« Sebastian entspannte sich ein bisschen. Auch wenn er die anderen wieder zur Arbeit antrieb, so hatte er sich dennoch verändert. Wenn er sich unbeobachtet fühlte, schlurfte er mit nach vorne gebeugten Schultern durch die Küche. Es schien, als wäre er durch die Trauer um seinen verstorbenen Dienstherrn, den er so lange begleitet hatte, in wenigen Tagen um Jahre gealtert. Er hatte offensichtlich einen herben Verlust erlitten. Mila fragte sich, ob Sebastian jemals in einem anderen Haushalt gearbeitet hatte. Auf jeden Fall war das Palais Steinhäusel seit vielen Jahren sein Zuhause. Es war der Ort, an dem er sich geborgen und sicher fühlte. Wo die Menschen lebten, die ihm im Laufe seines Lebens ans Herz gewachsen waren und denen er sich verbunden fühlte. Sebastians Sinn im Leben bestand darin, die Familie Steinhäusel glücklich zu machen. Sollte die junge Witwe sich dazu entschließen, sich von Sebastian zu trennen, würde er nicht nur seinen Arbeitsplatz verlieren, sondern auch seinen Lebensmittelpunkt und seine zentrale Aufgabe.

Seine Nervosität war also verständlich. Mila empfand beinahe so etwas wie Mitleid mit ihm.

»Haben Sie ausreichend grünen Salat zu den Nockerln?«, fragte der Diener.

Mila lachte. »Wissen Sie, welche Jahreszeit wir haben? Grünen Salat gibt es im Moment nur beim Kaiser in Schönbrunn. Der lässt den Salat in einem seiner Palmenhäuser anbauen.«

»Soll ich etwa nur die Eiernockerln hinauftragen? Mila, wie stellen Sie sich das vor?« Schon wieder bildeten sich die nervösen roten Flecken auf seinem langen, dünnen Hals.

»So entspannen Sie sich wieder, Herr Sebastian«, beruhigte Mila. »Ich habe im Herbst mehrere Gläser mit Rote-Rüben-Salat gefüllt. Der passt hervorragend zu den Nockerln.«

»Meinen Sie?«

»Ich weiß es«, versicherte Mila. Sie wollte in die Speisekammer gehen und eines der Gläser holen, als es an der Haustür klingelte. Eine Metallschnur verband die Klingel an der Haustür mit einer in der Küche. So hörte das Personal Besucher auch dann, wenn es in der Küche arbeitete.

»Ich muss nach oben!« Sebastian drehte sich um und hastete die Stufen hinauf. Mila ging zum Fenster, um nachzusehen, wer ins Haus wollte. Es war der gemütliche Kommissar mit den freundlichen Augen und dem entzückenden grauen Hund. Sehr gut, dachte Mila. Das wurde auch Zeit. Sie hatte viel früher mit ihm gerechnet. Schließlich hatte sie Michl schon vor dem Frühstück zur Elisabethpromenade geschickt.

Mila stellte Teewasser auf den Herd, als Kommissar Zack in die Küche trat. Sein Hund Gankerl begrüßte Mila wie eine alte Bekannte, die er seit Jahren nicht gesehen und schrecklich vermisst hatte.

»Ja, ich freu mich auch, dich wiederzusehen!« Mila bückte sich nach dem weichen Fellknäuel und streichelte ihn. »Willst du ein Stückerl Extrawurst?«

»Bitte nicht«, wehrte der Kommissar ab. »Ich war eben in der Apotheke auf der Freyung und habe Medizin für Gankerl gekauft. Er hat sich den Magen verdorben.«

»Oh, das tut mir leid«, sagte Mila. »Hoffentlich hat er kein Rattengift erwischt.«

»Das hoffe ich auch«, sagte Kommissar Zack. »Aber er scheint das Schlimmste schon überstanden zu haben. Mittlerweile springt er wieder fröhlich herum.«

»Ich kann auch Zwieback anbieten«, sagte Mila. »Ob er den mag?«

»Sie können es gerne versuchen. Ich glaube, Gankerl frisst alles.«

»Ich unterbreche Sie nur ungern«, mischte sich Sebastian finster ein. »Statt den struppigen Köter zu füttern, sollten Sie lieber hurtig ans Mittagessen denken.«

Sichtlich verärgert drehte Kommissar Zack sich zu ihm. »Gankerl ist kein Köter, sondern ein Polizeihund«, korrigierte er. »Und die Ermittlungsarbeiten haben in jedem Fall Vorrang.« Er zog die buschigen grauen Augenbrauen zusammen. »Darf ich Sie daran erinnern, dass es um einen Mordversuch geht? Irgendjemand in diesem Haus will Ihrer Dienstherrin ans Leben. Das sollte auch Ihnen nicht egal sein.«

Er schlüpfte aus seinem Mantel, nahm seinen Hut ab und reichte beides Sebastian. »Vielen Dank!«

Etwas konsterniert nahm der Diener die Kleidungsstücke entgegen. Offenbar war er der Meinung, dass er nur die vornehmen Gäste der Herrschaft bedienen musste.

Er presste die Lippen zusammen und meinte dann mit blasierter Stimme: »Ich werde den Herrschaften ausrichten, dass das Mittagessen heute mit Verspätung serviert wird.« Ohne auf Kommissar Zacks Antwort zu warten, stieg er die Treppe wieder hoch. Diesmal deutlich langsamer.

»Wollen Sie eine Tasse Tee?«, fragte Mila den Kommissar.

»Gerne. Und haben Sie vielleicht noch ein paar Ihrer Weihnachtskekse?«

»Selbstverständlich!«, sagte Mila. Sie legte Vanillekipferl und Punschkrapferl auf einen weißen Porzellanteller, dessen Rand mit goldenen Glöckchen bemalt war. Kekse und Tee stellte sie für den Kommissar auf den Tisch für die Bediensteten. Gankerl legte sie ein Stück Zwieback auf den Boden. Der Hund stürzte sich darauf, als wäre es ein köstlicher Leckerbissen. Mila ging in die Speisekammer und holte ein weiteres Stück.

»Sie haben heute Morgen den Küchenjungen in die Elisabethpromenade geschickt. Was kann ich für Sie tun?« Der Kommissar setzte sich. Der Holzsessel knarrte unter seinem Gewicht.

»Ich habe letzte Nacht nicht schlafen können«, fing Mila an.

»Ich nehme an, dass das nicht der Grund war, warum Sie den Jungen zu uns geschickt haben?«

»Natürlich nicht«, beeilte sich Mila zu sagen. Zu spät bemerkte sie, dass der Kommissar grinste. »Ich konnte nicht schlafen wegen der Gedanken, die mir durch den Kopf gegangen sind. Mir ist etwas eingefallen, was für Sie vielleicht wichtig sein könnte.«

Der Kommissar steckte ein Vanillekipferl in den Mund, kaute aber nicht, sondern ließ es auf der Zunge schmelzen und schloss genießend die Augen. Mila ging zur Küchentür und lehnte sie an. Dann kehrte sie zurück und setzte sich dem Polizisten gegenüber. Sie senkte ihre Stimme.

»Die drei Tascherl, die in dem kleinen Kübel neben den Mistkübeln waren, müssen vergiftet gewesen sein«, flüsterte sie so leise, dass auch der Kommissar sich vorbeugen musste, um sie zu verstehen.

»Wie kommen Sie darauf?«

»Die toten Ratten und die tote Katze von Gräfin Kinsky haben davon gefressen«, erklärte Mila überzeugt. »Sie sind alle drei daran verstorben. Es waren die heruntergefallenen Tascherl mit Marillenfüllung. Und ich bin mir ganz sicher, dass auch Herr Steinhäusel Tascherl mit Marillenfüllung gegessen hat. Er ist nicht wegen des Zuckers verstorben, sondern wegen der vergifteten Tascherl. Jemand muss die Tascherl mit Gift versehen haben.«

»Haben Sie irgendwelche Beweise?«, fragte der Kommissar. Jetzt nahm er ein Punschkrapferl und biss genussvoll davon ab.

»Nein, ich habe keine Beweise«, gab Mila zu. »Aber ich bin mir ganz sicher. Warum sonst hätten die Tiere sterben sollen? Wenn es jemand auf Herrn oder Frau Steinhäusel abgesehen hatte, war es ein Leichtes, bloß die Tascherl mit der Marillenfüllung zu vergiften. Sie waren die Einzigen, die davon aßen, und die Tascherl waren abgezählt. Als Ottilia von Berndorf nach einer anderen Nachspeise verlangte, bot Herr Steinhäusel seiner Tochter seine Tascherl an, aber Frau Steinhäusel wies darauf hin, dass es nur die sechs gab und sie abgezählt waren. Alle wussten also, dass nicht mehr Tascherl mit Marillenfüllung da waren.«

»Hätte Herr Steinhäusel das Gift nicht schmecken müssen?«, gab der Kommissar zu bedenken. »Ihre Mehlspeisen sind köstlich. Ein bitterer Geschmack müsste ihn irritiert haben.«

Mila zuckte mit den Schultern. »Das hätten Sie Bernhard Sauerbach fragen können, als Sie zuvor in seiner Apotheke waren. Er kennt sich mit Substanzen aller Art aus. Er ist Pharmazeut.«

»Die Apotheke auf der Freyung gehört Herrn Sauerbach?« Der Kommissar hielt mitten in der Bewegung inne und ließ das restliche Punschkrapferl sinken.

»Ja, haben Sie ihn etwa nicht gesehen?« Mila überlegte. »Vielleicht hat er Mitarbeiter, die den Verkauf übernehmen. Herr Sauerbach ist ein wohlhabender Mann.«

»Das ist gut möglich«, sagte der Kommissar. Er ließ nun doch das Krapferl in seinen Mund wandern. Fasste in seine Jackentasche und holte eine durchsichtige Glaskugel hervor. »Kommt Ihnen die bekannt vor?«

Mila nahm ihm die Kugel ab und betrachtete sie eingehend. »Auf solchen Kugeln bin ich an dem Abend, an dem der Herr Steinhäusel starb, ausgerutscht und hab mir meinen Knöchel verletzt. Wo haben Sie die Kugel her?«

»Sie werden in der Apotheke auf der Freyung an Kinder verschenkt. Auf der Verkaufstheke steht ein riesiges Glas, das damit gefüllt ist.«

Mila gab dem Kommissar die Kugel zurück. »Das ist interessant«, sagte sie nachdenklich. »Glauben Sie, dass die Kinder von Ferdinand und Louise Steinhäusel mich angelogen haben? Dass sie die Kugeln doch geschenkt bekommen haben? Herr Sauerbach hat gesagt, dass alle Kinder Murmeln besitzen. Vielleicht hat er selbst den beiden ein paar gegeben oder auch einer seiner Mitarbeiter.«

»Das können nur die Kinder selbst sagen. Und natürlich ihre Eltern, die Kinder werden kaum allein in der Apotheke gewesen sein.«

»Hm.« Milas Daumennagel musste wieder einmal herhalten. »Die Kinder könnten auch mit jemand anderem in der Apotheke gewesen sein. Zum Beispiel mit einer ihrer Tanten. Aber ich frage mich: Warum hat Herr Sauerbach nicht gesagt, dass in seiner Apotheke ein ganzes Glas voll mit den Murmeln steht?«

»Das ist eine berechtigte Frage«, stimmte der Kommissar zu. »Und Sie haben völlig recht. Natürlich könnten die Kinder auch eine andere erwachsene Person begleitet haben. Benötigen Personen in diesem Haushalt regelmäßig Medikamente? Frau Amalia Steinhäusel ist nicht mehr die Jüngste. Gut möglich, dass sie irgendwelche Pillen schlucken muss. Ich bin ihr neulich am Wiener Eislaufverein mit den Kindern begegnet. Ist sie öfter mit ihnen unterwegs?«

»Ich denke, ja«, sagte Mila. Sie holte das Fläschchen, das Fanny ihr gegeben hatte, hervor und stellte es auf den Tisch. »Das hat Fanny zuvor in Herrn Steinhäusels Nachtkästchen gefunden.«

Der Kommissar nahm das Fläschchen hoch und las: »Chloralhydrat.«

»Wissen Sie, wofür man das verwendet? Hat es etwas mit Herrn Steinhäusels Zuckerkrankheit zu tun?«

»Soweit ich informiert bin, ist es ein Beruhigungsmittel, das beim Einschlafen hilft«, sagte Felix Zack.

»Dann müsste Dr. Fellner es ihm verschrieben haben«, überlegte Mila. »Er war und ist der Arzt der Familie. Jeden Tag ist er im Palais. Seit ich hier arbeite, hat er noch nie einen Abend ausgelassen, an dem er nicht vorbeigekommen ist. Früher ist er wegen dem verstorbenen Herrn Steinhäusel gekommen, jetzt wegen der gnädigen Frau.«

Kommissar Zack grinste verschmitzt. »Vielleicht schätzt er Ihre Kochkünste.«

Wieder einmal errötete Mila. »Das ist sehr schmeichelhaft«, meinte sie. »Aber es wird wohl noch andere Gründe haben.«

»Haben Sie eine Idee?«

Mila zuckte mit den Schultern. Alles, was sie jetzt sagte, waren reine Spekulationen. Böser Tratsch, den nicht nur Sebastian verurteilen würde. Sie selbst hielt auch nichts davon, Gerüchte zu verbreiten, für die sie keinerlei Anhaltspunkte hatte.

Der Kommissar nahm ein weiteres Punschkrapferl und ließ es in seinen Mund wandern. Geduldig wartete er.

Mila spürte, wie sie zunehmend nervös wurde. Sollte sie ihren Verdacht aussprechen? Sie schwieg hartnäckig. Sie hatte nichts gegen Dr. Fellner in der Hand. Nur weil er jeden Tag ins Palais kam, hieß das noch lange nicht, dass er wegen Frau Steinhäusel vorbeischaute, für die er vielleicht mehr empfand, als zwischen einem Arzt und seiner Patientin gut war.

»Kommen wir noch einmal auf die Tascherl zurück«, sagte der Kommissar. »Nehmen wir an, Sie haben recht, und die Tascherl mit der Marillenfüllung waren vergiftet. Denken Sie, dass beide Eheleute hätten sterben sollen?«

Mila hob ratlos die Hände. »Ich weiß es nicht«, sagte sie ehrlich. »Wir wissen ja auch nicht, ob alle Tascherl vergiftet waren. Vielleicht waren es nur zwei. Wenn eine hohe Dosis Gift darin war, hat vielleicht schon der Verzehr eines Tascherls gereicht, um Herrn Steinhäusel und die drei Viecher zu töten.«

»Wer hätte Gelegenheit gehabt, die Tascherl zu vergiften?«

»Auch darauf habe ich keine Antwort«, sagte Mila. »Im Grunde hätte es jeder sein können. An dem Tag sind Herr und Frau Steinhäusel in der Küche gewesen. Aber auch Dr. Fellner und Louise und Ferdinand Steinhäusel und die Kinder. Eigentlich hat fast jeder kurz vorbeigeschaut und dabei irgendetwas genascht, was mir hinterher gefehlt hat. Alle bis auf Ottilia von

Berndorf. Die hat sich erst beim Abendessen einen Schokoladenpudding gewünscht.«

»Kannte jeder den Ort, an dem Sie die Tascherl aufbewahrt haben?«, wollte der Kommissar wissen.

Mila dachte nach. Wer hatte sich wirklich gut in der Küche ausgekannt? Amalia Steinhäusel und Ferdinand Steinhäusel. Aber auch Ottilia von Berndorf und Theodora Mayerl mussten die Küche genau kennen. Sie alle hatten in dem Palais viele Jahre gewohnt. Jeder wusste, dass das Fenster neben der Speisekammer undicht war und dort im Winter Speisen gekühlt wurden.

»Ich denke, dass jeder die Möglichkeit gehabt hätte, die Tascherl zu vergiften, und wusste, wo ich sie aufbewahrt habe.« Mila kaute erneut an ihrem Daumennagel. »Wie kann das Gift, nachdem ich die Tascherl gefüllt habe, in die Füllung gelangt sein?«

»Eine Spritze?«

»Dann wäre Dr. Fellner ein Verdächtiger, oder?«

»Er besitzt gewiss eine Spritze und hat Zugriff zu allen Substanzen. Aber auch Herr Sauerbach kommt in Frage. Und wenn wir ehrlich sind, kann jeder sich eine Spritze besorgen, das ist ein Kinderspiel. Man bekommt die Spritzen in jeder Apotheke.«

»Stimmt«, sagte Mila. »Das heißt, wir haben weiterhin keine Anhaltspunkte, die uns weiterbringen.«

»Wir?« Der Kommissar hob amüsiert die buschigen Augenbrauen hoch.

»Oh, Verzeihung!« Mila schlug sich mit der Hand vor den Mund. Sie dachte so intensiv über den Tod von Herrn Steinhäusel nach, dass ihr der Satz herausgerutscht war. Dabei hatte sie ganz vergessen, dass sie für den Kommissar wohl zum Kreis der Verdächtigen gehörte. Schließlich hätte sie als Köchin die beste Gelegenheit gehabt, die Tascherl zu vergiften. Ganz ohne Spritze.

Ein Lächeln breitete sich auf dem Gesicht des Kommissars

aus. »Keine Sorge«, meinte er gutmütig. »Ich kann mir beim besten Willen nicht vorstellen, dass Sie Ihre Köstlichkeiten absichtlich mit einer Substanz verderben würden.«

Er erhob sich, und sofort sprang auch sein Hund auf.

»So, jetzt werde ich den Herrschaften im ersten Stock einen Besuch abstatten.« Er warf einen Blick auf die Schüssel mit den Nockerln. »Was werden Sie denn zum Mittagessen servieren?«

»Knödel mit Ei und Eiernockerln. Beides mit Rote-Rüben-Salat.«

»Das klingt verlockend. Ich denke, ich werde die Befragungen etwas länger ausdehnen, um mich dann selbst zum Mittagessen einzuladen.« Er sah Mila an. »Es gibt doch genug für alle. Oder?«

»Keine Angst«, meinte sie schmunzelnd. »In dem Haushalt ist noch niemand verhungert.«

21

15. Dezember, Herrengasse

Es war ein Leichtes gewesen, sich zum Mittagessen einzuladen. Leider hatten selbst die köstlichen Eiernockerln von Mila Sokol nichts an der vergifteten Stimmung am Tisch ändern können. Felicitas Steinhäusel war nur noch ein Schatten ihrer selbst. Sie kaute zehn Minuten lang an einem einzigen Nockerl und schien es nicht schlucken zu können. Ihre Augen waren rot unterlaufen. So als hätte sie die ganze Nacht und den Vormittag durchgeweint. Die Aussicht auf ein großes Erbe schien an ihrer Stimmung nichts zu verändern. Ganz im Gegenteil. Sie stand vorzeitig vom Tisch auf und entschuldigte sich. Auch Frau Steinhäusel sah mitgenommen aus, aber lange nicht mehr so schlecht wie am Abend des versuchten Giftanschlags. Theodora Mayerl und Ottilia von Berndorf wirkten verärgert und genervt zugleich, ebenso ihre Ehemänner neben ihnen.

Einzig Sophie und Karl hatten ihre gute Stimmung nicht eingebüßt. Um sich auf das bevorstehende Weihnachtsfest einzustimmen, summten sie weihnachtliche Melodien.

»Tante Amalia, gehen wir am Nachmittag wieder eislaufen?«, fragte Karl.

»Gott bewahre!«, entgegnete die alte Dame. »Ich bin zu alt für diese Art der Bewegung. Wenn ihr wollt, spaziere ich mit euch zum Hof, auf den Weihnachtsmarkt. Eine Tüte gebrannte Mandeln und ein Becher heißen Punsch. Dafür kann ich mich begeistern.«

Die Kinder waren einverstanden.

»Das ist lieb von dir, Amalia«, sagte Louise Steinhäusel. »Ich habe einen Termin mit meinem Frauenwohltätigkeitsverein.«

»Bist du immer noch bei den militanten Frauenrechtlerinnen, die glauben, Frauen müssten sich überall einmischen, auch in der Politik?« Reinhard von Berndorf hob den Kopf. Wie immer trug er einen Jagdanzug. »Kein Wunder, dass Hermann deinen Ehemann aus dem Erbe ausgeschlossen hat. Dieses Ansinnen ist unmoralisch und wider die Natur.«

»Dass Frauen mitbestimmen, soll gegen die Natur sein?«, fragte Louise Steinhäusel aufgebracht. »Woher hast du diese anachronistischen Vorstellungen? Als Nächstes erklärst du uns, dass Frauen mit roten Haaren Hexen sind.«

Reinhard von Berndorf lief dunkelrot an. Er öffnete den Mund, um etwas zu erwidern, doch die junge Hausherrin hielt ihn davon ab.

Mahnend hob Katharina Steinhäusel die Hand. »Bitte keine Streitereien. Nicht heute. Es ist so schon alles schlimm genug.«

»Du hast leicht reden«, mischte sich Theodora Mayerl ein. »Hermann hat dich ja reich beschenkt. Auch wenn ich es nicht glauben kann.«

Katharina Steinhäusel legte den Löffel zur Seite. »Es macht keinen Unterschied, ob du es glaubst oder nicht. Felicitas und ich sind die rechtmäßigen Erben, das ist eine Tatsache. Aber ich will böses Blut vermeiden. Es wäre nicht in Hermanns Sinn gewesen. Deshalb sage ich es noch einmal: Bitte keinen Streit an diesem Tisch.«

»Wenn du Hermann so gut gekannt hast, wie du behauptest, dann wirst du wissen, dass ihm Gerechtigkeit immer wichtig war. Niemals hätte er eines seiner Kinder leer ausgehen lassen, und ebenso wenig seine Schwestern.«

»Theodora, du weißt genau, dass du in den letzten Jahren so viel Geld aus der Tabakfabrik abgezogen hast, dass es für ein ganzes Leben reicht.« Offenbar hatte Reinhard von Berndorf Einblick in die finanziellen Angelegenheiten der Familie.

»Ein Viertel der Fabrik gehört immer noch mir«, sagte Theodora aufgebracht. Ihre hängenden Wangen wackelten, so aufgeregt war sie.

»Das ist doch schon lange nicht mehr der Fall«, mischte sich nun Amalia Steinhäusel ins Streitgespräch.

»Was meinst du?« Theodora wandte sich verärgert an ihre Schwester.

»Dass du deinen Anteil an Hermann abgetreten hast. Er hat mir davon erzählt.«

»Dafür gibt es keinen Beweis!«, entfuhr es Theodora.

»Natürlich gibt es den, und er ist dir bekannt«, widersprach Amalia. »Dr. Eisner hat es bei der Testamentseröffnung auch gesagt. Du hast Hermann Schuldscheine unterschrieben, und die entsprechen dem Wert deines Fabrikanteils.«

»Und wo sollen diese Scheine sein?« Die Frau funkelte ihre Schwester böse an.

»So wie wir dich alle kennen, hast du deine Abschrift vernichtet, aber Hermann war aus einem anderen Holz geschnitzt. Er hat die Papiere bei Dr. Eisner hinterlegt.«

»Aber was ist mit den ...« Theodora Mayerl wurde blass.

»Du fragst dich, was mit den Papieren war, die du bei deiner Ankunft aus Hermanns Arbeitszimmer entwendet hast?« Katharina Steinhäusel lehnte sich nach vorne. Stützte die Ellbogen am Tisch auf und legte den Kopf auf die gefalteten Hände. Dieser Teil des Gesprächs schien ihr Freude zu bereiten. Die Trauer war nun ganz aus ihrem schmalen Gesicht verschwunden.

»Wie kommst du auf die Idee, ich hätte etwas entwendet?« Theodora Mayerl stammelte. Nervöse Flecken bildeten sich auf ihrem Dekolleté.

»Ich habe dich beobachtet.«

»Das ist alles höchst interessant«, sagte Felix. Offenbar hatten alle vergessen, dass er ebenfalls am Tisch saß. Zufrieden spießte er das letzte Eiernockerl auf die Gabel und schob es sich in den Mund. »Was haben Sie im Arbeitszimmer Ihres Bruders gesucht?«

»Das geht niemanden etwas an!«, empörte sich Theodora Mayerl. »Ich kann mich in diesem Haus bewegen, wie ich will. Schließlich war es einst auch mein Zuhause. Ich möchte alle daran erinnern, dass mein Großvater das Palais hat errichten lassen.«

»Das gibt dir noch lange nicht das Recht, in Hermanns Zimmer herumzustöbern«, meinte ihre Schwester Amalia.

»Wie kannst du mir in den Rücken fallen? Willst du, dass diese einfache Schauspielerin die rechtmäßige Besitzerin wird? Das ist doch nicht richtig!« Ihre Stimme klang schrill. Mit einer abfälligen Handbewegung wies sie auf Katharina Steinhäusel.

»Schatz, bitte bewahre die Contenance.« Johannes Mayerl legte seine Hand auf den Unterarm seiner Frau. Nur widerwillig presste sie die Lippen aufeinander und schwieg.

»Ich muss meine Frage wiederholen. Was haben Sie im Arbeitszimmer Ihres Bruders gesucht?« Felix blieb hartnäckig.

Theodora Mayerl hob das Kinn an. Fast trotzig gab sie zu: »Die Schuldscheine!«

»Und haben Sie sie gefunden?«

»Offenbar nur eine Kopie davon«, sagte ihre Schwester Amalia Steinhäusel.

Theodora Mayerl funkelte sie giftig an.

»Das heißt, dass drei Viertel der Fabrik Hermann Steinhäusel gehörten und nur ein Viertel Frau Amalia Steinhäusel. Stimmt das?«, fasste Felix zusammen.

Theodora Mayerl nickte. »Es ist nicht recht, dass Katharina nun alles gehören soll. Sie hat weder mit der Fabrik noch mit dem Palais eine Verbindung.« Frau Mayerls Tonfall verlor an Streitlust. Resignation mischte sich in ihre Stimme.

»Ich war mit Hermann verheiratet«, sagte Katharina Steinhäusel. »Und auch wenn ihr alle es nicht glauben könnt oder wollt, er hat mich geliebt und ich ihn. Und allein das ist der Grund, warum ich euch noch nicht alle aus dem Palais geworfen habe. Ich fühle mich Hermann gegenüber immer noch verpflichtet. Er hätte gewollt, dass wir alle gemeinsam Weihnachten feiern.« Sie stand auf, nahm die Serviette von ihrem Schoß und legte sie neben den Teller.

»Ihr entschuldigt mich jetzt bitte. Das Gespräch ermüdet mich. Ich werde mich hinlegen. Ich hoffe, dass sich die Stimmung bis zum Nachmittag wieder gebessert hat. Nichts ist schlimmer als Streit in einer Familie.«

Elegant drehte sie sich um und verließ den Raum. Die Absätze ihrer Schuhe klangen hart auf dem Parkettboden. Felix war beeindruckt und dachte: Eines muss man ihr lassen, entweder hat sie Stil, oder sie ist eine grandiose Schauspielerin. In beiden Fällen erzielte sie die gewünschte Wirkung: Ihre Gäste sahen ihr sprachlos nach.

22

16. Dezember, Herrengasse

»Hast du dem Kommissar das Fläschchen mit der Medizin gegeben?«, fragte Fanny. Das graue Haar hing ihr unfrisiert in die Stirn. Gut, dass Sebastian sie nicht sehen konnte, er hätte wieder einmal eine Schimpftirade losgelassen.

Der Diener war heute mit dem Kauf des Weihnachtsbaums beschäftigt, gemeinsam mit Alois, der ihm beim Tragen helfen sollte. Wie jedes Jahr musste der Baum mindestens drei Meter hoch sein. Er würde im Salon stehen, und die Spitze des Sterns sollte ganz oben an der Decke sein. Einen halben Tag würden Fanny und Mizzi damit beschäftigt sein, die grüne Tanne mit glitzernden Glaskugeln, in buntes Papier verpackter Schokolade, Lebkuchen, goldenen Glöckchen, Kerzen und Maschen zu schmücken.

»Was hat er dazu gesagt?«, fragte Fanny.

»Eigentlich nicht viel«, sagte Mila enttäuscht. Sie hatte gehofft, dass er sich genauer dazu äußern würde. Vielleicht sogar seine Gedanken und einen Verdacht mit ihr teilen würde. Aber er hatte das Fläschchen lediglich dankend entgegengenommen.

»Ich habe heute schon wieder etwas gefunden.« Fanny senkte die Stimme, legte die Hand vor den Mund und flüsterte. »Diesmal unter dem Lehnsessel im Salon. Dort, wo Herr Steinhäusel am Nachmittag so gerne gesessen ist und die Zeitung gelesen hat.«

»Erneut ein Medizinfläschchen?«, fragte Mila.

Fanny schüttelte den Kopf. Sie holte ein mehrfach zusammengefaltetes Blatt Papier hervor.

»Was ist das?«, fragte Mila neugierig.

Fanny verzog verlegen den Mund. »So genau kann ich das nicht sagen. Ich war bloß ein Jahr lang in der Schule, da habe ich gerade mal die Buchstaben gelernt. Aber ich glaube, es ist ein Liebesbrief. Wegen der Herzen und Blümchen, die ganz unten hinzugezeichnet worden sind.«

»Gib her«, forderte Mila. Bereitwillig reichte ihr Fanny den Briefbogen.

Auch Mila fiel es schwer, die geschwungene Schrift zu entziffern. Sie war vier Jahre in die Volksschule gegangen. Das Lernen hatte ihr immer große Freude bereitet. Leider hatte sie nach den vier Jahren ihre erste Dienststelle in Wien antreten müssen.

Sie erinnerte sich nur sehr ungern daran, wie ihre Eltern sie weggeschickt hatten. Viele Nächte hatte sie geweint und sich nach zu Hause gesehnt. Nicht weil es dort so schön gewesen war. Aber doch zumindest vertraut. Die Menschen hatten ihre Sprache gesprochen, und sie hatte Freunde im Dorf gehabt. In Wien gab es ausreichend zu essen, dafür musste sie sechzehn Stunden am Tag Böden schrubben. Mit ihren zehn Jahren war Mila nicht einmal die jüngste Dienstmagd gewesen … Rasch schob sie die Vergangenheit weg und richtete ihre Gedanken auf das Hier und Jetzt. Die Erinnerungen waren zu schmerzhaft.

»Kannst du lesen, was in dem Brief steht? Er schaut so wunderbar romantisch aus. Ich habe nie so etwas Schönes bekommen. Du etwa?« Fanny verdrehte seufzend die Augen.

»Warum hätte ein Mann dir einen Brief schreiben sollen, wenn du ihn nicht lesen kannst? Besser, er schenkt dir Blumen.«

»Weil es romantisch ist.« Fanny zuckte mit den Schultern und zog einen Schmollmund. »Lies den Brief vor«, forderte sie.

»›Meine innig Geliebte, ich verzehre mich nach dir.‹«

Fanny schmolz förmlich dahin. Sie seufzte laut und fasste sich an die Brust. »Meiner Seel. Ist das schön!«

Mila las weiter. »›Es tut unendlich weh, dass du mir nah und gleichzeitig so fern bist. Wie soll ich mit dem Wissen weiterleben, dass ein anderer Mann an deiner Seite ist? Lieber sterbe ich.‹«

Wieder erklang ein lautes Seufzen. »So eine innige Liebe. Ist das schön. Er will sterben, statt ohne sie zu leben. So was hat nie einer zu mir gesagt.« Fanny lehnte sich zu Mila und spähte ihr über die Schulter. »Ist das alles?«

»Nein, aber wie soll ich fertig lesen, wenn du mich ständig unterbrichst?«

»Entschuldige, ich bin schon still.« Fanny presste die Lippen zusammen und legte ihren Zeigefinger darauf.

»›Lass uns gemeinsam davonlaufen. Wir könnten an einem schönen Platz, irgendwo im Süden, völlig neu anfangen. In ewiger Liebe, dein Rudl‹.«

»Wer ist Rudl?«, fragte Fanny.

»Ich weiß es nicht«, sagte Mila. »Ich denke nicht, dass irgendein Mann der Familie Rudolf heißt.«

Fanny ging in Gedanken alle Namen durch. Sie sah dabei an die Decke, flüsterte Namen und zählte mit ihren Fingern mit. Enttäuscht schüttelte sie den Kopf. »Kein Rudolf«, sagte sie.

»Ich frage mich, wer die innig Geliebte ist.«

»Das ist doch ganz klar«, meinte Fanny. »Das kann nur die Frau Steinhäusel sein.«

»Wie kommst du darauf?«

»Na, sie ist jung und hübsch. Sie war mit einem Mann verheiratet. Also war sie nah und gleichzeitig fern für den Liebhaber, der sich nach ihr verzehrte.«

»Du meinst, dass es der Mörder von Herrn Steinhäusel war, der den Brief geschrieben hat?«

»Wieso Mörder?«, fragte Fanny irritiert. Sofort bereute Mila die gedankenlose Bemerkung. Diese Überlegung durfte sie nur mit dem Herrn Kommissar teilen.

»Na, irgendwer muss ja die Tascherl vertauscht haben. Bewusst oder einfach aus Versehen«, wich Mila aus. Fanny war mit der Erklärung zufrieden. Ihre Gedanken waren beim romantischen Liebesbrief, den sie sich auch ersehnte.

»Auf alle Fälle muss der Liebhaber jetzt nicht mehr sterben, und die Frau Steinhäusel muss auch nicht mit ihm weglaufen.« Wieder stieß Fanny einen lauten Seufzer aus. »Soll ich ihr den Brief zurückgeben?«

Mila zog die Hand zurück, damit Fanny den Briefbogen nicht erwischen konnte. »Nein, auf keinen Fall«, widersprach sie. »Den müssen wir der Polizei geben. Vielleicht ist er wichtiges Beweismaterial.«

»Ich versteh das alles nicht«, meinte Fanny. »Die Frau Steinhäusel ist doch die, die in Gefahr ist. Warum soll ich ihr den Brief von einem Verehrer nicht geben? Bestimmt ist ihr der Brief aus dem Buch gefallen, als sie gestern in dem Sessel gesessen ist und gelesen hat. Jetzt sucht sie ihn vielleicht und ist unglücklich. Stell dir nur vor, wie sie ihn jeden Abend vor dem Einschlafen liest. Oder ihn unter ihren Kopfpolster legt.«

Mila hörte der geschwätzigen Dienstmagd nicht mehr zu. Ihre Worte plätscherten an ihr vorbei. Der einzige Mann, von dem sie den Vornamen nicht kannte, war der Mediziner der Familie.

»Wie heißt eigentlich Dr. Fellner mit dem Vornamen?«

»Keine Ahnung«, sagte Fanny. »Für mich ist er immer nur der Dr. Fellner.«

»Der heißt Rudolf«, meinte Mizzi. Sie war eben die Treppe heruntergekommen und hatte Milas Frage gehört. »Ich habe neulich eine Visitenkarte von ihm gesehen. Er hat sie dem Apotheker Sauerbach gegeben, und der hat sie achtlos liegen lassen.«

»Dann hat er den Liebesbrief an die Frau Steinhäusel geschrieben!«, entfuhr es Fanny. »Ich hab mich immer gefragt, warum er ständig um sie herumscharwenzelt. Es ist völlig unsinnig, dass er sie untersucht, wo sie doch kerngesund ist. Jetzt ist alles klar.«

»Mir ist gerade gar nichts klar«, meinte Mizzi finster. »Kann mich jemand aufklären?«

Mila sah aus dem Fenster, wo Sebastian und Alois gemeinsam einen riesigen Tannenbaum zum Palais schleppten. Immer wieder mussten die beiden anhalten und die schwere Last im Schnee abstellen, um kurz zu verschnaufen.

»Die Erklärungen werden warten müssen«, sagte sie. »Gleich wird die Tanne im Salon aufgestellt. Bestimmt verlangt Sebastian, dass sie umgehend geschmückt wird. Ein nackerter Baum ist ihm eine Qual.«

»Ist der Weihnachtsbaum etwa schon da?« Fannys Gesicht hellte sich auf wie das eines Kindes. »Ich will ihn sehen.« Vergessen waren der Liebesbrief und die romantischen Gefühle von Frau Steinhäusel. Schon lief das alte Dienstmädchen die Treppe hoch. Offenbar dachte sie nicht einmal daran, dass der Baum in erster Linie Arbeit für sie bedeutete.

Fanny war wirklich nicht die Hellste, aber sie hatte eine gute Spürnase. Mila war sich sicher, dass Kommissar Zack an dem Brief von Dr. Fellner großes Interesse haben würde. Sie konnte es kaum erwarten, ihn ihm zu geben. Und diesmal würde sie ihn nicht einfach so davonkommen lassen. Sie würde darauf bestehen, ein paar seiner Überlegungen dazu zu erfahren.

23

16. Dezember, Linke Wienzeile

Als Felix nach Hause kam, lag ein kleines Gesteck aus Tannenreisig vor seiner Haustür. Eine dicke Kerze aus Honigwachs, zwei Strohsterne und ein Lebkuchenherz steckten darin. Ganz bestimmt hatte Frau Baum ihm diesen weihnachtlichen Gruß zukommen lassen. Das hatte sie bisher noch nie getan. Ein winziger Teller mit Weihnachtskeksen im letzten Jahr war das größte aller Geschenke gewesen. Was hatte ihren Sinneswandel hervorgerufen? War es Gankerl gewesen, der ihr Herz erweicht hatte?

Felix bückte sich und hob das Gesteck hoch. Es verströmte einen feinen Tannenduft. Bilder einer glücklicheren Zeit tauchten blass und verschwommen vor seinem inneren Auge auf. Er blinzelte, um sie wieder loszuwerden. Zu viel Schmerz war damit verbunden.

»Na, dann wollen wir es uns gemütlich machen«, sagte er zu Gankerl. »Wir haben einen ruhigen Abend verdient. Es war ein langer Arbeitstag.«

Der Hund lief mit einer Selbstverständlichkeit in die Wohnung, als hätte er nie auf der Straße gelebt. Innerhalb kürzester Zeit war Felix' Zuhause auch seines geworden. Zufrieden streckte er sich der Länge nach auf einer bunten Decke aus, die Felix für ihn neben dem Lehnstuhl ausgebreitet hatte. Felix legte den Mantel ab, hängte ihn gemeinsam mit dem Hut neben der Eingangstür auf, zog die schweren Winterschuhe aus und schlüpfte stattdessen in seine Filzpantoffeln. Dann ging er in die Stube, feuerte den Ofen an und ließ sich im Lehnstuhl nieder. Das Gesteck stellte er auf den kleinen Esstisch. Sollte er die Kerze entzünden? Etwas in Felix sträubte sich dagegen. So als fürchtete er die Kombination aus Tannenduft und Kerzenschein. Er entschied sich für die Gaslaterne. Schon nach kurzer Zeit wärmte der Schwedenofen den kleinen Raum. Ein angenehmes Knistern sorgte für eine wohlige Stimmung. Felix holte den kleinen Hocker neben dem Fenster zu sich und legte die Füße darauf. Gerade als er einen ebenso lauten Seufzer wie Gankerl ausstoßen wollte, klopfte es an seiner Tür.

Gankerls Kopf schoss nach oben, er hob die Ohren. »Ich hoffe, dass es nicht wieder Schnaberl ist. Heute habe ich nicht einmal mehr Lust auf die Kekse in der Herrengasse. Ich will einfach nur meine Ruhe.«

Mit schweren Schritten schlurfte er zur Tür, Gankerl folgte ihm. Als Felix die Tür öffnete, hätte seine Überraschung nicht größer sein können. Auf der offenen Galerie stand Dr. Fellner. Mit ihm hatte Felix nicht gerechnet. »Woher wissen Sie, wo ich wohne?«

Der Arzt lächelte verschmitzt. »Ihr Kollege hat mir die Adresse verraten.«

Gleich morgen früh würde Felix mit Schnaberl ein ernstes Wort wechseln müssen. Es durfte nicht sein, dass der Polizeidiener Felix' Adresse an Menschen weitergab, die in einen laufenden Kriminalfall verwickelt waren. Auch wenn Felix ihn schätzte, manchmal schien er nicht mitzudenken.

»Darf ich reinkommen?« Der Arzt bibberte in der Kälte trotz seines schicken Wollmantels und des Huts. Beides schützte ihn nicht ausreichend vor dem Schnee und dem aufkommenden Wind.

»Bitte sehr!« Felix öffnete die Tür, und Dr. Fellner trat ein. Mit ihm schwappte eine Welle eisiger Luft in die kleine Wohnung. Etwas ratlos stand Dr. Fellner im winzigen Vorzimmer.

»Darf ich Ihnen den Mantel abnehmen?«

Nur ungern legte der Arzt das Kleidungsstück ab und reichte es Felix. Dann rieb er sich die Hände, formte eine Kugel und blies warme Atemluft hinein.

»Was führt Sie zu mir?«, fragte Felix. Er bot dem Arzt einen Sessel beim Tisch an. »Wollen Sie eine Tasse Tee?«

»Da lehne ich nicht ab«, meinte der Arzt. »Mir steckt die Kälte in den Knochen. Es ist ein langer Fußmarsch von der Herrengasse in die Linke Wienzeile.«

»Wem sagen Sie das!«, stöhnte Felix. Er goss Wasser in seinen verbeulten Wasserkessel und stellte ihn auf die Herdplatte. Von seinem Regal holte er eine Teedose, löffelte dunkle Teeblätter in ein Sieb und hängte es in eine Teekanne mit Blumenmuster. Dann holte er zwei Becher, ein Kännchen Milch und die Zuckerdose. Sobald das Wasser kochte und er den Tee aufgegossen hatte, platzierte er alles auf den Tisch. Wann hatte er das letzte Mal einen Gast gehabt? Es musste Jahre her sein. Der Anblick der zwei Becher war ungewohnt.

»Mit Weihnachtskeksen kann ich leider nicht aufwarten«, sagte er. »Der Lebkuchen im Weihnachtsgesteck ist bloß Dekoration.«

»Kein Problem, ich bin nicht zum Kekseessen gekommen«, versicherte der Arzt. Er wirkte nervös. Zitterten seine Finger wegen der Kälte oder weil er sich vor etwas fürchtete?

Erst als Felix das kochende Wasser in die Teekanne geleert hatte, setzte er sich zu seinem abendlichen Überraschungsgast.

»Also«, Felix startete einen zweiten Anlauf, »warum sind Sie hier?«

»Ich muss Ihnen ein paar Dinge erklären und ein Geständnis ablegen.«

»Aha!«

»Sie haben mich wegen des Chloralhydrats gefragt«, fing der Arzt an. »Es ist ein starkes Beruhigungsmittel, das man auch bei Schlafstörungen einnimmt. Ich habe es Herrn Steinhäusel verschrieben.«

»Das haben Sie mir schon erzählt.« Felix goss den Tee in die Becher und schob einen davon zu Dr. Fellner.

»Danke.«

Der Arzt umfasste die Tasse mit beiden Händen und wärmte seine von der Kälte roten Finger.

»Wenn man zu viel von dem Medikament einnimmt, wird

man benommen. Man kann dann keine klaren Entscheidungen mehr treffen, es fühlt sich ähnlich an wie ein heftiger Rausch mit Alkohol. Besonders bei Menschen, die das Mittel nicht gewohnt sind.«

Felix griff nach einem Löffel und schaufelte reichlich Zucker in seinen Tee. Er wartete geduldig auf das, was noch kommen würde.

»Bei einer meiner Visiten im Palais in der Herrengasse hat Herr Steinhäusel mir erzählt, dass er sein Testament geändert habe. Er wollte seinen Anteil der Fabrik an seinen Sohn Ferdinand überschreiben. Der Teil von Frau Theodora Mayerl gehörte ihm bereits, denn er besaß eine ganze Menge Schuldscheine von ihr. Und Amalia Steinhäusel war dazu bereit, ihren Teil ihrem Neffen zu vermachen.«

»Herr Steinhäusel hat Ihnen verraten, was in dem Testament steht?«, fragte Felix ungläubig.

»Er hatte großes Vertrauen zu mir. Über Jahre habe ich ihn jeden Tag besucht und ihn untersucht. An diesem Tag war er sehr aufgeregt und wollte mit jemandem darüber reden.«

»Wäre es nicht naheliegend gewesen, die Angelegenheit mit seiner Ehefrau zu besprechen?«

»Das hat er getan«, bestätigte Dr. Fellner.

»Wissen Sie, wie sie reagiert hat?«

»Ich denke, dass sie nicht sonderlich erfreut war, sich aber nicht dagegen gewehrt hat. So wie sie alles akzeptierte, was ihr Ehemann wünschte. Sie hat sich in allem gefügt, weil sie wusste, dass sie ohnehin keine Chance hatte, etwas zu verändern. Herr Steinhäusel hat ihr ein gutes Leben geboten, und im Gegenzug hat sie ihn aus seiner Trauer geholt, ohne Forderungen zu stellen. Das war ihre Vereinbarung. Beide waren damit zufrieden.«

»Jemand hat bei einer der Vernehmungen behauptet, Herr Steinhäusel wäre immer auf Gerechtigkeit bedacht gewesen. Wie passt das damit zusammen, dass er die gesamte Tabakfabrik seinem Sohn überschreiben wollte?«

»Es war nicht die einzige Entscheidung, die er neu getroffen hat«, fuhr Dr. Fellner fort. Nun fasste auch er nach der Zuckerdose und bediente sich. »Sein gesamtes Vermögen in Wertpapieren und Aktien sollte an seine Tochter Ottilia von Berndorf gehen. Er wusste, dass ihr Ehemann in finanziellen Nöten war und sie mit dem Geld am besten versorgt waren. Das Gut und die Wälder werfen seit Jahren nicht mehr den Gewinn ab wie früher. Die Fabrik hätte die beiden niemals interessiert. Sie hätten genau wie Frau Mayerl bloß Geld aus dem Unternehmen genommen und die Firma auf lange Sicht in den Ruin getrieben, was Herr Steinhäusel verhindern wollte.«

»Das leuchtet ein«, sagte Felix. »Und was ist mit Felicitas Steinhäusel? Die Frau, die jetzt die Hälfte von allem bekommen soll? Wäre sie leer ausgegangen?«

Der Arzt errötete und räusperte sich. »Fräulein Felicitas sollte das Palais erhalten. Sie hatte ihrem Vater gesagt, dass sie gerne heiraten und eine Familie gründen wollte. Daher erschien es ihm am vernünftigsten, dem jungen Paar ein stilvolles Zuhause zu hinterlassen.«

»Deshalb die Klausel mit der Eheschließung mit Bernhard Sauerbach?«

»Das war der Wunsch der verstorbenen Frau Steinhäusel gewesen. Und über lange Zeit hatte Herr Steinhäusel auch daran festgehalten. So wie an allen anderen Traditionen, die sie immer gepflegt hatte.«

»Schon seltsam, wie eine Verstorbene die Schicksale der Lebenden selbst nach ihrem Tod bestimmt«, murmelte Felix.

Der Doktor rührte den Zucker in den Tee und starrte auf die Flüssigkeit. »Frau Sauerbach, die ebenfalls schon tot ist, war mit Frau Steinhäusel eng befreundet. Die beiden Frauen hatten sich gewünscht, dass ihre Kinder eines Tages eine Ehe eingehen. Herr Steinhäusel war davon nie überzeugt gewesen. Nie und nimmer hätte er von Fräulein Felicitas verlangt, einen Mann zu heiraten, den sie nicht liebt.«

»Das ist interessant. Soviel ich gehört habe, ist Herr Sauerbach fest entschlossen, das Fräulein zu ehelichen. Herr Sauerbach und Fräulein Steinhäusel wollen sich demnächst verloben. Oder haben sie es schon getan? Ich bin da wohl nicht auf dem letzten Stand.«

»Ich kann mit Sicherheit sagen, dass Fräulein Felicitas zwei Wochen vor Hermann Steinhäusels Tod ihrem Vater gestanden hatte, dass sie Bernhard Sauerbach nicht heiraten will. Der Apotheker wusste das. Er ignoriert ihren Willen hartnäckig.«

Felix hörte so gebannt zu, dass er vergaß, Milch in seinen Tee zu schütten.

»Und was sagte Herr Steinhäusel dazu? Herr Sauerbach ist eine gute Partie. Er könnte Fräulein Steinhäusel eine sichere Zukunft bieten. Gewiss ist das für einen Vater von großem Wert. Es wäre nicht die erste Ehe, die aus einem rein geschäftlichen Interesse heraus geschlossen wird. Und es wird bestimmt nicht die letzte bleiben.«

Es war allseits bekannt, dass romantische Liebesheiraten ein Privileg der unteren Gesellschaftsschichten waren. Wer Geld hatte, wollte dieses durch eine lukrative Eheschließung vermehren. Eine Hochzeit war eine Art Geschäftsverbindung.

»Ich kann Ihnen versichern, dass Fräulein Steinhäusel nichts für Bernhard Sauerbach empfindet und Herr Steinhäusel am Glück seiner Tochter interessiert war. Er hat ihr versprochen, dass er sie in keine Ehe drängen würde.«

»Aber genau das Gegenteil hat er gemacht«, ergänzte Felix nachdenklich.

»Ich kann diesen Schritt nicht nachvollziehen«, sagte Dr. Fellner.

»Nehmen wir an, Sie haben recht, und Herr Steinhäusel bestand nicht auf einer Ehe mit Herrn Sauerbach, dann hätte das in Folge bedeutet, dass Fräulein Steinhäusel das Palais nicht zur Familiengründung benötigte. Wäre sie mit Geld nicht besser bedient gewesen?«

Der Arzt machte eine kurze Pause. Gerade so lange, dass

Felix aufhorchte. »Herr Steinhäusel wollte es trotzdem seiner jüngsten Tochter vererben.«

»Das hat er Ihnen gesagt?«

»Ja. Er hat mir während einer Visite vom Inhalt des Testaments erzählt. Als Frau Steinhäusel mich am folgenden Tag gebeten hat, das Testament zu Dr. Eisner zu bringen, der ebenfalls einer meiner Patienten ist, habe ich nicht gezögert und das versiegelte Kuvert dem Notar übergeben.«

»Wann war das?«

Der Arzt überlegte. »Vor etwa zwei oder drei Wochen.«

»Können Sie sich an den genauen Tag erinnern?«

»Ich glaube, dass es der 25. November war.«

Felix rechnete zurück. Das waren mehr als zwei Wochen. »Es muss eine große Überraschung für Sie gewesen sein, als Sie erfuhren, was tatsächlich in dem Testament stand«, meinte Felix.

»Ich konnte es zuerst nicht glauben«, gab der Arzt zu. »Ich dachte, dass es sich um einen Irrtum handeln musste. Aber Dr. Eisner versicherte, dass tatsächlich die Unterschrift von Hermann Steinhäusel unter seinem Letzten Willen stand. Es war eindeutig seine Handschrift. Sie war sehr auffallend und schwer zu fälschen. Nur ein Profi hätte so etwas zustande gebracht, und selbst dann hätten die Experten bei der Polizei es erkannt.«

Dr. Fellner nahm einen Schluck von seinem Tee. Dann fuhr er fort: »Als Sie mir das Fläschchen mit dem Chloralhydrat gezeigt haben, dachte ich mir zuerst nicht viel dabei, da ich meinem Patienten das Medikament ja selbst verordnet und mitgebracht habe. Aber dann fiel mir ein, dass das Fläschchen, das ich Hermann Steinhäusel vor Monaten gegeben habe, kleiner war und aus einer anderen Apotheke stammte. Das große braune Fläschchen mit der dunkelgrünen Aufschrift auf einem weißen Etikett kannte ich nicht. Das habe ich ihm nicht gegeben.«

»Ich nehme an, dass jeder Apotheker Nachschub des Mittels

verkaufen würde, sobald das Fläschchen leer ist«, überlegte Felix.

»Ja, natürlich würde er das tun. Aber Herr Steinhäusel war sehr auf seine Gesundheit bedacht. Er hätte es mit mir besprochen, wenn er größere Mengen des Chloralhydrats einnehmen wollte.«

»Ich habe Frau Steinhäusel wegen der Medizin gefragt«, berichtete Felix nachdenklich.

»Wie hat sie reagiert?«

»Sie hat zugegeben, dass sie das Medikament gekauft hat. Sie war in großer Sorge um ihren Ehemann. Weil er kurz vor dem bestehenden Familientreffen nervös gewirkt und schlecht geschlafen hat, hat sie ihm das Fläschchen besorgt.«

»Aber warum hat Herr Steinhäusel mir nichts davon erzählt?« Der Arzt wirkte irritiert. Offenbar war er der festen Überzeugung, dass sein Patient alle Geheimnisse mit ihm geteilt hatte.

»Vielleicht ist ihm gar nicht aufgefallen, dass er die Tropfen aus einem neuen Fläschchen einnahm. Ich vermute, dass er die Dosis nicht verändert hat.«

»Gerade das bezweifle ich«, sagte Dr. Fellner finster. »So etwas hätte er definitiv mit mir besprochen.«

»Sie denken, dass Herr Steinhäusel zufällig mehr vom Chloralhydrat erwischt hat, als gut für ihn war? Hätte er davon sterben können?«

»Das wäre auf die Dosis angekommen«, sagte der Arzt. »Aber unmöglich kann er es vor dem Abendessen eingenommen haben. Er wäre auf der Stelle eingeschlafen.«

»Mir wurde gesagt, dass er hin und wieder müde war und am Abend seines Todes müde gewirkt hat.«

»Er war ein Mann um die siebzig. Es ist völlig normal, dass er nach einem anstrengenden Tag mit vielen Gästen müde war.«

»Also keine Überdosis Chloralhydrat?«

»Nicht am Abend seines Todes. Aber ich halte es für möglich, dass er zu viel davon eingenommen hatte, als er das Testament unterschrieb, das er nicht selbst aufgesetzt hatte.«

»Das würde bedeuten, dass Frau Steinhäusel, die Ihnen das Kuvert ausgehändigt hat, für den Inhalt verantwortlich war«, sagte Felix streng. »Das ist eine schwerwiegende Anschuldigung.«

»Es ist die einzig logische Erklärung.« Der Arzt wirkte nun sehr ernst. »Ich habe lange darüber nachgedacht. Niemals wäre ich zu Ihnen gekommen, wenn ich auch nur den geringsten Zweifel hegen würde.«

»Was ist mit Fräulein Felicitas? Auch sie ist eine der Nutznießerinnen des neuen Testaments und hätte es fälschen können. Wenn es sich denn um eine Fälschung handelt.«

»Das hätte sie niemals getan.«

»Was macht Sie da so sicher?«

Die Wangen des Arztes färbten sich dunkelrot. Die Scham verlieh ihm etwas Jungenhaftes. »Weil Feli in mich verliebt ist«, sagte er leise. Und fügte zaghaft hinzu: »Und ich in sie.«

Für einen Moment war Felix sprachlos. Das war also das Geständnis. Es war in der Tat eine Überraschung, mit der er nicht gerechnet hatte.

»Wusste Herr Steinhäusel von Ihrer Liebe?«

»Ich habe ihn um die Hand seiner Tochter gebeten.«

»Und hat er zugestimmt?«

Dr. Fellner richtete seinen Blick verlegen zur Wand. »Noch nicht«, gab er zu. »Er erbat sich Zeit zum Überlegen. Ich verfüge nur über ein geringes Einkommen, das in den nächsten Jahren hoffentlich besser werden wird.«

Felix fühlte Mitleid mit dem jungen Mann, der sich vergeblich um das Einverständnis des Vaters bemüht hatte.

»Das heißt, dass das Testament durchaus von Herrn Steinhäusel stammen könnte«, sagte er vorsichtig.

»Er hätte niemals zugelassen, dass seine Tochter unglücklich wird«, erwiderte der Arzt überzeugt.

»Haben Sie Herrn Steinhäusel vor oder nachdem er Ihnen

vom Testament erzählt hatte, um die Hand seiner Tochter gebeten?«

»Danach.« Die Stimme des Arztes klang nun verzweifelt. »Trotzdem müssen Sie mir glauben: Herr Steinhäusel wollte, dass Feli glücklich ist.«

Felix behielt seine Gedanken für sich. Im Laufe seiner langen Karriere als Polizist hatte er viele Eltern kennengelernt, die davon überzeugt waren, dass das Wichtigste die finanzielle Sicherheit ihrer Kinder sei. Sie dachten, dass Kinder glücklich wären, solange sie genug Geld besaßen.

Felix schwieg. Der junge Mann war so schon verzweifelt genug.

Nach einer Weile sagte er: »Ich habe noch eine ganz andere Frage. Sie haben den Totenschein von Herrn Steinhäusel ausgestellt. Haben Sie ihn gründlich untersucht?«

Sichtlich erschrocken über diese Frage, starrte der Arzt ihn an.

»Ich würde Sie um eine ehrliche Antwort bitten«, fuhr Felix fort.

Langsam schüttelte der Arzt den Kopf. »Nein, ich habe den Schein viel zu schnell ausgefüllt«, gab er leise zu.

»Warum?«

»Weil ich felsenfest davon überzeugt war, dass es der Zucker gewesen sein musste. Ich habe Herrn Steinhäusel in den Tagen davor gewarnt, mehr auf seine Ernährung zu achten und nur hin und wieder ein winzig kleines Keks zu essen. Er neigte dazu, über die Stränge zu schlagen. Vor allem im Advent. Was angesichts der Köstlichkeiten, die die Köchin auf den Tisch zaubert, nur zu verständlich war.«

»Das stimmt«, sagte Felix und dachte an all die herrlichen Weihnachtskekse, die er in der Küche im Palais in der Herrengasse bereits genascht hatte.

»Es war aber nicht der einzige Grund«, fügte Dr. Fellner hinzu.

Neugierig wartete Felix die Erklärung ab.

»Es ging auch um Feli. Sie war völlig schockiert. Ich wollte mich um sie kümmern und die Angelegenheit rasch erledigen. Im Nachhinein war das ein großer Fehler. Ich hätte den Leichnam gründlicher untersuchen sollen. Aber ich hätte niemals damit gerechnet, dass es einen anderen Grund für den Tod geben könnte.«

»Glauben Sie heute, dass es für den Tod eine andere Ursache als den Zucker gab?«

»Vor ein paar Tagen hätte ich mit einem klaren Nein geantwortet. Jetzt bin ich mir nicht mehr sicher«, gab der Arzt zu.

»Hm.« Felix nahm einen Schluck von seinem Tee. Er brauchte etwas Zeit, um all die Informationen in seinem Kopf neu zu ordnen.

»Wird der Totenschein Konsequenzen für mich haben?«, fragte der Arzt ängstlich.

»Warum? Sie haben ihn nach bestem Wissen und Gewissen ausgefüllt. Fehler können jedem passieren. Wir sind Menschen. Keine Maschinen.«

»Sie werden mich deshalb nicht anzeigen?«, fragte Dr. Fellner.

Felix schmunzelte. »Mein lieber Doktor«, sagte er freundlich. »Wenn das, was Sie mir erzählt haben, der Wahrheit entspricht, dann haben Sie mir in diesem Fall gerade sehr weitergeholfen. Ich werde Ihnen gewiss keinen Strick daraus drehen.«

Die Erleichterung auf Dr. Fellners Gesicht ließ Felix glauben, dass er nicht gelogen hatte. Aber sicher war er sich nicht. Dazu war er in seinem Leben als Polizist schon zu oft mit Unwahrheiten konfrontiert gewesen.

24

17. Dezember, Singerstraße

Jedes Jahr wunderte sich Felix aufs Neue über die Stadt. Je näher Weihnachten heranrückte, umso mehr Menschen tummelten sich auf den breiten Straßen und engen Gassen Wiens. Im Zuge des Ringstraßenbaus hatte der Kaiser in der Innenstadt zahlreiche mittelalterliche Häuser abreißen und durch moderne Stadtpalais ersetzen lassen, wodurch Straßenzüge entstanden waren, die einen freien Blick auf den Stephansdom erlaubten.

Aber so breit die Flaniermeilen auch sein mochten, der neu geschaffene Platz reichte immer noch nicht aus, um ein Gedränge zu verhindern. Felix fragte sich, wo all die Menschen plötzlich herkamen. Hausfrauen und Bedienstete, die schwere Einkaufskörbe, voll beladen mit Köstlichkeiten, nach Hause schleppten. Feine Damen in langen Pelzmänteln und Herren mit warmen Gehröcken und gefütterten Zylindern, die Kaffeehäuser besuchten und mit bunt bedruckten Kartons wieder herauskamen, in denen sich Pralinen, Bonbons und andere Süßigkeiten verbargen.

Die Auslagen und Schaufenster der Läden waren weihnachtlich geschmückt. Überall glitzerte und funkelte es. Grüne Tannenzweige, hübsche Kränze und Gestecke hingen über den Eingangstüren der Geschäfte. Der Geruch nach gebrannten Mandeln, gerösteten Maroni und Lebkuchen lag über der Stadt.

Felix spazierte über den Graben zum Stephansplatz und von dort weiter in die Blutgasse. Dieser Teil der Stadt war von den Umbauarbeiten des Kaisers verschont geblieben und somit auch vom Weihnachtstrubel. Es war, als wäre hier die Zeit stehen geblieben. Mittelalterliche Häuschen mit schmalen

Fronten, Erkern und Balkonen reihten sich aneinander. Felix hielt an und suchte nach der Straßennummer 3. Dort betrat er einen Innenhof, in dem gotische Gewölbe einen Arkadengang bildeten. Über eine reich verzierte Steintreppe gelangte man in eine offene Galerie, ganz ähnlich wie in dem Haus, in dem er wohnte. Mit dem Unterschied, dass dieses Haus sich direkt hinter dem Stephansdom befand, seit Generationen im Besitz der Familie Eisner war und einen Wert besaß, den Felix mit seinem Gehalt in zehn Leben niemals erwirtschaften könnte.

Gankerl folgte ihm über die Treppe. Auf der Tür hing ein prächtiger Kranz aus Tannenzweigen und Reisig. Er war mit goldenen Kugeln und roten Samtschleifen geschmückt.

Felix bediente die Klingel. Kurz darauf öffnete ihm ein junges Dienstmädchen in dunkler Uniform mit blütenweißer Schürze und dazu passender Haube.

»Ja, bitte?« Sie sprach mit ungarischem Akzent.

»Ich würde gerne Dr. Eisner sprechen.«

»Haben Sie einen Termin?«

Felix holte seinen Dienstausweis heraus. »Nein, aber es ist wichtig. Ich bin von der Polizei.«

Das Mädchen schien wenig beeindruckt. Offenbar war sie es gewohnt, Menschen, die ihren Dienstherrn sprechen wollten, wegzuschicken.

»Bedaure«, sagte sie. »Der Herr Doktor empfängt nur Personen, die zuvor einen Termin bei ihm vereinbart haben.«

Felix setzte zu einer Erklärung an, dass es sich um einen versuchten Mordfall handele und er keine Zeit verlieren wolle, indem er eine Vorladung für den Notar erwirkte, als er eine ihm bekannte Stimme vernahm.

»Nein, so was. Der kluge Polizeihund! Gankerl!«

Felix drehte sich um. Die Dame vom Eislaufverein kam die Treppe hoch. Sie trug einen pelzverbrämten Mantel, eine dazu passende Mütze, und um den Hals hing an einem dicken Band ein Muff aus Zobel, den Felix wiedererkannte.

Frau Eisner bückte sich zu Gankerl und streichelte ihm über

den Kopf. »Du bist immer noch so weich. Und der süßeste Hund, den ich kenne.«

So als könnte er sie verstehen, richtete Gankerl die Ohren auf und stellte sich in Pose.

»Was führt Sie denn zu uns?«, fragte Frau Eisner. Hinter ihr mühten sich zwei Dienstmädchen mit schweren Einkaufskörben ab, während sie selbst ein kleines, hübsch bedrucktes Papiersackerl mit der Aufschrift einer edlen Boutique am Kohlmarkt trug.

»Ich muss dringend Ihren Mann sprechen«, erklärte Felix. »Es geht um einen versuchten Mordanschlag.«

Frau Eisners Augen weiteten sich voll Sensationslust. »Geht es um Frau Steinhäusel?«

»Ja!« Es war erstaunlich, wie schnell sich in Wien Nachrichten verbreiteten, die nach einem Skandal rochen.

»Kommen Sie herein!« Frau Eisner winkte ihn mit sich. »Und der entzückende Gankerl kommt natürlich auch mit. Ich muss ihn meinen Kindern vorstellen. Die werden begeistert sein. Vielleicht werden wir uns auch einen Hund zulegen. Wobei ich mir nicht vorstellen kann, dass wir so ein herziges, kluges Kerlchen bekommen wie Ihren Polizeihund.«

Und schon befand sich Felix im Inneren der Wohnung. Anders als das herrschaftliche Palais in der Herrengasse hatte dieses Haus den Charme der Jahrhunderte. Doch auch hier gab es jede nur erdenkliche Annehmlichkeit. Die Beleuchtung war elektrisch, ein Luxus, den sich nur die wenigsten leisten konnten. Aber anders als im Palais Steinhäusel hatte man darauf geachtet, wertvolle alte Möbel zu erhalten. Schränke und Kommoden sahen aus, als stammten sie aus der Zeit vor den Türkenkriegen. An der Wand hing ein bunter Teppich, der Felix' Aufmerksamkeit erregte.

»Den haben die Türken bei der zweiten Belagerung Wiens zurückgelassen. Ich wollte das hässliche Ding schon längst weggeben. Aber mein Mann kann sich davon nicht trennen«, erklärte Frau Eisner.

»Weil es ein Stück Wiener Geschichte ist!« Ein Mann um die fünfzig mit Backenbart und schütterem Haar betrat den Raum. Er stellte sich als Dr. Ferdinand Eisner vor.

»Guten Tag, ich bin Kommissar Felix Zack.«

»Sie sind der Mann, der bei Hermann Steinhäusels Tod gerufen wurde.« Der Notar bot Felix einen Platz am ovalen Esstisch an. Ein Stück, das ebenso im ehemaligen Gartenschloss von Prinz Eugen im Belvedere hätte stehen können, so prächtig waren die Einlegearbeiten.

»Und sein Hund hat meinen Muff am Heumarkt gefunden«, ergänzte Frau Eisner.

»Ja, natürlich. Ich erinnere mich.« Dr. Eisner lächelte nachsichtig, so als wäre seine Frau ein einfältiges Kind. Sein respektloser Blick schürte Unmut bei Felix. Frau Eisner schien es nicht zu bemerken. Wahrscheinlich war sie das Benehmen ihres Mannes gewohnt.

»Darf ich Ihnen Kaffee anbieten?«, fragte Frau Eisner.

»Sehr gerne.« Mittlerweile schätzte Felix die Ermittlungen in der gehobenen Gesellschaft. In den Spelunken am Spittelberg oder den Buden im Prater würde er weder Kaffee noch Gugelhupf bekommen. Beides stand schon nach wenigen Minuten vor ihm auf dem Tisch.

»Weshalb sind Sie hier?«, fragte Dr. Fellner.

»Es geht um das Testament von Hermann Steinhäusel.«

Der Notar lehnte sich zurück. Sein Gesichtsausdruck verriet, dass er auf der Hut war.

»Hat es Sie überrascht, dass Ihr Klient es verändern wollte? Soweit ich erfahren habe, gab es bereits ein Testament.«

»Es gab kein richtiges Testament, bloß einen mündlich besprochenen Plan ohne rechtliche Konsequenzen. Man hätte sich danach halten können, war aber nicht daran gebunden. Die Eltern von Hermann Steinhäusel hatten bestimmt, dass die Tabakfabrik zu ungleichen Teilen an ihre Kinder weitergegeben wurde. Die Hälfte ging an Hermann Steinhäusel, ein Viertel an Amalia Steinhäusel und ein Viertel an Theodora

Mayerl. Nach Hermann Steinhäusels Tod wären seine Hälfte der Fabrik, das Palais und die Wertpapiere und Aktien zu gleichen Teilen an seine drei Kinder gegangen. Ich habe ihm davon ab- und zu einem Testament geraten.«

»Darf ich fragen, warum?«

»Es tut einem florierenden Unternehmen nicht gut, wenn fünf Eigentümer sich um die Zukunft streiten. Hermann hat sich also bemüht, seine Schwester Theodora auszuzahlen. Amalia hat er schnell überzeugen können. Sie liebt ihre Schwägerin und deren Kinder. Sie war bereit, ihren Teil auf Ferdinand zu überschreiben.«

»Blieb immer noch Felicitas Steinhäusel«, sagte Felix.

»Die sollte das Palais bekommen, wo sie eine Familie gründen konnte, genau wie sie es immer wollte.«

»Das Testament, das Herr Steinhäusel unterschrieben hat, hatte aber einen völlig anderen Inhalt«, warf Felix ein.

»Ich muss zugeben, dass es mich sehr überrascht hat«, gab Dr. Eisner zu. »Zwei Wochen vor seinem Tod hat Hermann Steinhäusel von den Wünschen gesprochen, die ich eben aufgezählt habe. Aber dann hat er etwas völlig anderes aufgeschrieben. Zuerst wollte ich es nicht glauben, aber ich habe die Unterschrift geprüft. Sie stammte eindeutig von ihm. Dr. Fellner hat mir das versiegelte Kuvert überbracht. Ein Beweis mehr, dass es nicht gefälscht sein konnte.«

»Wie meinen Sie das?«

»Nun«, verlegen räusperte sich der Notar, »Dr. Fellner ist seit vielen Jahren unser Familienarzt und mein guter Freund. Die Tatsache, dass Fräulein Felicitas' Erbe an eine Ehe mit Bernhard Sauerbach gekoppelt war, hat ihn zutiefst erschüttert.«

»Dr. Fellner hat mir gestanden, was er für das Fräulein empfindet«, sagte Felix.

»Oh, wirklich?« Dr. Eisner schien überrascht, aber auch erleichtert, dass er keine Informationen zurückhalten musste.

»Was hat Sie am meisten an dem Testament irritiert?«, fragte Felix.

»Dass zwei seiner Kinder leer ausgehen«, sagte Dr. Eisner.

»Sie meinen, es wäre wahrscheinlicher gewesen, hätte er alles seiner neuen, jungen Frau vermacht?«

»Keinesfalls«, erwiderte der Notar rasch. »Wäre das der Fall gewesen, hätte ich große Zweifel an der Echtheit des Testaments gehabt. Hermann hätte niemals alle drei Kinder übergangen. Natürlich finde ich auch diese Lösung seltsam. Aber man kann nie in Menschen hineinsehen. Ich weiß nicht, was sich zwischen ihm und Ferdinand abgespielt hat beziehungsweise zwischen ihm und Ottilia.«

»Hm, Sie denken, dass es Streit zwischen den dreien gegeben hat?«

»Ich weiß es nicht!« Die Antwort des Notars klang ehrlich.

Nachdenklich sah Felix auf den Teller vor sich. Ein unangetastetes Stück goldbrauner Gugelhupf lag darauf.

Dr. Eisner folgte seinem Blick. »Mögen Sie keine Rosinen?«, fragte er. »Das Mädchen kann Ihnen etwas anderes bringen.«

»Nein danke«, sagte Felix schnell. »Ich liebe Rosinen.« Endlich brach er ein Stück der Mehlspeise ab. Dass er nicht gleich mit dem Essen begonnen hatte, zeigte ihm, wie spannend er Dr. Eisners Erzählung gefunden hatte. Felix war sich sicher, dass er heute einen großen Schritt weitergekommen war.

»Der Gugelhupf ist köstlich«, sagte er.

»Das freut mich«, meinte Frau Eisner, die eben ins Wohnzimmer kam. »Ich werde Marie sagen, dass Sie den Rest des Gugelhupfs für Sie einpacken soll.«

Felix fühlte sich geschmeichelt. »Vielen Dank!«

Er wusste, dass er das Geschenk Gankerl zu verdanken hatte, und würde seinem Gefährten ein Stück abgeben. Bevor er aufstand, um sich zu verabschieden, fiel ihm noch etwas ein.

»Wissen Sie, an welchem Tag Dr. Fellner zu Ihnen gekommen ist?«

Der Notar schüttelte den Kopf. »Bedaure, ich habe so viele Termine. Ich kann mich nicht mehr erinnern.«

»Es muss in der Woche vor dem ersten Advent gewesen

sein«, sagte seine Frau. »Wir hatten Karten für den ›Nussknacker‹, das Ballett wurde bloß eine Woche lang gezeigt.«

»Wissen Sie noch, an welchem Tag?«

»Leider nein, aber gewiss kann sich meine Schwägerin erinnern. Sie wirft Theater- und Opernkarten nicht weg. Evelyn legt sie stets in die Programmhefte und hebt diese in einer hübschen Box auf. Mittlerweile hat sie eine ganze Sammlung davon. Ich werde sie fragen, sobald ich sie sehe. Dann gebe ich Ihnen Bescheid.«

»Vielen Dank.«

25

17. Dezember, Elisabethpromenade

Auf dem Schreibtisch lagen Unterlagen in mehreren ungeordneten Stößen. Seit einer Stunde funktionierte der Ofen wieder und bemühte sich knisternd, Wärme zu erzeugen. Zuvor hatte eisige Kälte im ganzen Büro geherrscht, und immer noch zog es durch die Spalten der Fenster. Aber zumindest hatte der Rauchfangkehrer das verstopfte Ofenrohr reinigen können.

Dabei war das Polizeigebäude auf der Elisabethpromenade gerade mal sechs Jahre alt. Während das prestigeträchtige Gebäude von außen hell erstrahlte, hatte man beim Innenausbau gespart. Genau wie beim angrenzenden Gefangenenhaus, das von den Wienern liebevoll »Liesl« genannt wurde. Nichts an den Zellen war liebenswert. Jeder, der eine Nacht darin verbringen musste, konnte ein Lied davon singen. Felix dachte an den jungen Burschen, der von Frau Schwarztal des Diebstahls beschuldigt worden war. Der Junge würde dieses Erlebnis wohl sein Leben lang nicht vergessen. Interessanterweise hatte Frau Steinhäusel in einem Gespräch Mitgefühl mit dem Jungen gezeigt. Felix hatte mitgehört, wie sie und Frau Amalia Steinhäusel sich über den Vorfall am Eislaufverein unterhalten hatten. »Der arme Bursche«, hatte die junge Frau Steinhäusel gemeint. »Jeder weiß, wie kalt und schmutzig Gefängniszellen sind.« Die Witwe hatte offenbar das Herz am rechten Fleck.

Felix seufzte laut. Konnte es sein, dass er erneut dabei war, einen Unschuldigen hinter Gitter zu bringen? Versuchte der eigentliche Verbrecher, sein kriminelles Tun einem anderen in die Schuhe zu schieben? Die ganze Nacht lang hatte Felix über den Besuch von Dr. Fellner nachdenken müssen. Langsam fügten sich alle Puzzlesteinchen zusammen, aber es fehlten immer noch ein paar wichtige Details. Heute Morgen hatte

Felix sich dazu durchgerungen und alle Informationen, die er bisher zusammengetragen hatte, aufgeschrieben. Die Zettel lagen nun vor ihm. Zu jeder seiner Hypothesen hatte er Fragen formuliert.

Eine Notiz irritierte ihn im Besonderen. Schnaberl hatte ihm von seinem Besuch im Carltheater berichtet. Heute bereute es Felix, dass er sich nicht selbst mit der redseligen Putzfrau unterhalten hatte. Vielleicht hätte sie ihm noch mehr über Katharina Steinhäusel alias Kathi Farini ehemals Dragana Zaric erzählt. Sollte er sicherheitshalber bei den serbischen Kollegen nachfragen, ob sie den Namen kannten?

Und wer war der Mann, mit dem die Sängerin, Tänzerin und Schauspielerin verlobt gewesen war? Wie hatte er reagiert, als sie ihm von einem Tag auf den anderen einen Korb erteilt hatte? Noch dazu wegen eines alten Mannes wie Hermann Steinhäusel, der ständig an seine verstorbene Ehefrau dachte. Ein Mann, der seine gesamte Lebensplanung nach der Toten ausrichtete und dabei so weit ging, dass er sogar die Speisenfolge in ihrem Andenken gestaltete.

Frage eins: War der verschmähte Verlobte so gekränkt, dass er zu einem Mordversuch an Katharina Steinhäusel imstande war?

Frage zwei: Hatte der unbekannte Verlobte den Ehemann töten wollen, wegen dem er den Kürzeren gezogen hatte?

Frage drei: War der Mord an Hermann Steinhäusel bloß ein Versehen gewesen? Hätte in Wahrheit Katharina Steinhäusel sterben sollen?

Frage vier: Wer war dieser unbekannte Verlobte? Kamen auch verheiratete Männer in Frage, die sich für die angebetete Schauspielerin von ihren Frauen getrennt hätten, wie Ferdinand Steinhäusel, Reinhard von Berndorf oder Johannes Mayerl? Wobei es besonders bitter wäre, wenn es sich um Ferdinand Steinhäusel handelte, schließlich würde das bedeuten, sein Vater hätte die Frau geheiratet, die er liebte. Aber es wäre nicht das erste Mal, dass Felix ein Drama wie dieses aufdeckte. Wenn es um Geld und um zurückgewiesene oder verschmähte Liebe ging, handelten Menschen völlig irrational.

Er nahm den nächsten Zettel mit weiteren Hypothesen zur Hand. Da klopfte es an der Tür.

»Herr Kommissar, jemand will Sie unbedingt sprechen.« Schnaberl steckte den Kopf in den Türspalt.

»Ist es sehr dringend?«, knurrte Felix. Er konnte es nicht ausstehen, wenn er beim konzentrierten Arbeiten gestört wurde. Wie sollte er einen kniffeligen Fall lösen, wenn er seine eigenen Gedanken nicht zu Ende denken konnte?

»Ich denke schon. Es ist die Köchin aus der Herrengasse. Sie will Ihnen etwas zeigen.«

»Mila Sokol?«

»Ja.«

Die neugierige und durchaus scharfsinnige Köchin, das war natürlich etwas anderes. »Immer herein mit ihr!« Felix schob alle Zettel zusammen, legte sie auf einen Stapel und wischte einmal mit dem Ärmel über die Tischplatte. Dann richtete er sich auf.

Mila Sokol sah verändert aus. Statt der gewohnten Schürze trug sie ein schlichtes dunkelblaues Kleid mit einem gehäkelten Spitzenkragen. Die Farbe des Kleides passte zu ihren klugen hellblauen Augen. Zum ersten Mal fiel Felix auf, dass sie ein hübsches rundes Gesicht mit weichen, gutmütigen Zügen hatte. Ihr graues Haar war zu einem losen Knoten gebunden. Als Gankerl die Köchin wahrnahm, sprang er auf, lief zu ihr und begrüßte sie wie eine lang vermisste Person, auf die er seit Stunden wartete.

Frau Sokol bückte sich. »Servus, kleiner Freund«, sagte sie, während sie ihm den Kopf kraulte. »Ich freue mich auch, dass ich dich wiedersehe. Heute habe ich nichts für dich dabei. Leider.« Sie hielt ihm ihre leere rechte Hand entgegen. Gankerl beschnupperte sie, dann legte er sich wieder auf den Boden.

»Guten Tag!« Felix bot seinem Gast den Sessel auf der anderen Seite seines Schreibtischs an. Etwas verlegen setzte sie sich, hielt dabei eine Einkaufstasche aus Stoff auf ihrem Schoß und blickte sich unsicher um. Felix nahm an, dass sie zum ersten Mal bei der Polizei war.

»Was kann ich für Sie tun?«, fragte er freundlich.

Die Köchin zog aus der Rocktasche ihres Kleides einen gefalteten Briefbogen hervor. Die Tasche hielt sie weiterhin auf ihrem Schoß fest.

»Den Brief hat Fanny unter dem Lehnstuhl vom verstorbenen Herrn Steinhäusel gefunden. Seine Frau hat den Stuhl ebenfalls benützt. Ich glaube, dass es sich um einen Liebesbrief von Dr. Fellner handelt.«

Felix nahm den Brief entgegen, setzte seine Lesebrille auf und überflog die Zeilen. Das Schreiben bestätigte, was er bereits wusste. Dr. Fellner war in Felicitas Steinhäusel verliebt.

Mit zusammengekniffenen Augen beobachtete die Köchin ihn beim Lesen.

»Sie sind über den Brief nicht überrascht?«, fragte sie.

»Nein«, gestand Felix. »Ich wusste bereits, dass Dr. Fellner in Fräulein Felicitas verliebt ist.«

»In Fräulein Felicitas?« Mila Sokol war sichtlich erstaunt. Ihre Augen weiteten sich. Blitzschnell schien sie die Gedanken in ihrem Kopf neu zu ordnen.

»An wen hatten Sie gedacht, dass der Brief gerichtet war?«

»An Frau Steinhäusel«, stieß die Köchin hervor.

»Hat Frau Steinhäusel sich wie eine Frau benommen, die neben ihrem Ehemann auch für einen anderen Mann schwärmte?«

»Eigentlich nicht«, gab Mila Sokol zu.

»Wie kamen Sie dann auf diesen Gedanken?«

Die Köchin zögerte. Dann lächelte sie. »Ich habe wohl in die völlig falsche Richtung gedacht. Es kam mir stets seltsam vor, dass Dr. Fellner jeden Tag ins Palais kam. Er hat sich immer sehr schick gemacht und ist außergewöhnlich lange geblieben. Er hat Herrn Steinhäusel untersucht, aber auch immer wieder einen Blick auf Frau Steinhäusels und auf Fräulein Felicitas'

Gesundheit geworfen. Ich dachte, dass der Grund seiner häufigen Besuche Frau Steinhäusel wäre. In Wirklichkeit ging es also um Fräulein Felicitas.« Sie fasste sich an die Stirn. »Wie habe ich mich so irren können.«

»Er wollte das Fräulein heiraten«, erklärte Felix.

Mila Sokol nickte. »Jetzt verstehe ich noch besser, warum Fräulein Felicitas seit Wochen so traurig und niedergeschlagen aussieht und immer dünner wird. Ich habe immer vermutet, dass sie nicht Bernhard Sauerbachs Ehefrau werden will. Aber ich dachte nicht, dass es einen anderen Mann in ihrem Leben gibt.«

»Wie lange arbeiten Sie schon in dem Haushalt?«

»Seit dem Sommer.«

»Und da hat Fräulein Felicitas noch gesund und munter gewirkt?«

»Ja, sie war eine hübsche junge Frau mit rosigen Wangen. Niedergeschlagen hat sie erst gewirkt, als Bernhard Sauerbach ihr einen Heiratsantrag gemacht hatte.«

»Wann war das?«

»Irgendwann kurz nach dem Sommer, glaube ich.«

»Ich dachte, das wäre schon immer eine abgemachte Sache gewesen. Ein Wunsch, der noch von der verstorbenen Frau Steinhäusel ausging.«

Mila Sokol kaute auf ihrer Unterlippe und überlegte, bevor sie antwortete. »Als ich im Palais angefangen habe, war von Herrn Sauerbach noch keine Rede. Dann hat er den Heiratsantrag gemacht, den Fräulein Steinhäusel weder angenommen noch abgelehnt hat, und irgendwann hieß es dann auf einmal, dass es ein Wunsch der verstorbenen Frau Steinhäusel gewesen sei. Mehr kann ich dazu nicht sagen. Ich bin der Frau nie persönlich begegnet. Alles, was ich von ihr kenne, sind Erzählungen und das riesige Ölgemälde beim Stiegenaufgang.«

»Das ist mir auch aufgefallen«, sagte Felix. »Es dominiert die Eingangshalle.«

»Wenn Sie mich fragen, ist der Geist der Frau immer noch im Haus. Sie bestimmt das Familienleben. Ich finde das Gemälde fast gruselig.«

»Sie meinen, dass immer noch viel über sie gesprochen wird, obwohl sie längst tot ist?«, fragte Felix.

»Ja, alle reden über sie, als wäre sie eine Heilige gewesen. Die Dienerschaft hat sie geliebt. Sie hat die Familie zusammengehalten und dafür gesorgt, dass es keine Streitereien gibt.«

»Umso erstaunlicher ist es, dass jetzt ein Testament auftaucht, das genau das Gegenteil bewirkt. Die Familie entzweit sich.«

»Ich glaube, dass die Frau verherrlicht wird. Niemand ist so perfekt, wie sie es angeblich war.«

Felix warf einen Blick auf das oberste Blatt seiner Aufzeichnungen. »Hat die junge Frau Steinhäusel sich jemals mit anderen Männern getroffen?«

»Wie soll ich das wissen? Ich bin die Köchin.«

»Von Ihrem Küchenfenster aus sehen Sie direkt auf den Hauseingang. Niemand bekommt besser mit, wer ins Haus geht und es wieder verlässt.«

»Mir ist nie ein Fremder aufgefallen, der zu Herrn oder Frau Steinhäusel gewollt hätte. Das Ehepaar hat sehr zurückgezogen gelebt.«

»Waren Sie verwundert, dass Herr Steinhäusel eine so junge Ehefrau gewählt hat? Wie sah der Rest der Dienerschaft seine Entscheidung?«

Mila Sokol räusperte sich. »Es steht mir nicht zu, über die Entscheidungen meiner Herrschaft zu urteilen. Als ich ins Haus kam, waren die beiden schon verheiratet. Und was die anderen denken, müssen Sie sie fragen.«

Es überraschte Felix nicht, dass die Köchin sich zu keinem Tratsch hinreißen ließ. Er versuchte es noch einmal.

»Es geht um einen versuchten und vielleicht auch um einen begangenen Mord. Jede Beobachtung ist wichtig.«

Seine Bemerkung zeigte Wirkung. Die Köchin sog die Luft

ein. »Sie glauben mir also, dass die Tascherl vergiftet gewesen waren?«

»Ja!«

Einen Moment war Mila Sokol verblüfft. Dann sagte sie: »Mir wurde erzählt, dass Herr Steinhäusel nach dem Tod seiner Frau in eine tiefe Traurigkeit versunken war, und als er die attraktive Kathi Farini kennenlernte, schmeichelte ihm ihr Interesse an ihm. Vielleicht fühlte er sich wieder jung. Alle waren froh, dass er wieder am Leben teilnahm. Frau Farini verhielt sich zurückhaltend, sie versuchte, nichts umzukrempeln, und stellte keine Ansprüche. Sie ging voll und ganz auf Herrn Steinhäusel ein. Auch als er sie geheiratet hat, gab es angeblich kein böses Blut in der Familie. Sie hat sich in allen Belangen schweigend angepasst.«

Die Aussage der Köchin deckte sich mit allem, was Felix bisher gehört hatte.

»Haben Sie an Herrn Steinhäusel irgendwelche Veränderungen wahrgenommen, seit Sie im Palais arbeiten?«

Die Köchin überlegte. »Ich hatte wenig Kontakt mit Herrn Steinhäusel«, sagte sie langsam. »Vielleicht war er in letzter Zeit müder als sonst. Aber mit Sicherheit kann ich das nicht sagen. Bis auf einen Abend, da hat er wirklich sehr erschöpft gewirkt. Da habe ich an Fannys Stelle das Abendessen serviert, weil sie wieder einmal mit der Wäsche nicht fertig geworden war.«

»Wann war das, und wie hat sich seine Erschöpfung gezeigt?«

Wieder dachte die Köchin nach.

»Es ist wohl zwei Wochen her, vielleicht drei. Dr. Fellner war wieder zu Besuch, und ich habe Krautfleckerl serviert. Herr Steinhäusel hing sehr lethargisch in seinem Sessel. So als würde er schlafen.«

»Krautfleckerl werden mit Zucker gemacht. Oder?«

»Ja, eine Prise ist dabei«, erklärte die Köchin. »Aber an dem kann es nicht gelegen haben, dass Herr Steinhäusel so müde war. Das war er ja schon, bevor ich das Abendessen serviert habe, und wenn ich es richtig in Erinnerung habe, hat er nichts davon gegessen.«

»Verstehe ich Sie richtig? Dr. Fellner war beim Abendessen zu Gast, und obwohl der Gesundheitszustand seines Patienten offensichtlich besorgniserregend war, hat er nicht reagiert?«

Die Köchin drehte die eine Hand nach außen, mit der anderen hielt sie weiter die Tasche fest. »Ich weiß nicht, ob er Herrn Steinhäusel nicht vorher schon untersucht hatte.«

»War Fräulein Felicitas an dem Abend anwesend?«

»Nein, sie war bei ihrer Tante Amalia.«

»Ist Dr. Fellner nach dem Abendessen noch länger geblieben?«

»Nein, er ist gleich gegangen. Das kann ich mit Sicherheit sagen.«

»Haben Sie ihn gehen sehen?«

»Nicht nur das«, berichtete Mila Sokol. »Ich habe gehört, wie er zu Sebastian gesagt hatte, dass er nicht länger bleiben könne, weil er noch zu einem anderen Patienten müsse, zu Dr. Eisner. Der Mediziner betreut beide Familien.«

»Das war vor zwei Wochen?«

»Ich denke, ja. Vielleicht waren es auch drei Wochen.«

»Hm, das ist interessant«, meinte Felix. Er fragte sich, ob es sich um den Abend gehandelt hatte, an dem Dr. Fellner dem Notar das neue Testament überbracht hatte. »Können Sie sich an das genaue Datum des Abends erinnern?«

Mila Sokol starrte an die Decke, so als suchte sie dort nach der Antwort. »Es muss der 26. November gewesen sein«, rief sie erfreut.

»Was macht Sie so sicher?«

»Fanny ist mit der Wäsche nicht fertig geworden, weil sie zuvor den Adventkranz gebunden hat. Sie war auch damit spät dran, denn am nächsten Tag war der erste Advent. Sebastian hat geschimpft, was das Zeug hielt. Weil er den Kranz im Salon rechtzeitig aufhängen wollte.«

Felix zog den Kalender, der auf seinem Schreibtisch stand, zu sich und blätterte zurück. Der erste Adventsonntag war der 27. November gewesen. Und am 26. November war in der kaiserlichen Staatsoper der »Nussknacker« gezeigt worden. Das Programmheft lag ganz unten in Felix' Unterlagen, Schnaberl hatte es für ihn besorgt. Genau wie Frau Eisner behauptet hatte, war das Ballett eine ganze Woche lang gezeigt worden.

Dr. Fellner hatte vom 25. November gesprochen. Er hatte ihn angelogen. Aus Versehen oder absichtlich?

Felix trommelte mit den Fingern auf die Tischplatte. Das machte er nur, wenn er spürte, beim Lösen eines Rätsels ganz nah am Ziel zu sein. Es fehlte ihm bloß eine Kleinigkeit, aber genau die war wichtig.

»Was haben Sie eigentlich in der Tasche, die Sie die ganze Zeit wie einen Schatz behüten, anstatt sie am Boden abzustellen?«, fragte er abgelenkt.

»Oh, das hätte ich jetzt fast vergessen!« Mila Sokol stellte die Tasche auf den Tisch neben den Stapel mit den Unterlagen. »Den habe ich Ihnen mitgebracht.«

»Was ist das?«

»Ein Christstollen. Ich habe ihn heute Morgen ganz frisch gebacken. Sie sollten ihn bis Weihnachten ruhen lassen, dann entwickeln die kandierten Früchte erst vollständig ihr Aroma, und der Teig ist saftig und weich.«

»Ein Christstollen?«, wiederholte Felix gerührt. Wann hatte er das letzte Mal das traditionelle Weihnachtsgebäck gegessen, das mit einer dicken Schicht Staubzucker eingewickelt wird wie das Jesuskind mit Windeln in der Krippe? Es musste Jahre her sein.

Die Köchin interpretierte sein Zögern falsch. »Mögen Sie keinen Christstollen? Es gibt Menschen, die können kandierte Früchte nicht ausstehen. Bei Ihnen dachte ich, sie schmecken Ihnen.«

»Nein, nein!« Felix winkte ab. »Ich versichere Ihnen, dass ich Christstollen liebe.« Er öffnete die Tasche und schnupperte hinein. In Butterbrotpapier eingepackt lag der ovale Stollen verheißungsvoll weiß vor ihm und verströmte einen himmlischen Duft nach Vanille.

Felix schloss die Augen. »Ich kann jedoch nicht versprechen, dass der Stollen bis Weihnachten unberührt bleiben wird. Die Verlockung ist zu groß!«

Ein zufriedenes Grinsen breitete sich auf Mila Sokols Gesicht aus. Offenbar hatte sie genau auf diese Reaktion gewartet. »Das wusste ich«, sagte sie verschmitzt. »Deshalb sind in der Dose unter dem Stollen ein paar Vanillekipferl und Linzeraugen.«

Felix konnte sein Glück nicht fassen. So verzwickt der Fall auch war, noch nie hatte er während einer Ermittlung dermaßen gut gegessen. Er holte die Dose hervor und bettete den Stollen vorsichtig wie einen Säugling auf den kleinen Hocker neben seinem Schreibtisch. Die leere Tasche gab er der Köchin zurück. »Sie haben mich sehr glücklich gemacht«, sagte er dankbar.

»Das war auch meine Intention.«

Einen kurzen Moment sah sie ihm direkt in die Augen, und in Felix' Bauch stieg ein wohliges Gefühl auf, das ausnahmsweise nichts mit gutem Essen zu tun hatte. Er hatte vergessen, dass es dieses Kribbeln überhaupt gab. Verlegen räusperte er sich. Dann lehnte er sich nach hinten und kehrte zum Fall zurück.

»Können Sie mir den ganz genauen Ablauf des Abends, an dem Herr Steinhäusel starb, noch einmal schildern?«

»Sie meinen, wie ich ausgerutscht bin und mir den Knöchel verstaucht habe?«

»Nicht nur das«, sagte Felix. »Schön wäre, wenn Sie sich auch noch an die Gespräche erinnern. Und was die einzelnen Gäste getan haben.«

»Ui, da muss ich nachdenken.« Die Köchin steckte den Daumennagel in den Mund und kaute daran.

Felix öffnete die Dose und hielt sie ihr entgegen. »Wollen

Sie nicht lieber in ein Keks beißen als in Ihren Nagel? Wäre schade um den Fingernagel.«

Beschämt legte sie beide Hände in den Schoß. Das Keks lehnte sie ab, während Felix sich bediente.

»Köstlich, einfach köstlich«, schwärmte er.

»Ich bin mir wirklich nicht mehr sicher, aber ich versuche es«, fing Mila Sokol an.

»Sehr gut. Lassen Sie sich ruhig Zeit zum Nachdenken.«

Die Köchin verzog den Mund. »Zeit ist leider etwas, was so kurz vor Weihnachten knapp ist.« Sie drehte sich um und schaute zur Uhr, die über der Tür hing. »Ach, du lieber Himmel«, rief sie entsetzt. »So spät ist es schon? Ich sollte seit einer halben Stunde das Mittagessen herrichten.«

»Das werden heute Ihre Kolleginnen machen müssen«, meinte Felix. »Ihre Erzählungen könnten helfen, Licht ins Dunkle zu bringen.«

»Glauben Sie?«

»Ja!«

Erstaunt richtete die Köchin sich auf. »Na, dann fang ich noch einmal ganz von vorne an.«

»Sehr gut!«

26

18. Dezember, Herrengasse

»Wir sollen auch alle bei der Befragung dabei sein?«, fragte Fanny verständnislos. »Wann sollen wir dann das Abendessen herrichten?«

»Es wird heute nur kalte Kanapees geben«, erklärte Sebastian. Er war sichtlich nervös. Die roten Flecken überzogen heute auch sein Gesicht und seine hohe, kahle Stirn. Seine Finger zitterten. Hatte er Angst vor dem, was kommen würde?

»Und was will der Herr Polizeiagent von uns allen?«, wollte Mizzi wissen.

»Das kann ich leider nicht sagen. Ich weiß nur, dass wir alle beim Nachmittagskaffee um drei Uhr im Salon sein müssen.« Mit ungewohnter Nachlässigkeit polierte Sebastian halbherzig das Silberbesteck. Für gewöhnlich hielt er jedes Teil prüfend gegen das Licht, um sich zu vergewissern, dass auch ja kein Fleck zu sehen war. Heute pfefferte er das Besteck einfach in die Lade.

»Stimmt es, dass alle Gäste da sein werden? Auch Bernhard Sauerbach und Dr. Fellner? Sogar Dr. Eisner wird erwartet.« Fanny kam aus dem Staunen nicht heraus.

»Fanny, auch wenn du mir dieselben Fragen noch hundertmal stellst, werde ich genauso oft die gleiche Antwort geben. Ich weiß nicht, was von uns erwartet wird. Was ich jedoch weiß, ist, dass wir für eine ordentliche Jause sorgen müssen und am Abend ein kaltes Büfett zaubern werden, damit alle satt ins Bett gehen können.« Der nächste Löffel wurde in die Lade geschleudert. Mila erschrak vom lauten Klirren des Silbers. Sie war die Einzige, die wusste, was Kommissar Zack heute Nachmittag vorhatte. Er wollte den Mörder entlarven. Dass Hermann Steinhäusel vergiftet worden war, daran hegte der

Kommissar keine Zweifel mehr. Das hatte er ihr gestern ganz klar gesagt.

Mila schaute zur Uhr. Es war zwei. Höchste Zeit, die Brötchen zu streichen, die Kekse auf Teller zu legen und den Tee aufzugießen. Die Tische waren längst gedeckt. Und dann wollte sie noch rasch einen Blick in den Spiegel werfen. Aus irgendeinem Grund war es ihr wichtig, dass ihr Haar ordentlich saß und der Kragen ihres Kleides nicht schmutzig war. Wann hatte sie sich das letzte Mal Gedanken um ihr Aussehen gemacht? Mila wunderte sich über sich selbst. Konnte es sein, dass sie wegen des Kommissars hübsch sein wollte? Sie verwarf den Gedanken wieder. Nahm sich aber trotzdem vor, den Spiegel nicht zu vergessen.

Pünktlich um drei Uhr hatten sich alle geladenen Gäste im Speisezimmer eingefunden. Kommissar Zack bat alle, die Plätze einzunehmen, die sie am Abend von Herrn Steinhäusels Tod innehatten.

»Ich finde das alles sehr dramatisch und auch geschmacklos«, bemerkte Reinhard von Berndorf. Zur Abwechslung trug er heute keine Tracht, sondern einen schlichten schwarzen Anzug. »Meine Frau ist schwanger. Es ist eine Zumutung, dass sie an dieser Farce teilnehmen muss.«

»Werter Herr von Berndorf«, sagte Kommissar Zack höflich, aber bestimmt, »zum einen ist die Auflösung eines Kriminalfalls keine Farce. Zum anderen nehme ich an, dass auch Ihre Frau wissen will, wer ihren Vater umgebracht hat.«

»Was sagen Sie da?« Theodora Mayerl ließ sich auf den Sessel neben ihrem Mann plumpsen. Das Möbelstück ächzte laut unter ihrem Gewicht. »Mein Bruder starb wegen einer überhöhten Zuckerdosis. Das wissen wir bereits. Die schlampige Köchin ist dafür verantwortlich.«

Mila fühlte sich gekränkt. Hatte die Frau, die von jeder ihrer Mahlzeiten die doppelte Portion verschlang, eben gesagt, sie sei schlampig?

»Ich würde Sie bitten, niemanden zu beleidigen«, forderte Kommissar Zack. Er warf Mila einen vertraulichen Blick zu, der ein angenehmes Gefühl in ihr auslöste. Dabei kannte sie den Mann, der ihre Mehlspeisen so sehr schätzte, kaum.

Genau wie am 5. Dezember saß Katharina Steinhäusel an einem Kopfende des Tisches, neben ihr Dr. Fellner. Am anderen Ende befanden sich Louise Steinhäusel und ihr Ehemann Ferdinand Steinhäusel. Sophie und Karl spielten im Innenhof und bauten einen weiteren Schneemann. Man hatte den Gärtner Alois gebeten, ein Auge auf sie zu haben. Auf einem der beiden leeren Sessel hatte Dr. Eisner Platz genommen. Ottilia und Reinhard von Berndorf, Bernhard Sauerbach, Fräulein Felicitas, Amalia Steinhäusel und Theodora und Johannes Mayerl saßen an den Längsseiten des Tisches. Und Sebastian, Fanny, Mizzi und Mila bedienten die Gäste, genau wie an jenem Abend vor knapp zwei Wochen.

Der Kommissar und sein Polizeidiener saßen etwas abseits vom Tisch. Zu Kommissar Zacks Füßen lag sein Hund, Gankerl. Der graue Kopf war auf die Schuhe seines Besitzers gebettet.

»Würden Sie uns bitte erklären, was Sie genau vorhaben?«, bat Amalia Steinhäusel.

»Gerne. Aber ich muss Sie um etwas Geduld bitten, denn ich werde bei meinen Ausführungen ein wenig ausholen.« Der Kommissar lehnte sich gemütlich zurück. Einmal mehr hatte er Ähnlichkeit mit dem Nikolaus, der einer Schar Kinder eine Geschichte erzählte. Als er anfing zu reden, war es fast wie ein »Es war einmal …«.

»Hermann Steinhäusel hat seine verstorbene Frau Veronika abgöttisch geliebt. Genau wie alle anderen, die sie jemals kennenlernen durften. Die Frau war großzügig, klug und davon beseelt, ihre Familie zusammenzuhalten.«

Niemand im Raum widersprach.

»Als sie unerwartet aus dem Leben schied, fiel er in ein tiefes Tal der Trauer.« Sein Gesicht verfinsterte sich. So als wüsste er ganz genau, wie sich der trauernde Herr Steinhäusel gefühlt hatte. »Zum Glück hatte Hermann Steinhäusel Kinder, die ihn umsorgten und ihm beistanden. Seine jüngste Tochter Felicitas hat ihren Vater mit ins Theater genommen, wo er Ihnen begegnet ist.« Der Kommissar zeigte auf Katharina Steinhäusel. »Frau Dragana Zaric alias Kathi Farini.« Die ehemalige Schauspielerin zuckte unter ihrem echten Kindernamen zusammen.

»Das ist alles nichts Neues für uns«, sagte Johannes Mayerl gelangweilt. Er stopfte sich ein Gurkensandwich in den Mund und sprach mit vollem Mund.

»Frau Farini traf Herrn Steinhäusel scheinbar zufällig in einer Pause und verwickelte ihn in ein Gespräch. Sie war unterhaltsam, klug und schön. Eine Mischung, der auch der trauernde, um dreißig Jahre ältere Herr Steinhäusel nicht widerstehen konnte. Er traf Frau Farini wieder, und sie bezirzte ihn dermaßen, dass er sie schließlich heiratete.«

»Ich habe meinen Ehemann nicht bezirzt«, widersprach Frau Steinhäusel. Sie schüttelte den Kopf. »Er hat sich in mich verliebt und ich mich in ihn. Es gab keinen liebevolleren Ehemann als ihn. Er war der Richtige für mich.« Betroffen fasste sie nach der sauberen Stoffserviette, die vor ihr am Tisch lag, und betupfte damit ihre Augen.

Zum ersten Mal, seit sie die junge Herrin kannte, fragte sich Mila, ob diese Geste bloß Schauspiel war.

»Ich muss Sie bitten, auf die Gefühle der Witwe meines Vaters Rücksicht zu nehmen«, forderte Ferdinand Steinhäusel ritterlich. »Sie sehen doch, wie sehr Ihre Worte ihr zusetzen.«

»Ja, das sehe ich«, sagte Kommissar Zack. »Und ich muss zugeben, dass Frau Zaric ihr Handwerk perfekt beherrscht. Sie ist eine großartige Schauspielerin.«

»Wie bitte?« Katharina Steinhäusels Kopf schoss nach oben.

»Ich wage zu behaupten, dass Ihre Ehe von Anfang an nur ein Ziel hatte: den Tod ihres Ehemanns.«

Felix' Worte erzielten die gewünschte Wirkung. Alle im Raum sahen ihn entsetzt an und schwiegen. Man hätte eine

Stecknadel auf den Boden fallen hören können, so still war es. Bernhard Sauerbach war der Erste, der seine Stimme wiederfand.

»Das ist unerhört!«, empörte er sich. »Wie können Sie so eine unglaubliche Verleumdung von sich geben?«

»Sie wissen genau, dass es die Wahrheit ist«, konterte Kommissar Zack ernst. »Denn Sie waren bis kurz vor Frau Zaric' Eheschließung mit ihr verlobt.«

Nun sahen die anderen Anwesenden abwechselnd vom Apotheker zu Katharina Steinhäusel und wieder zurück.

»Es hat eine Zeit lang gedauert, bis ich Ihr Spiel durchschaut habe«, fuhr der Kommissar fort. »Und ich muss zugeben, dass ich ohne die Hilfe von Frau Sokol immer noch im Dunkeln tappen würde.« Er schaute Mila an, deren Wangen dunkelrot anliefen.

»Sie hat mich darauf aufmerksam gemacht, dass die Tascherl, die sie am 5. Dezember Herrn und Frau Steinhäusel serviert hatte, vergiftet gewesen sein müssen.«

»Wie bitte? Was reden Sie da?« Nun erhob Theodora Mayerl ihre Stimme. »Wir alle haben die Tascherl gegessen. Auch Katharina.«

»Sie irren sich«, widersprach der Kommissar. »Sie alle haben die Powidltascherl gegessen, die einwandfrei waren. Für Herrn und Frau Steinhäusel gab es eine Extraschüssel mit Marillentascherln, und die waren am Nachmittag mit Gift versehen worden. Und zwar von Herrn Sauerbach, der in die Küche geschlichen war und in einem stillen Moment Arsen aus einer Spritze in die Tascherl gespritzt hat.«

»So einen ausgemachten Unsinn habe ich in meinem ganzen Leben noch nie gehört!«, empörte sich Bernhard Sauerbach. »Ich weigere mich, das weiter anzuhören.«

Er wollte aufstehen, aber Kommissar Zack erhob seine Stimme. »Bleiben Sie sitzen, Herr Sauerbach, sonst müssen die Kollegen, die vor dem Palais warten, hereinkommen und Sie dazu zwingen, hierzubleiben.«

»Sie drohen mir?«

»Ich sage bloß, was passiert, wenn Sie meinen Anweisungen nicht folgen.«

Mit wutverzerrtem Gesicht ließ sich Sauerbach wieder auf den Sessel plumpsen.

»Wie konnte Katharina das Gift überleben?«, fragte Louise Steinhäusel.

»Sie selbst hat keines der Tascherl gegessen«, sagte Kommissar Zack. »Denn sie wusste, dass sie alle vergiftet waren. Sie werden sich vielleicht daran erinnern, dass Frau Ottilia von Berndorf sagte, sie esse keinen Powidl. Worauf ihr Vater ihr seine Tascherl angeboten hat. Sofort schritt Frau Steinhäusel ein und meinte, er solle sie besser selbst essen, da sie abgezählt seien. Herr Steinhäusel wollte sie trotzdem hergeben. Gut, dass Frau von Berndorf einen Schokoladenpudding verlangte. Das war ihr Glück, sonst wäre sie an den Tascherln verstorben.«

»O mein Gott«, entfuhr es der schwangeren Frau. Sie fasste schützend nach ihrem Bauch. Ihr Ehemann war ebenfalls blass geworden. Beruhigend griff er nach ihrer Hand und drückte sie.

»Frau Steinhäusel hat dann auf sehr theatralische Weise dafür gesorgt, dass die restlichen vergifteten Tascherl entsorgt wurden. Sie fiel mit dem Teller in der Hand in Ohnmacht, worauf die Mehlspeise weggekehrt wurde.«

»Ja, richtig!«, rief Amalia Steinhäusel. »Ich kann mich wieder erinnern, dass sie keines gegessen hat.«

»Frau Steinhäusel hatte nicht damit gerechnet, dass ihr Dienstmädchen Fanny vergisst, die Tascherl in den Mistkübel zu kippen. Sie hat den kleinen Behälter bloß in den Innenhof gestellt. Die Nachbarskatze und zwei Ratten haben die Tascherl verzehrt und sind daran verstorben.«

»Ach du liebe Güte!«, sagte Ferdinand Steinhäusel. »Die Katze von Gräfin Kinsky ist tot. Weiß sie es schon?«

»Das ist im Moment doch völlig egal«, meinte seine Tante Amalia.

»Du hast keine Ahnung, wie sehr die Frau an ihrem Viech hängt«, raunte Ferdinand Steinhäusel ihr leise zu, schwieg dann aber.

»Um die Verwirrung an diesem Abend noch weiter zu steigern und Dr. Fellner zu beanspruchen, hat man für weitere Ablenkung gesorgt. Herr Sauerbach hatte aus seiner Apotheke Glasmurmeln mitgenommen und auf den Boden gelegt, in der Hoffnung, dass irgendwer ausrutschen und sich verletzen würde. Auf diese Weise konnte man die Schuld auf die Kinder schieben und vom eigentlichen Verbrechen ablenken.«

»Die Murmeln waren von Ihnen?«, fragte Louise Steinhäusel fassungslos.

Der Apotheker antwortete nicht, weshalb der Kommissar weitersprach: »Herr Sauerbach verschenkt die Murmeln an die Kinder seiner Kunden. Ein ganzes Glas davon steht auf seinem Verkaufstresen. Ich habe mir neulich eine Kugel mitgenommen.« Der Kommissar fasste in seine Sakkotasche und holte eine Murmel hervor. Für alle sichtbar hielt er sie in die Luft.

»Die Kugel beweist gar nichts«, entgegnete Bernhard Sauerbach. »Und gibt es noch eines der angeblich vergifteten Tascherl?«

»Leider nein«, gab der Kommissar zu.

»Wie schade«, meinte Sauerbach. »Dann gibt es wohl keinerlei Beweis für Ihre abstruse Theorie.«

»Sie ist keinesfalls abstrus, und das wissen Sie, Herr Sauerbach. Das Gift stammte aus Ihrer Apotheke. Ihr Mitarbeiter hat mir gesagt, dass das Rattengift aus wäre, obwohl er keines verkauft hat.«

»Er ist nicht der Einzige, der Produkte verkauft«, sagte Sauerbach lässig. »Ich habe mehrere Mitarbeiter, und auch ich stehe regelmäßig hinter der Theke.«

»Und verkaufen Chloralhydrat?«

Für einen winzigen Moment zuckten Sauerbachs Augenlider, doch er hatte sich sofort wieder unter Kontrolle. »Ja, natürlich auch Chloralhydrat.«

»Für alle, die es nicht wissen«, fuhr der Kommissar fort. »Das ist ein beliebtes Beruhigungsmittel, das bei Schlafproblemen und Unruhezuständen hilft. Dr. Fellner hatte es Hermann Steinhäusel verschrieben.«

»Weshalb ich es ihm auch verkauft habe«, erklärte Sauerbach.

»Es war nicht notwendig, es zu verkaufen, denn Dr. Fellner hatte seinem Patienten eine ganze Flasche davon gegeben. Sie hätte bis zum Sommer gereicht.«

»Mein Mann hat es verschüttet«, erklärte Katharina Steinhäusel. Sie wirkte zunehmend nervös. Die Serviette in ihren Händen war zerknüllt.

»Das mag stimmen oder nicht«, sagte Kommissar Zack. »Auf alle Fälle haben Sie von Herrn Sauerbach eine neue Flasche erhalten und Ihrem Ehemann eine deutlich höhere Dosis verabreicht.«

»Das stimmt nicht«, widersprach sie. »Das habe ich nicht getan.«

»Unter dem Einfluss des Medikaments haben Sie ihn dazu gebracht, ein von Ihnen aufgesetztes Testament zu unterschreiben.«

»Das ist eine Lüge!« Ihre Stimme klang nun fast hysterisch.

»Es war nicht das erste Mal, dass Sie so etwas getan haben. Bereits in Serbien haben Sie einen reichen Liebhaber um sein Vermögen gebracht, indem Sie ihn zu einer Unterschrift gezwungen haben, von der er hinterher nichts mehr wusste. Er hat ihnen eine große Geldsumme überschrieben. Damals hat die Polizei Ihnen nichts nachweisen können. Weshalb Sie sich rasch nach Wien abgesetzt haben, bevor doch noch jemand neugierig wird. Hier haben Sie sich einen Künstlernamen zugelegt.«

Bernhard Sauerbach lachte. »Was ist das denn für eine abenteuerliche Räubergeschichte?«

»Es ist die Wahrheit«, sagte Kommissar Zack ruhig. »Ich habe mit der Polizei in Belgrad Kontakt aufgenommen. Man hat mir bestätigt, dass man keine Beweise gegen Dragana Zaric vorbringen konnte, weshalb sie nach zwei Nächten im Gefängnis freigelassen werden musste. Neulich haben Sie eine Bemerkung über schmutzige Gefängniszellen gemacht, die mich irritiert hat.«

Katharina Steinhäusel presste die Lippen so fest zusammen, dass sie fast vollständig weiß wurden.

»Das gefälschte Testament ließen Sie von Dr. Fellner zu Dr. Eisner bringen. Ein geschickter Schachzug, denn so würde, wenn es einen Verdacht geben sollte, dieser auf den Arzt der Familie fallen.«

»Wenn ich das Testament wirklich gefälscht hätte, warum habe ich mir dann nur die Hälfte des Vermögens genommen?«, fragte Katharina Steinhäusel kalt. Sie machte sich nicht mehr die Mühe, die Unschuldige zu spielen.

»Weil Sie genau wussten, dass dann jeder Verdacht geschöpft hätte. Dr. Eisner hat mir versichert, dass er in diesem Fall die Gültigkeit des Testaments angezweifelt hätte.« Kommissar Zack sah zum Notar, der zustimmend nickte.

»Auf lange Sicht wollten Sie sich aber nicht mit der Hälfte zufriedengeben, sondern alles erben.«

»Und wie hätte das gehen sollen?«

»Das war der nächste geniale Zug«, sagte Kommissar Zack. »Ihr früherer Verlobter Bernhard Sauerbach kannte die Familie Steinhäusel seit Kindheitstagen. Er wusste von der engen Freundschaft seiner verstorbenen Mutter mit der verstorbenen Veronika Steinhäusel. Er kannte auch die Scherze aus der Zeit, als er und Felicitas noch jung gewesen waren. Damals hatte man darüber gewitzelt, wie nett es doch wäre, würden sie beide eines Tages heiraten. Diesen alten Scherz machten Sie sich zunutze. Sie redeten Hermann Steinhäusel ein, diese Heirat sei der ausdrückliche Wunsch von Veronika Steinhäusel gewesen. Zuerst konnte er sich nicht daran erinnern, weil es ja auch nicht der Wahrheit entsprach. Aber nach und nach, je öfter er die Geschichte hörte, umso plausibler und wirklicher kam sie ihm vor. Bis er sie eines Tages glaubte. Leider hat Dr. Fellner Ihnen einen Strich durch die Rechnung gemacht. Er liebt Felicitas Steinhäusel und sie ihn. Weshalb Hermann Steinhäusel auch nicht in die Ehe mit Bernhard Sauerbach einlenken wollte. Daher das Testament.«

»Weshalb hätte ich eine Frau heiraten sollen, die ich angeblich nicht liebe?«, fragte Bernhard Sauerbach.

»Wollen Sie wirklich, dass ich darauf antworte?« Kommissar Zack kräuselte nachsichtig die Lippen. »Das liegt doch auf der Hand. Sie wollten Fräulein Felicitas zur Frau, um an ihr Vermögen zu gelangen. Sobald Sie alles besessen hätten, wäre das Fräulein irgendwie ums Leben gekommen. Vielleicht ebenfalls Gift, vielleicht ein Unfall?«

Nun sogen Felicitas Steinhäusel und Dr. Fellner lautstark die Luft ein.

Katharina Steinhäusel applaudierte langsam. »Eine großartige Vorstellung, Herr Polizeiagent«, sagte sie. »Leider fehlt Ihnen jeder Beweis für Ihre absurden Theorien.«

»Da irren Sie, meine Liebe.« Genüsslich lehnte der Kommissar sich nach vorne. Sein Hund hob den Kopf und die Ohren. »Ich werde eine Exhumierung veranlassen. Arsen ist noch jahrelang im Körper eines Toten nachweisbar.«

»Das können Sie nicht tun«, schrie Katharina Steinhäusel nun. »Dazu benötigen Sie das Einverständnis seiner Ehefrau, und die bin ich.«

»Nicht, wenn die Ehefrau die Tatverdächtige ist«, widersprach der Kommissar.

Sichtlich aufgebracht zerknüllte die Hausherrin die Serviette noch weiter, bis der Stoff frappante Ähnlichkeit mit einem Schneeball hatte.

»Mein Kollege Walter Schnaberl war im Carltheater, wo er eine sehr geschwätzige Putzfrau getroffen hat.«

Nun wich jede Farbe aus dem Gesicht von Katharina Steinhäusel. Auch Bernhard Sauerbach hatte seine Selbstgefälligkeit abgelegt.

»Sie hat ein schlechtes Namensgedächtnis, aber sie merkt sich jedes Gesicht. Die Frau hat uns versichert, dass sie den ehemaligen Verlobten von Kathi Farini wiedererkennen würde. Soll ich die Frau holen lassen?«

Der Apotheker schüttelte langsam den Kopf. Er gab sich geschlagen.

»Sie haben trotzdem keine Beweise gegen uns. Sie können uns gar nichts anhaben!«, schrie Katharina Steinhäusel nun hysterisch. Ihre Stimme kippte. Ihr sonst so freundliches Gesicht hatte sich in eine wütende Fratze verwandelt.

»Meine Kollegen werden Sie beide jetzt mitnehmen«, erklärte Kommissar Zack, »und ein grüner Heinrich wird Sie in die Liesl bringen. Dort warten bereits zwei leere Zellen auf Sie.«

Mila wusste, dass der grüne Heinrich eine geschlossene Kutsche der Polizei war, in der man Gefangene abtransportierte.

Kaum hatte er das gesagt, lief der Polizeidiener aus dem Speisezimmer und kehrte kurz darauf mit zwei Polizisten in Uniform zurück. Mit Schlagstöcken bewaffnet führten sie Bernhard Sauerbach und Katharina Steinhäusel ab. Sauerbach wehrte sich nicht, während Frau Steinhäusel weiter Gift und Galle spuckte und schimpfte wie ein Rohrspatz.

»Sie machen einen Fehler. Das werden Sie noch bereuen, Sie lächerlicher Polizist mit einem noch lächerlicheren Hund!«

So als hätte er die Beleidigung gehört, bellte Gankerl einmal kurz auf und legte sich dann wieder zu den Füßen des Kommissars. Die keifende Stimme der Hausherrin war noch zu hören, bis sie auf die Straße trat. Erst als die Wagentür des grünen Heinrichs hinter ihr geschlossen wurde, verstummte das Gezeter. Die Huftritte der Pferde wurden vom Schnee geschluckt. Und kurz darauf waren auch diese Geräusche verklungen.

Immer noch geschockt, starrten alle stumm den Kommissar an. Es waren Sophie und Karl, die wieder Leben in die Szene brachten. Lachend rannten sie die Treppe hoch.

»Dürfen wir jetzt wieder rein? Ich hab so einen großen Hunger!«, rief Karl. Er lief zu seiner Mutter und sah sie fragend an, bevor er nach einem Stück Gewürzkuchen langte.

»Eine Jause ist jetzt eine wundervolle Idee«, stimmte Kommissar Zack zu. Er zwinkerte Mila zu, und dieses sachte Kribbeln, von dem sie dachte, dass sie es längst vergessen hätte, breitete sich erneut in ihrer Körpermitte aus. So als würden ein paar Schmetterlinge in ihrem Bauch flattern. Nach und nach griffen auch die anderen zu den Tellern, und die Stille wich intensiven Unterhaltungen, in denen alles noch genau erörtert wurde.

Mila, Fanny, Mizzi und Sebastian bekamen davon nicht mehr viel mit, denn für sie hieß es wieder ab in die Küche und die nächste Mahlzeit zubereiten.

27

18. Dezember, Linke Wienzeile

Genau wie Felix vermutet und gehofft hatte, hatte Bernhard Sauerbach schon nach wenigen Minuten des Verhörs alles gestanden. Die Aussicht auf Strafminderung, falls er sich geständig zeigte, hatte ihre Wirkung nicht verfehlt.

Katharina Steinhäusel alias Dragana Zaric war da aus ganz anderem Holz geschnitzt. Die ausgebildete Schauspielerin hatte endlich ihr wahres Gesicht offenbart, und das war keineswegs das der freundlichen, verständnisvollen Ehefrau eines alten Mannes. Knallhart und skrupellos hatte sie einen Plan verfolgt, um zu dem Reichtum zu gelangen, der ihr als Tänzerin verwehrt gewesen war.

Felix lief immer noch ein eisiger Schauer über den Rücken, wenn er an das Gespräch mit ihr dachte. Gut, dass er bald ein paar freie Tage vor sich hatte, die er voll und ganz der Erholung widmen wollte.

Müde erreichte er sein Wohnhaus, überquerte den verschneiten Innenhof und stieg die Treppe hoch in die Galerie. Wieder lag ein Geschenk von Frau Baum vor seiner Tür. Diesmal war es ein Teller voll Lebkuchen. Rasch, bevor Gankerl sich darüber hermachen konnte, hob er ihn hoch.

»Halt, mein Freund. Das ist nichts für dich. Davon kriegst du wieder Bauchweh. Ich hab noch Kutteln von gestern für dich.«

Gemeinsam betraten sie die Wohnung. Während Felix einheizte, legte sich Gankerl auf seine bunte Flickendecke. Kurz darauf aßen sie beide im Schein der Gaslampe und der Kerze auf dem Weihnachtsgesteck zu Abend.

Felix schaute zur Kommode, wo das einzige Foto seiner Maria stand. In Gedanken sprach er leise mit ihr.

»Jetzt bist du über zwanzig Jahre nicht mehr da«, sagte er. »Du hast dir immer gewünscht, dass ich mich nicht einsam fühle. Falls du mir den Gankerl geschickt hast, sende ich dir einen Kuss. Danke.«

Der Hund stupste ihn am Unterschenkel an, und Felix strich ihm liebevoll über den Kopf. Aber das war noch nicht alles, was Felix seiner verstorbenen Maria sagen wollte.

»Was meinst du, Maria? Soll ich mich mit Mila Sokol treffen? Sie ist eine kluge Frau, genau wie du es warst, und sie hat sehr, sehr hübsche Augen.«

Wieder stupste Gankerl ihn am Oberschenkel, so als wollte er ihn bestärken.

»Mal sehen«, sagte Felix. Diesmal nicht zum Bild seiner verstorbenen Frau, sondern zu Gankerl. »Ich muss ja nichts überstürzen.«

Mit einem höchst zufriedenen Gefühl aß er seinen Leberkäse auf. Dabei hatte er eine Melodie im Kopf. Kurz wunderte er sich, dass er ein bekanntes Weihnachtslied summte. Es schien Gankerl zu gefallen. Und da auch Felix es mochte, fing er an leise zu singen. Schließlich war Weihnachten.

28

24. Dezember, Herrengasse

Sobald Katharina Steinhäusel und Bernhard Sauerbach sich im Gefängnis befanden, hatte sich die Situation im Palais in der Herrengasse entspannt. Echte Weihnachtsstimmung zog ein.

Auf die Exhumierung konnte verzichtet werden, da Bernhard Sauerbach bei der zweiten Befragung in die Knie gegangen war und alles gestanden hatte. Zumindest hatte Dr. Eisner das so erzählt. Das gefälschte Testament verlor seine Wirkung. Die Einzige, die enttäuscht wurde, war Theodora Mayerl, denn sie hatte keinen Anspruch mehr auf Anteile der Fabrik. Amalia Steinhäusel versprach, der hoch verschuldeten Schwester unter die Arme zu greifen. »Aber nur, wenn du deinen Mann dazu überredest, diese schreckliche Kondensmilch nicht mehr zu produzieren.« Damit hatte Johannes Mayerl kein Problem. Er wollte schon seit Jahren nicht mehr arbeiten, weil er sich dazu zu alt fühlte.

Mit jedem Tag, den der Heilige Abend näher rückte, stieg die Aufregung der Kinder. Der Weihnachtsbaum wurde festlich geschmückt, und Sophie und Karl übten jeden Nachmittag mit den Blockflöten. Unter dem Tannenbaum wollten sie die schönsten Weihnachtslieder spielen.

Mila arbeitete rund um die Uhr in der Küche. Bereitete Knödel und Braten vor, buk hauchdünne Hippen und Windbäckerei für süße Desserts. Schlug Cremen und Obers und schrieb täglich neue Einkaufszettel, weil sie erkannte, dass sie immer noch nicht alle nötigen Zutaten in der Küche hatte.

Am Vormittag des 24. Dezembers kam ein Botenjunge und übergab ihr ein Kuvert.

»Für mich?«, fragte sie erstaunt. »Von wem ist das?«

Der Junge zuckte mit den Schultern, nahm die Münze und

das große Stück Lebkuchen, das sie ihm gab, und blieb abwartend stehen.

Neugierig öffnete sie das Kuvert. »Sehr geehrte Frau Sokol, ich bin Ihnen zu großem Dank verpflichtet. Sie haben mir nicht nur geholfen, einen Mordfall zu lösen, sondern auch dazu beigetragen, dass dieser Dezember für mich der kulinarisch köstlichste seit Jahren war. Wenn Sie erlauben, würde ich mich gerne revanchieren und Sie zum Kaffee einladen. Beim Demel bekommt man gute Punschkrapferl. Sie kommen nicht an die Qualität Ihrer Mehlspeisen heran, aber sie sind auch nicht schlecht. Ich würde mich sehr freuen, wenn Sie meine Einladung annehmen. Mit herzlichen Grüßen, Ihr Felix Zack und Gankerl.«

Mila musste die Nachricht dreimal lesen, um sicher zu sein, dass sie nicht träumte. Niemals hätte sie gedacht, dass sie noch einmal eine Einladung von einem Mann erhalten würde, die sie noch dazu gerne annahm. Noch nie war sie beim Demel gewesen. Sie kannte die üppig gefüllten Schaufenster nur vom Vorbeispazieren.

Bevor der Botenjunge wieder wegflitzen konnte, gab sie ihm ein weiteres Stück Lebkuchen und bat ihn, dem Kommissar eine schnell gekritzelte Nachricht zu übergeben: »Vielen Dank für die Einladung. Ich nehme sie sehr gerne an. Ihre Mila Sokol«.

Mit der Aussicht auf einen Nachmittag beim Demel würde es Mila gelingen, die arbeitsreichen Feiertage gut zu überstehen.

Zur Überraschung aller wurde der Heilige Abend viel entspannter als in den Jahren zuvor. Felicitas Steinhäusel überreichte jedem Bediensteten ein kleines Geschenk und versprach einen zusätzlichen freien Tag.

Nachdem die Steinhäusels gegessen hatten, setzten sich auch die Bediensteten in der Küche zusammen. Es gab dieselben Delikatessen wie ein Stockwerk darüber. Sogar Sebastian wirkte gelöst, nachdem er erfahren hatte, dass Fräulein Felicitas und ihr Verlobter Dr. Fellner ihn trotz seines fortgeschrittenen Alters weiter als Diener behalten wollten. »Wir würden Sie niemals auf die Straße setzen. Sie gehören zur Familie«, hatte Fräulein Felicitas gesagt und ihn dabei kurz in den Arm genommen. Mila hatte gesehen, wie der ernste Mann sich hinterher eine Träne aus dem Auge wischen musste.

Kurz vor Mitternacht machten sich dann alle gemeinsam auf zur Christmette im Stephansdom. Und als Mila gemeinsam mit ihren Kollegen und Dienstgebern im riesigen Mittelschiff des imposanten Doms saß und zum Klang der klangvollen Orgel »Stille Nacht, heilige Nacht« sang, ahnte sie, was die Menschen meinten, wenn sie von der friedlichsten Zeit des Jahres redeten. Schon am nächsten Morgen würde das Gefühl wieder weg sein. Aber jetzt konnte sie es spüren, und das war gut so.

Nachwort

Liebe Leser*innen,

als Frau Steinmetz vom Emons Verlag mich gefragt hat, ob ich mir vorstellen könnte, einen Weihnachtskrimi zu schreiben, war ich zuerst ein bisserl skeptisch. Weihnachten und Mord? Kann das zusammenpassen? Aber je länger ich über ein verschneites Wien um 1900 nachdachte, umso mehr konnte ich mich mit dem Gedanken anfreunden. Schlussendlich hat es mir große Freude bereitet, meine Protagonisten durchs weihnachtliche Wien spazieren zu lassen.

Die Figuren sind alle frei erfunden. Und trotzdem gab es gleich bei meiner ersten Testleserin ein Wiedererkennen: »Der Felix Zack, das ist doch mein Opa, der Fritz Czak!«, sagte meine Freundin Eva. Ich versichere Ihnen: Sollten auch Sie jemanden wiedererkennen, so ist das purer Zufall.

An dieser Stelle möchte ich mich bei allen Personen bedanken, die am Entstehen des Krimis beteiligt waren: Bei Christel Steinmetz und Stefanie Rahnfeld, die mich zu dieser Geschichte überredet haben, bei Nina Schäfer, die wieder ein wunderschönes Cover gezaubert hat, bei meiner Tochter Ida und meiner Freundin Eva, die beide innerhalb kürzester Zeit testgelesen haben, und bei meiner Agentin Franka Zastrow, die immer hinter mir steht und mich unterstützt. Ganz egal, um welches Problem es sich handelt.

Ein besonderes Danke geht diesmal an Uta Rupprecht. Es freut mich riesig, dass ich nach so vielen Jahren wieder mit ihr zusammenarbeiten darf. Sie hat das fertige Manuskript redigiert und dafür gesorgt, dass alle Ungereimtheiten und Stolpersteine verschwunden sind.

Jetzt bleibt mir nur noch, Ihnen, liebe Leser*innen, wunderschöne, besinnliche, gemütliche Feiertage zu wünschen. Ein Fest ohne Mord und Totschlag, ohne Streit und andere Zwistigkeiten. Genießen Sie die Zeit im Kreis Ihrer Liebsten.

Ich hoffe, ich darf Sie auch in Zukunft mit meinen Geschichten unterhalten.

Herzlichst
Ihre Beate Maly

Lesen Sie weiter

BEATE MALY

MORD IN DER WIENER WERKSTÄTTE

Wien, 1906 – Kohlmarkt, Café Milani

Die Gasbeleuchtung im Separee hinter dem Billardzimmer flackerte unruhig. Die Luft war stickig. Jeder der Anwesenden rauchte und verschwand in einer dicken Wolke aus stinkendem Qualm. Das kleine Kämmerchen verfügte über kein Fenster, das man hätte öffnen können. Die rote Tapetentür mit dem floralen Muster in Gold hatte längst ihre Strahlkraft verloren. Aber Einrichtung oder Bilder interessierten die Männer am Tisch ohnehin nicht. Sie hätten genauso gut im Hinterzimmer einer Spelunke am Spittelberg sitzen können und nicht in einem der vornehmen Kaffeehäuser der Stadt, die den Einflussreichen und Wohlsituierten, den Männern, die das Sagen in der Stadt hatten, vorbehalten waren.

»Gehen alle mit?« Der General mit den drei großen Orden an der Brust sah fragend in die Runde.

Der Einsatz wurde erneut erhöht. Die Münzen in der Mitte des Tischs glänzten verheißungsvoll.

Wie viel hatte er heute schon verspielt? Er hatte längst den Überblick verloren und sich wiederholt Geld ausgeborgt. Irgendwann musste die Pechsträhne abreißen. Unmöglich, dass es den ganzen Abend so weiterging. Das war rein rechnerisch gesehen unrealistisch. Irgendwann endete jedes Schlamassel und verwandelte sich in Glück. Er musste bloß noch ein bisserl

Geduld haben, dann würde das Blatt sich zu seinen Gunsten wenden.

Klirrend wurden weitere Münzen in die Mitte geworfen. Er fasste in die ausgebeulte Tasche seines feinen Sakkos. Wie konnte sie schon wieder leer sein? Hilfesuchend drehte er sich zu seinem Sitznachbarn.

»Brauchst du noch etwas?« Der Leutnant der Kavallerie hatte deutlich mehr Glück gehabt. Die Geldstöße vor ihm wuchsen von Runde zu Runde. Bald würde er nicht mehr darüber hinweg auf den Tisch schauen können.

Er nickte bloß.

Mit großzügiger Geste schob der Leutnant ein paar Münzen zu ihm. »Ich will das Geld morgen wiedersehen.«

»Selbstverständlich.« Er lachte nervös und kehlig. »Du kriegst es heute noch, sobald ich gewinne.«

Der Blick des Leutnants wurde mitleidig. »Ich muss auf einen Schuldschein bestehen.«

»Du hast doch schon einen.«

»Dann setz eine neue Summe ein.« Der Militär holte das zusammengefaltete Papier aus seiner Uniform und legte es gemeinsam mit einem Stift vor ihn auf den Tisch. »Ein Versprechen ist gut, eine Unterschrift besser.« Er grinste breit und legte einen Vorderzahn frei, dem ein Teil fehlte. Es verlieh ihm eine brutale Entschlossenheit.

Widerwillig besserte er die Summe auf dem Schuldschein aus und besiegelte ihn mit seiner Unterschrift. Dann nahm er die Münzen entgegen. Er schwitzte. Es war unnatürlich heiß in dem winzigen Raum. »Ein neues Blatt«, forderte er ungeduldig.

Er spürte es ganz deutlich. Jetzt würde er gewinnen. Und um diese Wende auch gebührend zu feiern, brauchte er noch etwas zu trinken. Sein Glas war leer und seine Kehle völlig ausgetrocknet von der schlechten Luft. Schon etwas benommen fasste er nach dem schweren Bleikristallglas, hob es an. Sofort eilte der Kellner, der die ganze Zeit im Hintergrund gestanden hatte, zu ihm. Der Bursche wartete nur darauf, die Wünsche der Gäste zu erfüllen. Bereitwillig schenkte er das Glas mit goldflüssigem Whisky auf. Sollte er jetzt nicht gewinnen, würde er auch dafür Geld ausborgen müssen.

Er schwenkte das Glas. Der rauchige Geruch erstklassigen schottischen Whiskys stieg in seine Nase. Das Getränk weckte Erinnerungen in ihm. Für einen Moment schloss er die Augen. Ja, jetzt würde er gewinnen. Er wusste es. Das Glück würde ihm hold sein. Dann nahm er einen großen Schluck, stellte das Glas schwungvoll vor sich ab und wartete auf die neuen Karten. Voller Zuversicht nahm er sie auf. Seine Fingerspitzen kribbelten, er fühlte sich lebendig. Der Abend hatte erst begonnen, und das Spiel kam nun so richtig in die Gänge. Eines war gewiss: Er würde erst aufstehen, wenn die Pechsträhne ihn verlassen hatte.

Naschmarkt

Die Marktstände waren frisch poliert und glänzten in der Sonne. Vor einem Jahr waren die fix gemauerten Gebäude mit den hübschen grünen Dächern in drei ordentlichen Reihen über dem unterirdisch fließenden Wienfluss aufgebaut worden. Der Markt war der modernste der Stadt. Hier gab es alles, was das kulinarische Herz begehrte. Köstlichkeiten aus fünfzehn Kronländern wurden angeboten: eingelegte Paprikaschoten und Gurken vom Balkan, Knoblauchzehen aus Transsilvanien, Rosenöl aus Sofia, Salami aus der Puszta und frische, knusprige Topfengolatschen aus Böhmen, Zitronen und Orangen aus Triest, würziger Käse aus Bozen und luftgetrockneter Hirschspeck aus Vorarlberg. Wein aus dem Süden und Schnaps aus dem Osten des Reichs.

Liliane Feigls Magen knurrte beim Anblick der glänzenden

Äpfel, der duftenden Pfirsiche und des goldbraunen Brots. Wann hatte sie das letzte Mal eine ordentliche Mahlzeit zu sich genommen? Es musste Tage her sein. Wieder einmal war die Haushaltskassa leer. Lilis Vater hatte einen Teil des Geldes, das ihnen zur Verfügung stand, versoffen, den Rest am Kartentisch verspielt. Zum Glück war Lili fingerfertig. Als einziges Kind eines Kleinganoven, das ohne Mutter aufgewachsen war, waren Geschicklichkeit und Gerissenheit für sie überlebensnotwendig gewesen. Mit vorgespieltem Interesse musterte sie einen Apfel, nahm ihn in die Hand und betrachtete ihn von allen Seiten, während sie mit der anderen einen weniger leuchtenden in der Tasche ihrer nicht mehr ganz sauberen Schürze verschwinden ließ. Wichtig war, sich nichts anmerken zu lassen. Auch wenn die Marktfrau sie wegscheuchte, galt es, ruhig zu bleiben und mit gelassenen Schritten zum nächsten Stand zu gehen, um dort mit dem gleichen Trick ein Stück Wurst zu stibitzen. Je dichter das Treiben am Markt wurde, umso einfacher war es, satt zu werden. Lili zwängte sich an Dienstmädchen in dunklen Uniformen und mit weißen Hauben vorbei, näherte sich flink Hausfrauen mit langen Mänteln und ausladenden Hüten, um aus offenen Einkaufskörben ein paar Weintrauben und ein Stück Käse mitgehen zu lassen.

Vor einem Stand mit feiner Schokolade und Bonbons hielt sie an. Eigentlich hatte sie bereits genug in ihrer Tasche. Aber so ein Stück Schokolade oder ein Fruchtbonbon waren einfach zu verlockend. Sie hatte erst zweimal in ihrem Leben richtige Süßigkeiten gegessen. Einmal als Kind. Da hatte eine Standlerin ihr eine Handvoll leuchtend roter Kirschbonbons geschenkt. Sie waren das Köstlichste gewesen, was Lili jemals gelutscht hatte. Und das zweite Mal als junge Frau, da hatte sie einen Schokoladenriegel gestohlen. Auch er war ausgesprochen gut gewesen. Immer noch träumte sie von dem mollig süßen Geschmack, der sich langsam in ihrem Mund ausgebreitet und ein Gefühl höchster Glückseligkeit in ihr ausgelöst hatte.

Die Köstlichkeiten in den hohen Körben waren ganz besonders. Sie waren in so hübsches Papier gewickelt, dass Lili sich fragte, warum man sie nicht im Museum ausstellte. Es gab kleine Pralinen in Kästchen, die so kostbar aussahen, dass man Schmuck darin hätte aufbewahren können, wenn man welchen besessen hätte. Lilis einziger Schatz war ein alter Hornkamm ihrer Mutter. Wie war es möglich, dass es Menschen gab, die etwas so Wunderschönes als schnöde Verpackung verwendeten? Sie fasste nach einem Bonbon in rosarotem Papier, auf das phantasievolle Blumen und Weinranken gedruckt waren. Sofort ertönte eine keifende Stimme.

»Finger weg!«

Die Marktfrau war ein paar Jahre älter als Lili, Anfang dreißig. Lili wusste nicht, wie alt sie selbst wirklich war. Ihr Vater konnte sich nicht mehr genau erinnern. Der Alkohol hatte sein Gehirn aufgeweicht. Getauft worden war Lili nie. Geld für eine Geburtsurkunde hatte Franz Feigl nie gehabt. Das gefälschte Dokument, das er für sie angefertigt hatte, war vor Jahren abhandengekommen. Lili hatte beschlossen, sich selbst einen Geburtstag zu geben. Sie mochte den Frühling, also hatte sie sich für den 24. April entschieden. Ein schönes Datum, wie sie meinte. Und die Urkunde hatte sie allein ausgestellt. Lili hatte das Talent ihres Vaters geerbt. Er war ein Meister darin, aber seit ein paar Jahren hatte Lili ihn übertroffen. Ihre Stempelmarken sahen den echten zum Verwechseln ähnlich.

Widerwillig legte sie das rosarote Bonbon weg, nur um sich ein hellgelbes zu grapschen. Es hatte ein ähnliches Muster. Mit mehr Blumen und weniger Weinreben. Es gefiel Lili noch besser. Sie selbst würde das Muster mit Vergissmeinnicht ergänzen, die waren klein und unscheinbar und leuchteten trotzdem in sattem Himmelblau.

»He, hast du nicht gehört? Du sollst es zurücklegen.«

»Schon gut.« Lili gab das Bonbon auf den vollen Korb.

Die Marktfrau besaß mindestens hundert davon. Es würde ihr überhaupt nicht auffallen, wenn eines fehlte. Mittlerweile wollte Lili gar nicht die Süßigkeit, sondern die wunderschöne

Verpackung. Sie würde ihr als Vorlage und Inspiration dienen. Bestimmt konnte sie ebenso schöne Muster zeichnen.

Sie blickte an sich hinunter. Wenn ihr Kleid nicht so schäbig aussehen würde und ihre Frisur ein bisschen ordentlicher wäre, hätte die Marktfrau niemals erkannt, dass sie die Süßigkeiten nicht bezahlen konnte. Lili war weder auf den Mund gefallen, noch war sie dumm, auch wenn sie bloß vier Jahre die Schule besucht hatte. Sie war des Lesens und Schreibens kundig und konnte rechnen. Was brauchte man mehr zum Leben? Sie blieb hartnäckig stehen und betrachtete die anderen Bonbons. Alle waren in kostbares Papier gewickelt. Die Marktfrau behielt sie mit giftigen Blicken im Auge. Sie hatte kein Verständnis für Lilis Wünsche. Da half es auch nicht, dass Lili sie gewinnend anlächelte. Die Frau blieb griesgrämig.

Lili verfluchte ihr löchriges Kleid, das viel zu locker an ihrem mageren Körper herunterhing. Ihr Gesicht war schmal, und ihre Lippen waren voll. Lili wusste, dass sie wunderschöne veilchenblaue Augen hatte, die je nach Wetterlage den Farbton änderten. Und ihr goldblondes Haar glänzte, wenn es mal gewaschen war, was heute aber nicht der Fall war, da das Brunnenwasser im Hof eiskalt war und sie wegen einer Haarwäsche nicht drei volle Kübel in den vierten Stock hatte schleppen wollen.

Während sie über ihr Äußeres nachdachte, trat eine Kundin mit einem Dienstmädchen und einer Gesellschafterin an den Stand. Der Kleidung nach zu urteilen, handelte es sich um eine sehr wohlhabende Dame aus gehobeneren Kreisen. Ihre breite Taille war mit einem Korsett eng geschnürt. Ihr Gesäß durch eine ausladende Turnüre verdeckt. Lili fragte sich stets, wie vornehme Damen mit so einem Gestell aus Fischbein am Hinterteil sitzen konnten. Ob sie ständig standen? Die Hände der Kundin steckten in Handschuhen, auf ihrem Kopf saß ein Hut, der mit mehreren bunten Federn geschmückt war.

Die Marktfrau erkannte in der Dame eine potenzielle Kundin, die möglicherweise viel Geld bei ihr ausgeben würde. Voll gespielter Liebenswürdigkeit widmete sie sich ihr.

– Leseprobe –

»Grüß Gott, gnä' Frau. Darf ich Ihnen eine Kostprobe unserer handgedrehten Bonbons anbieten? Die Köstlichkeiten sind in Papier aus der Wiener Werkstätte verpackt.« Sie hielt ihrer Kundin ein silbernes Tablett entgegen, auf dem mehrere Süßigkeiten zur Auswahl lagen.

Das darf nicht wahr sein, dachte Lili verärgert. Die feine Dame und ihre Gesellschafterin bekamen die Bonbons geschenkt. Sogar das Dienstmädchen durfte zugreifen. Und sie wurde weggescheucht wie ein lästiges Insekt. Sie nutzte die Unaufmerksamkeit der Verkäuferin und griff blitzschnell nach einem hellblau eingepackten Bonbon. Kaum dass sie es in ihrer Schürze verschwinden lassen wollte, legten sich kräftige Finger um ihr Handgelenk. Ein Polizist stand neben ihr. Wie hatte sie nur so achtlos sein können? Der Wunsch, so ein schönes Bonbon zu besitzen, hatte sie unvorsichtig werden lassen.

»Diebsgesindel!«, sagte er finster.

Der Helm mit dem glänzenden Spitz war ihm zu groß. Er rutschte ihm in die verschwitzte rote Stirn. Lili wand sich wie ein Wurm, leider ließ er sie trotzdem nicht los. Im Gegenteil, seine fleischigen Finger bohrten sich tief in ihren Unterarm.

»Ich wollte das Bonbon bezahlen«, verteidigte sie sich.

»Ach ja? Dann bitte sehr. Ich warte.« Die Enden seines Bartes waren zu Schnecken gedreht, die zitterten, während er sprach.

Lili fasste mit der freien Hand in ihre Rocktasche. Sie spürte den Apfel, ein Stück Brot, das Ende einer Wurst. Natürlich war keine Münze da. Sie hatte gehofft, dass er jetzt ihren Arm loslassen würde und sie weglaufen könnte oder die feine Dame sich ihrer erbarmen würde und die Rechnung für sie beglich. Aber weder das eine noch das andere trat ein. Der Polizist hielt sie gnadenlos fest.

Sie legte das Bonbon wieder in den Korb. »Ich hab doch keine Münze dabei«, sagte sie entschuldigend. »Ich gebe es zurück. Das Bonbon ist wieder im Korb. Kann ich jetzt gehen?«

Er fasste nach ihrer Schürze und zog die Köstlichkeiten heraus. »Ich beobachte dich schon den ganzen Nachmittag«, sagte er. »Du kommst jetzt mit auf die Wache. Fürs Erste ist es mit dem Stehlen vorbei.«

»Eine Diebin!«, quietschte die feine Dame entsetzt.

Sie klang, als wäre Lili eine hässliche, fette Ratte. Nur das Dienstmädchen, das bestimmt kein einfaches Leben führte, betrachtete Lili mit einem Hauch von Mitleid. Der Gesellschafterin schien sie egal zu sein. Ihr Mund war voller Schokolade. Gierig griff sie nach dem nächsten Stück. Die wunderschöne Verpackung zerknüllte sie nachlässig und warf das Papier achtlos auf den Boden. Lili wollte das kleine Kunstwerk aufheben und fein säuberlich glatt streichen. Aber sie konnte sich keinen Zentimeter bewegen.

Die Marktfrau keifte: »Faules Diebespack. Gesindel. Eingesperrt gehörst du.«

»Ein Jammer, dass der Pranger abgeschafft wurde. Für stehlende Schmarotzer wie die da wäre er gerade recht«, legte die Dame nach.

Lili spuckte der Frau vor die Füße. Sie hatte es satt, beschimpft zu werden. Keine von ihnen hatte eine Vorstellung davon, was es hieß, in der Gosse aufzuwachsen.

Mit hocherhobenem Kopf und durchgestreckten Schultern ließ sie sich von dem Polizisten abführen.

Was blieb ihr auch anderes übrig? Seine Finger schnürten das Blut an ihrem Handgelenk ab. Morgen würde ihr Unterarm blau sein.

Elisabethpromenade, Polizeipräsidium

»Am Spittelberg haben wir letzte Nacht zwei illegale Hübschlerinnen festgenommen, in der Leopoldstadt einen Trickbetrüger und am Naschmarkt eine Diebin. Womit wollen Sie anfangen?«

Polizeidiener Carel Novak reichte Max von Krause eine Liste mit Namen. Eigentlich hatte Max seit drei Stunden Dienstschluss, aber ans Nach-Hause-Gehen war nicht zu denken, da zwei seiner Kollegen krank waren und sein Vorgesetzter, Oberkommissar Peter Sobotka, darauf bestand, dass alle Festgenommenen noch am selben Tag verhört wurden. Auf die Idee, dass Sobotka selbst eines der Verhöre übernehmen könnte, kam der Mann nicht.

Max seufzte laut, fuhr sich mit beiden Händen durchs rabenschwarze Haar, das seit Wochen dringend einen Schnitt benötigte, und tippte willkürlich auf einen der Namen auf der Liste. »Schick die Diebin herein und bring mir bitte noch eine Tasse Kaffee.«

Carel nickte.

Er war ein zuverlässiger Bursche mit dem Blick und Haar eines Straßenköters. Längst hätte er sich eine Beförderung verdient. Aber solange Oberkommissar Peter Sobotka dafür zuständig war, würde das niemals geschehen, denn Carel Novak hatte keinen Schulabschluss, und Sobotka machte sich einen Spaß daraus, dem jungen Mann, Carel war an die zwanzig, diesen Makel spüren zu lassen. Bei Max verhielt es sich anders. Er war dem Oberkommissar an Ausbildung und Herkunft weit überlegen. Nur zu gern hätte Sobotka den Adelstitel seines Untergebenen übernommen. Dass er Oberkommissar war und nicht Max, war allein der Tatsache geschuldet, dass Sobotkas Schwiegervater der Schwager des Polizeipräsidenten war.

Max las den Namen der Diebin: »Liliane Feigl, Geburtsdatum: 24. April 1881«. Eine junge Frau, nur fünf Jahre jünger als er selbst. Der Name Feigl kam ihm bekannt vor. Er konnte sich aber nicht mehr erinnern, in welchem Zusammenhang er ihn schon einmal gehört hatte. Es waren zu viele Gauner, mit denen er sich Tag für Tag herumschlagen musste. Der Vorname Liliane gefiel ihm.

– Leseprobe –

Carel brachte eine Tasse dünnen Kaffee, der nach nichts schmeckte, und einen Teller mit trockenen Butterkeksen. Die Verpflegung der kaiserlichen Polizeiagenten.

Noch bevor Max nach einem Keks greifen konnte, ging die Tür zu seinem winzigen Büro auf, und eine ungewöhnlich attraktive Frau trat ein. Selbst ihr mürrischer Gesichtsausdruck konnte daran nichts ändern. Einige ihrer blonden Strähnen hatten sich aus ihrer Frisur, einem einfachen Knoten am Hinterkopf, gelöst. Ihre Augen hatten einen ungewöhnlichen Farbton. Sie waren veilchenblau. Ihre schäbige Kleidung passte nicht zu ihrem fein geschnittenen Gesicht. Störrisch wie ein kleines Kind verschränkte sie die Arme vor der schmalen Brust.

»Ich hab nix Böses getan.«

Max brauchte einen Moment, um seine Gedanken wieder zu ordnen. Er schaute auf die Unterlagen auf dem Schreibtisch. »Hier lese ich etwas anderes. Sie haben mehrere Lebensmittel gestohlen.«

»Ich hätt das bunt eingewickelte Bonbon bezahlt!«

»Sie hatten kein Geld dabei.«

»Deshalb hab ich es zurückgegeben.«

Max lehnte sich nach hinten und verschränkte ebenfalls die Arme. Eigentlich waren ihm Verhöre wie dieses zuwider. Aber heute fand er Gefallen daran, was wohl der Person geschuldet war, die vor ihm stand.

»Der Kollege behauptet, Sie hätten auch einen Apfel, Brot, Wurst und ein Stück Käse gestohlen.«

Liliane Feigl löste die Arme und stützte sich frech auf seiner Tischplatte ab. »Ich hatte Hunger.«

»Wie wäre es mit ehrlicher Arbeit?«

»Das habe ich versucht. Ich war zwei Wochen lang Dienstmädchen in einem feinen Haushalt auf der Ringstraße.« Sie lachte bitter. »In der Dienstbeschreibung stand nicht, dass es auch zu meinen Aufgaben gehört, die Bedürfnisse des jungen und des alten Herrn des Hauses zu befriedigen. Ich bin davongelaufen, bevor ich schwanger werden konnte.«

– Leseprobe –

Max presste die Lippen zusammen und schluckte. Liliane Feigl hatte eben eine bittere Wahrheit ausgesprochen. Nur zu gut wusste er um die katastrophalen Arbeitsbedingungen von Dienstmädchen. Sie dienten den jungen Männern als »erotische Versuchsobjekte« und den älteren als »Ersatz für die Ehefrau«, damit die nicht etwas tun musste, was ihr zuwider war. Max vermutete, dass sein verstorbener Vater auf diese Weise unzählige Kinder in die Welt gesetzt hatte. Halbgeschwister, die Max alle nicht kannte. Vielleicht liefen sie jetzt ebenso abgerissen durch die Stadt und stahlen Äpfel am Markt, um zu überleben. Der Gedanke schmerzte ihn.

»Es gibt auch andere Arten, sein Geld zu verdienen«, sagte er düster. »Man muss nicht als Dienstmädchen anfangen.«

»Ach ja? Sie scheinen ein Experte zu sein.«

Die Frau war unglaublich frech. Jetzt stemmte sie die Hände in die schmalen Hüften und richtete sich auf. Ihre Dreistigkeit imponierte Max.

»Wissen Sie, wie viele Frauen ihren Körper verkaufen müssen? Ich kenne eine Menge, die in Fabriken arbeiten und trotzdem im horizontalen Gewerbe tätig sind, um zu überleben.«

Max widersprach nicht. Er kannte das Elend auf den Straßen der Stadt. Trotzdem konnte er es nicht durchgehen lassen, dass eine Frau am Markt Lebensmittel stahl.

Er beugte sich ebenfalls nach vorn. Ihre Gesichter waren einander ungebührend nahe. »Jetzt hören Sie mir gut zu, Liliane Feigl.« Er mochte es, ihren Namen auszusprechen. »Ich drücke beide Augen zu. Weil unsere Gefängnisse ohnehin voll sind und ich nicht eine weitere Person darin wissen will.« Blitzte Überraschung in ihren Augen auf? Ganz bestimmt war da Erleichterung. »Aber ich will Sie hier nie wieder sehen. Haben Sie mich verstanden?«

»Sie nehmen mich nicht fest?«

»Nein, ich lasse Sie laufen. Ohne Vermerk, ohne Eintrag in Ihrer Akte. Einfach so. *Aber* …« Er betonte das Wort. Um ihm noch mehr Wichtigkeit zu verleihen, erhob er oberlehrerhaft den Zeigefinger. »… ich will, dass Sie sich Arbeit suchen. Irgendetwas Ehrliches. Kein Diebstahl mehr.«

Sie sah ihn mit großen veilchenblauen Augen an.

»Und auch keine illegale Prostitution.«

Jetzt verfinsterte sich der hübsche Farbton und wurde zu einem Dunkelblau, das an eine Gewitterstimmung erinnerte. »So was würd ich nie machen.«

Er glaubte ihr. »Gut«, sagte er. »Dann sind wir uns einig. Sie gehen jetzt, und ich sehe Sie hier nie wieder. Keine weiteren Diebstähle oder sonstigen Gesetzesübertretungen.« Er schaute auf. Langsam wurde ihre Augenfarbe wieder heller. »Kann ich Ihren Namen von der Liste streichen?«

Sie stand auf und nickte. Ihr Blick fiel auf die trockenen Butterkekse neben seinem dünnen Kaffee.

»Greifen Sie zu«, sagte er. »Aber ich warne Sie, sie stauben einem aus den Ohren.«

»Hauptsache, sie machen satt.« Sie steckte gleich vier davon ein und verließ ohne weiteres Wort das Büro.

Beate Maly
MORD IN DER WIENER WERKSTÄTTE
Broschur, 256 Seiten
ISBN 978-3-7408-1679-7

Wien, 1906: Die junge Fälscherin Lili wird bei einem Diebstahl erwischt. Um einer Strafe zu entgehen, verspricht sie Kommissar Max von Krause, sich eine ordentliche Arbeit zu suchen. Durch Zufall ergattert sie eine Aushilfsstelle in der legendären Wiener Werkstätte und ist begeistert vom Ideenreichtum der dort arbeitenden Frauen. Doch die kreative Idylle trügt: Eines Morgens findet Lili eine der Künstlerinnen erschlagen auf. Ihr Sinn für Gerechtigkeit ist geweckt, und während der fesche von Krause gleich mehrere Fälle zu lösen hat, nimmt Lili die Ermittlungen selbst in die Hand.

www.emons-verlag.de

ANJA MARSCHALL
CAROLYN SRUGIES
DER WEIHNACHTS MANN MORD
EIN WEIHNACHTSKRIMI
emons: